松冈圭祐

催眠

完整版

邹东来 译

上海译文出版社

目 录

电视转播

雨下个不停，一个劲地冲刷着窗户玻璃。

屋里非常闷热。一群人挤在同一个房间，难免不热。

"浑身无力，好想入眠。意识渐远，睡将过去……"

实相寺则之一边像朗诵诗似的重复相同的语句，一边将视线投向放在地上的显示器。

梳成背头的黑发，嘴边留着胡须。其实只是有点近视，但目光却炯炯有神。

客观地望着自己的面孔，再一次认识到必须保持威严。他用手指轻轻擦去额头上的微汗。不能太用力擦，不然粉底就会脱落。

传来了导播的声音："马上开始转播。五秒前准备，四，三，二……"

信号已经发出。晃眼的灯光遮蔽了视野，高清摄像机上红灯闪烁。

直播开始了。

快点儿整完算了。结束后就可以像平时一样喝啤酒、喝威士忌，烦心的事统统都把它忘掉。

实相寺按照彩排那样开始出场了。他迈着煞有介事的步子走到坐在椅子上的女子身边。

女子像睡觉一样闭着眼睛，身体靠着椅背。

一副刚过二十岁的模样——白净、细嫩、漂亮，身材苗条。身着整洁可爱的白衬衫加长裙，像她在NHK的连续剧中穿的戏装。

看着看着，实相寺感到困惑了。

仿佛在看电视似的……

然而，这是现实。我现在，不是在妄想中，而是正站在摄像机前，面对着女演员。

突然感到了紧张。怯场了。确实有那种感觉。

正当他手足无措、默不作声的时候，一个挥动中的白色物体闪现于视野的一端。

他朝那边瞥了一眼，原来是助理导播举着提示画夹。

纸上用记号笔写着"你将变成鸟"。

实相寺不禁叹了口气。心想谁不知道啊！

虽然彩排的时候已经定下会给予这样的提示，但是这边也有一个时机的问题。不可能完全与电视转播同步进行。

作为催眠师，实相寺每次在即将说出那番套话的时候总会惴惴不安。此时亦然。

说出来也毫无反应怎么办……

不，现在不是犹豫的时候。

能否出现戏剧性的影像，完全取决于我的这一句话。

实相寺断然扯开嗓子："你将变成鸟。"

脊梁上掠过一股冰冷的寒气。这是因为声音紧张得完全走样了。

女演员噗嗤一声笑了出来。

隔了一秒钟，女子炸锅般地大笑起来。

她对于催眠术的反应并非像梦游症患者那样上下拍打双手，样子一点也不纯真可爱。

一个对四十岁男人不足为奇的失误只会嗤笑、严重伤害其自尊心、社会上品质最恶劣的年轻女子，这个人就在眼前。

愚蠢的家伙。实相寺感到气愤。你只要配合表演一下，一切岂不可以安然收场。

从这里的转播不足一分钟。事到如今已经没有挽回名誉的机会了。

灯光那头传来了声音："喂，转播已切回到了演播室。"

照明熄灭，红绿残像若隐若现。

工作人员默默地开始拾掇。

那架势仿佛是对把节目搞砸了的实相寺的无言抗议。

身着单薄黑色休闲上衣的年轻导播走了过来。"实相寺先生，有点不太顺利呀！看来时间短了不行？"

听起来这也算不上是安慰的话。

"哎哟！"女演员伸着懒腰站起来。"听说能够被催眠，我还盼望着呢……什么呀，只觉得肩膀酸。真倒霉。"

"实在是……"导播向女演员深深鞠躬。"您辛苦了。"

其他工作人员也亲切地跟女演员打招呼。辛苦了。今天来得很早啊，累不累？

白天的综艺节目常常如此。节目的主角是被催眠的女演员抑或是电视节目嘉宾。催眠师是配角。影像上也一样，女演员才是主角。催眠师几乎不在画面内。

导播有点难为情地说："实相寺先生……从这里直播的催眠秀作为今天节目的主打可是一个重要环节啊。演播室里的主持人也都很感兴趣哟……如果就那样切回到演播室，我觉得主持人肯定不知所措。"

"嗯……啊，或许吧。"

"在节目的最后，让主持人补救吧？嗯……怎么说呢？她是不是不容易被特异功能所左右？"

"不是什么特异功能，是催眠术。"

"啊，对不起。是催眠术吧。怪我孤陋寡闻。不过，这到底是怎么一回事呢。她难道没被催眠？"

"不。"实相寺斩钉截铁地说。"被催眠了。"

"是吗……？可是没看出来呀。"

"是这样，正如我在彩排时所说，催眠术并不是单纯地以被催眠、不被催眠来衡量的一种事物。如同睡眠，催眠术也有或浅或深的各种状态。通常所说的被催眠的状态，归根到底就是非常深地被催眠了的状态。开始手舞足蹈，或者看起来任人摆布的状态，其实那都是受试者深深地被催眠了的反应呀。"

"照你这么说，她的情况是催眠虽浅，但其实已经被催眠了是吗?"

"是的。是被浅催眠了。所以，只要将催眠再加深一点，就肯定会见效……"

女演员在屋角大喊："我，根本没被催眠呀。倒觉得腰疼啊……"

导播脸上浮现出苦笑。

实相寺急不可待地继续说道："所谓催眠，不是睡眠状态。意识还是有的，所以，究竟有没有被催眠自己是不知道的。如果不是专家，则无法判断对象是进入了催眠状态还是仅仅闭着眼睛。"

"嗯，是嘛。毕竟我们不是专家，所以实在为我们的知识不足感到抱歉。可是，观众也一样。如果不让他们看到她被催眠而任由催眠师你来摆布的样子，观众就不会信服。"

"啊……也许吧。"

谁不知道。这是电视，结果才是一切。

不管是真是假，如果她能像鸟一样给我手舞足蹈，一切就都妥当了。事已至此，老子就等于是个失败者。

但是，真正错的不是我，女演员才真的无用。

但凡一个优秀的电视节目嘉宾，决不会损害自己出场的节目，肯定会装出被催眠的样子。但遗憾的是那个女演员不是一个那么精明能干的人。要不导播机灵也行，完全可以吩咐出场嘉宾运用演技，就说：来吧，哪怕只是装装样子。

导播思考了片刻，不久，一副决意已定的样子回过头来对女演员说："嗨，如果就这样下去的话，一大早特意赶来岂不白费了。我还是希望拍摄你被催眠的场景。"

"可我，不是已经说过没被催眠嘛。"

"所以嘛……"

"不会吧。难道叫我装出被催眠的样子？那简直就是弄虚作假。"

实相寺气得咬牙切齿。多么可怜的导播。绝对应该拿出更加果断的态度，以不容分说的口吻下达命令。

"是呀。"导播冷冷一笑。"好吧，实相寺先生。今天实在让您受累了。下次有机会再说。"

这一行特有的应酬话。什么机会，再也不会有了。

"实在是……"实相寺小声说道。"大家辛苦了……"

工作人员中再也没人搭理实相寺了。大家都在忙着收摊。

至于女演员，别说打招呼了，连抬头看一眼都不情愿。

实相寺像被无言的压力轰走似的离开了房间。

这里是工作人员为了转播而借的拍摄场地，是在住宅展览场地的样板房里。

实相寺垂头丧气地刚一出门就遇上了倾盆大雨。他伞也不撑，向大雨中走去。

来　电

实相寺乘坐千代田线，在明治神宫前下了车。

在前往位于原宿竹下大街的店铺之前，转眼消失于车站前的弹子游戏厅。

这里的顾客没人会看到刚才的综艺节目吧。即使看见我这张面孔也绝不会指责嘲笑。

实相寺单手拿着从小卖部购买的小瓶威士忌，在CR数字弹子游戏机"超级波物语"前坐下。

画面上鲜艳的数字和鱼的角色排成三列，随着周围不停闪烁的灯光上下左右地翻动。

实相寺不久便沉醉其中，几次往返于游戏机和预付卡出售机，总之，是没完没了，打个不停。

他每当焦虑不安的时候就总想打弹子游戏。而且，打上一会儿，心情莫名就会得到放松。

这样一来，实相寺渐渐也就有了回头寻思直播时所遭遇失败的工夫。

原来我的志愿是当音乐家。什么催眠术，即使不会也无所谓。

高中毕业后来到了东京，被高圆寺的音乐厅雇用为住宿佣工。

一晃二十年都过去了。至今实相寺的名字仍默默无闻。

管它是不是昙花一现，只要能出名就行，于是又是签约占卜师的演艺公司，又是自称催眠师希望能参加节目，虽然想尽了一切办法，但是总不顺利。

然而，催眠师这个头衔却比想象的奏效。

几年前，综艺节目正在招募有绝活的嘉宾，实相寺心血来潮作为催眠师报名参加了其中一个环节。

他压根儿就不知道催眠术的施法，原以为只要看起来像那么回事就可以了。

即使成为笑柄，至少能上电视总比闷在高圆寺更有可能找到一些办法吧。

那档节目决定在演播室录制对特约偶像女演员施展催眠术。实相寺刚一开口，女子瞬间便陷入了睡眠。

她任由摆布，很快开始手舞足蹈，因为实在配合得太好，所以别说其他人，实相寺本人就非常吃惊。

但是，当那个环节的录制结束以后，工作人员"插播广告"的声音刚一响起，女子便一骨碌站起来。嘿，这样可以吧。累死了。

片刻寂静之后，奚落和嘲笑一齐扑向实相寺。

实相寺垂头丧气地回家了。这副样子也一定会被播放出来。

然而，日后看到那期节目的播出，那位偶像起身的镜头竟被删掉了。

如果仅限于观看节目，实相寺的催眠术还真的挺像。

翌日，来自另一个节目的工作人员还曾向电视台负责那档节目的采编部主任打听过。

电视可以巧妙地歪曲事实。实相寺清楚个中奥妙。

之后一直重复相同的伎俩。

顺其自然，假装施展催眠术，剩下来就看搭档嘉宾的表现了，一切凭运气，听天由命。

没想到事情进展得很顺利。纵然现场受人轻蔑，但经过编辑再到播放的时候，实相寺的表演看起来还真有点像神灵附体。

许是因为估计到那样能够获取收视率。或许是认为工作人员普遍不屑，觉得催眠术不过如此，所以如果滑稽可笑便能够得到谅解。

当然，再也没有在现场一起共事过的工作人员来邀请他参加表演。尽管那样也不用担心。节目比比皆是，录制那类节目的制作公司多如繁星。演出邀请从未中断。

实相寺逐渐摸透了这一行的规则。这种玩意儿不算"弄虚作假"。在报道方面，即使是"弄虚作假"，作为综艺节目的"表演"，原则上也在容许范围。

从观众的角度而言，当然和欺骗没什么差别，但把表演误以为真却是观众的问题，这是节目制作方的见解，他们把责任转嫁给观众。

为什么要通过编辑这一神技来维护我的形象呢，其理由也逐渐清晰起来。

无论哪个制作公司，均负有向电视台上缴录像的义务。不管怎样，一定要避免花电视台的制作费拍摄的录像流产这种事情发生。

所以他们要进行编辑。再也不用那种冒牌催眠师了，嘴上尽管可以这样恶言恶语，但行动上依然要掩盖其失败，通过编辑使得表演成功，然后提交给电视台。

要说有傻瓜，那帮家伙就是。我无非扮演个角色而已。

要说今天的失败，只不过是轻率地接受了现场直播的工作。

算了。实相寺点燃了香烟。几乎没什么人会观看平时白天的电视节目。

正当他觉得差不多已被吞掉了一万元①的时候，手机响了。

实相寺一只手仍握着游戏机上的控制器，另一只手取出了手机。"喂。"

"实相寺吗？门店那边怎么没人？"

原来是占卜师演艺公司的总经理。

"嗯，记得跟你说过呀，因为今天白天拍电视，所以下午五点才开门。"

_____

① 指日元，下同。

"……你看看表。都已经六点了呀!"

"哎?! 啊,真的……对不起,我马上过去。"

"拜托啦。另外,我已经看过电视啦。"

"啊。"

"你不必太在乎,白天的电视压根就没人看。"

"是啊。实在是……"

挂断电话。弹子游戏厅里的喧嚣不会不传到总经理的耳朵里去。今天真是太不走运了。

微笑女子

出了弹子游戏厅，实相寺朝竹下大街的"占卜城"方向走去。

出租大厦的半地下楼层分隔成了若干个小屋，每个小屋内各有一名占卜师坐堂。占卜师皆与实相寺同属一家演艺公司。

最受欢迎的是算风水和前世。聚集了许多女高中生。来看手相和占十三星座星象的各有几位，没有占卜水晶玉的。

实相寺和占卜师们没有交往。这类人毕竟都是些来到东京而又理想破灭的艺人以及把老子的遗产挥霍一空的浪荡公子。与其占卜别人的未来，还是盘算一下自己的将来吧。

掀起最靠边的卷帘门，随后挂上写着"催眠术店愿意体验的顾客请进"的招牌。

在其他占卜师小店排队的顾客对这边根本不屑一顾。

我这种店，早点倒闭算了。

然而，为了从占卜师演艺公司老总那儿领取月薪，只好唯命是从。

刚开张时也曾来过几位客人，但后来全然无人光顾。那是当然的。因为我，压根就不会什么催眠术。

要说我对来这里的客人能够做到的，就是先摆出一副施展催眠术的样子，然后，再对露出莫名其妙神情的顾客撒个谎而已："也许感觉不到，但你已经被催眠了。"这种生意不可能维持下去。

今天恐怕也不会有客人来吧。熬到七点就关门。

他撑着伞，来到店旁的自动售烟机前。打开钱包一看，发现没有零钱。在取出一千元纸币的同时，觉得有点不对劲。

少了一张一万元的纸币。在弹子游戏厅用了一张……但剩下的去哪儿了。

近期，同样的事差不多发生过两次。结束弹子游戏之后，不知为什么少了一万元纸币。也许是自己算错了。

正当他百思不解的时候，忽然身后传来了女人纤细的声音。

"是实相寺则之先生吧？"

以全名相称，而且名字后面还加上了先生，这是他到东京之后当催眠师以来的头一回。

实相寺回头观望。

见有一个撑着白伞的女子站在路旁。

年龄三十岁左右。风衣全部湿透，波浪式黑色长发不知何故也被雨淋透了。难道在此之前没有撑伞吗。

她白净苗条，是一个典型的日本美人。细长而清秀的眼睛仔细地打量着他。嘴角上浮现着微笑。

究竟是谁呢。实相寺感到奇怪，于是问道："我们在哪儿见过吗？"

"没……"

"那为什么认识我呢？"

"在电视上见过。"

"噢。这么说是我的客人喽。你看的是什么时候的电视节目？"

女子沉默不语。像能面①似的泛出冷微笑，纹丝不动。宛如等身大的图示板立在那里。

她难道耳背嘛。实相寺再次大声问道："你是什么时候在电视上认识我的？"

"……今天。"

哎呀呀。又想来嘲笑我呀。

肯定是在电视上看到了我刚才的丑态，碰巧路过这里，于是就发现了我。老子可不是好逗着玩儿的。

实相寺转身背朝女子。他准备往自动售货机插入一千元纸币，但也许是被雨淋湿的缘故，纸币不太好插入。反复插了几次都无济于事。

"喂。"

女子轻声招呼。她还在身后。

仿佛是个幽灵。实相寺生气了。

"你到底有什么事？"

女子再一次缄口不语。表情以及撑伞的姿势都和刚才别无二致。

---

① "能乐"用的面具。"能乐"，日本一种古典配乐剧。

即使狠狠地瞪她，女子的微笑也不曾消失。

"是实相寺则之先生吧？"

声音和刚才完全相同。简直就像重播了一遍 DVD 一样。

"你想愚弄老子嘛！"实相寺大声喝道。"唉，是不是。是想愚弄我吧。你想笑就笑吧！"

一道闪光划过。是闪电，紧接着响起隆隆雷声。日落后的竹下大街只有那一瞬间被照得像白昼一般。

就在那一瞬间，女子睁大了眼睛。

突然张大了嘴巴。那脸仍在微笑。

发出了笑声。

以往实相寺多次遭到过别人的嗤笑。然而，这个女子的笑与众不同。

眼睛虽然朝着实相寺，但是焦点并未对上。眼睛望着虚空。

女子一个劲地发出尖锐的笑声。和刚才判若两人。

女子以盖过雷鸣般的大声叫道：

"我们是，友好的，外星人。"

时间仿佛凝固了。

所谓不寒而栗的瞬间正是指此时这种情况吧。

"什么?"实相寺问道。这是眼前能够说出的唯一的话。

女子满面含笑,表情肌抽抽搐搐,瞪眼叫道:

"我们是,友好的,外星人。"

一阵风吹来,雨伞从实相寺手中被刮飞,滚落在街上。

雨斜抽在脸上。然而,实相寺却一直茫然呆立着。

女子依然紧紧握着雨伞。站在如此大的风中,身体却一晃不晃。

女子的声音再次持续响起。我是,法太玛第七星云,维那克斯座的,安多利亚。我们是,友好的,外星人。

那些话重复过几遍之后,女子发出了令人难以置信的尖锐笑声。闪电映照出女子白净的脸庞。震耳欲聋的雷鸣甚至都被女子的笑声淹没了。

活动偶人

"我问你，你叫什么名字？"

实相寺一边将刚冲好的速溶咖啡放到桌上，一边向女子询问。

女子直挺挺地坐在沙发上。

头发依然湿漉漉的。化的妆几乎都脱落了，但到底生来肌肤白净，仍不失为美人。

女子以纤细的声音答道："我叫入绘由香。"

"你刚才不是说叫安多利亚吗？"

"是。"

"安多利亚是谁？"

"那个人我不熟悉。或许是个外国人吧。"

实相寺叹了一口气。这个女子的用意究竟是什么呢。

的确，当这个女子冷不防大叫称自己是外星人的时候，实相寺仓皇失措。但是，随着时间推移，实相寺也渐渐恢复了镇静。

要是一般人的话，早就惊呆或逃之夭夭了，不过既然是卖弄奇异，我也绝不逊色。即便号称自己是在国外学了十五年的海归催眠师，信以为真的家伙社会上也到处都有。

由于女子始终在街上笑个不停，所以周围聚集了许多人。于是实相寺把她迎进自己的店里，并关闭了卷帘门。

虽然还不到七点，但今天早已无心干活。为什么把女子领进店内，自己也不太清楚个中理由。也许是因为出于好奇，况且还是个大美人。

一进入店内，女子又变得温顺起来。

脸上丝毫没有了胆怯的样子，只是带着微笑。既不显得疲劳，也并不为自己的行为感到羞耻。

"你为什么要跟我打招呼呢？"

"……有一事相求。"

"什么事？"

由香两手轻轻端起咖啡杯，抿了一口。这是她今天首次呈现出的类似人的举动。

"想请你帮我解除。"

"解除？解除什么？"

"催眠。"

实相寺用指尖捋了一下胡子。"你是说现在你正处于被催眠状态吗？"

"是的。我被催眠了。"

"是我以前对你施行过催眠吗？"

"不是。"

"那你是被其他什么人催眠的喽？"

"是的。"

"是被谁催眠的呢？"

"猴子。"

实相寺默默地注视了一阵由香的面容之后，笑了。

由香依然面含微笑。

"是什么样的猴子呢？"实相寺问道。

"全身都是绿色。身高足有两米。"

实相寺虽然表面上微笑点头，内心却已经对如此蠢的话腻烦起来。

"你的意思是叫我帮你解除那个猴子给你施加的催眠术?"

"是的。今天在电视上看到了您,主持人介绍说您在这里开店从事经营,所以……"

导播这小子,把这个也播出去了啊。对店面的宣传而言,只有在电视节目真人秀表演成功的时候才能发挥积极作用呀。

"这么说刚才你变身为外星人是被人催眠的缘故啰?"

"外星人? 噢,我不知道。"

原来如此,实相寺暗笑。你是想说因为被催眠了,所以自己不记得了吗。

果然还是来戏弄我的。真是绞尽了脑汁,不过闲得无聊的女人或许也会干得出这种事。

"不好意思,猴子施加的催眠术我不在行。你还是去找别人来解吧。比如动物园呀,兽医什么的。"

"可我还是想请先生帮忙。"

"我这里是专门施行催眠的。当然,在客人临走前肯定要为其解除。可那也并非慈善事业。我们是以付钱的顾客为对象做生意的哟。"

"钱，我付。"

由香打开手提包，纤细的手指从中拽出一沓面值一万元的钞票。

至少有三十万元吧。

实相寺不禁肃然起敬。

这女子是认真的吗。

曾经听说有人一旦被催眠就难以解除，但是不是真的并不确定。既然没有人被我催眠，也就不存在解除不了的问题。所以只能说自己还从未遇到过这样的对象。

记得催眠术入门书里写道："无法解除不过是社会上的误解，催眠状态只要置之不理，自然就会渐渐变轻，而最终得以解除。"书中还有这样的记述，说催眠过程中，失忆这种事情也根本不可能发生。

这家店的费用规定每次三千元，门口和墙上都写着价格。然而，这个女子却在炫耀钞票捆儿。这该作何解释呢。

实相寺尽量平静地说道："噢，要是这样的话，好吧，我来解除你的催眠状态。仅此而已对吧?"

"是的。"

如果是仅此而已，那实在是求之不得。很难想像这女人真的被催眠了。她所说的话也难以当真。她只不过是一个喜欢这种恶作剧的有闲富姐吧。

　　"那么，我这就为你解除吧。请再稍往后坐一坐，身体放松！"

　　"好的，拜托。"

　　"闭上眼睛，深吸一口气！"

　　催眠术解法这玩意，无论哪本入门书都写着相同的内容。只要念诵简短的暗示套话即可。

　　"现在开始数数，数完五个数，你的催眠就会全部解除。准备好了吗？一、二、三、四、五。"

　　实相寺啪地打了一个响指。

　　由香睁开了眼睛。几乎就在同时，实相寺再次仓皇失措。

　　女子简直就像刚睡醒一样使劲伸了个懒腰。"早上好！"

　　"哎，啊……？"

　　女子变得和之前截然不同，给人的感觉是健康活泼。她环顾周围，神色呆然若失。"这是哪儿？你是谁？"

"……嗨，入绘女士。我按照您的要求做好了，那就请您结账吧！"

"入绘女士？入绘是谁？"

"不是你自己说你叫入绘由香吗？"

"啊？说什么呢。我叫理惠子。什么由香，我压根不认识呀。"

"知道了。理惠子女士，催眠状态已经解除了。现在您可以结账了吗？"

"怎么回事？我倒想先知道这是什么地方？"

实相寺急不可待地将手伸向那沓钞票。

女子顿时尖声大叫，夺回了钞票。

"你想干啥？"

"我想拿为你解除催眠的报酬。刚才约定好的呀。"

"别开玩笑！否则我报警啦。"

焦躁和愤慨一起涌上心头。

那是因为你被催眠了，所以才不记得。你究竟想把老子戏弄到什么程度才善罢甘休。

"别太过分了。"实相寺厉声斥责。"不想再陪你耍把戏了。刚才不是你自己说要付钱吗？你把该付的钱撂下走人！"

女子神情胆怯，低声嘟哝："猴子……"

"哎，说什么呢？"

还想继续耍花招吗。

预感猜中了。由香再次瞪大眼睛，像练习发音似的张大嘴巴，用不带抑扬的声调说道：

"我们是，友好的，外星人。"

"少来这一套！我要把你赶出去了！"

"我们是，友好的，外星人。我不想和你争吵。"

"那好，赶紧付钱！"

"钱？钱是什么？我不明白。"

实相寺气得挠头抓腮，几乎快要疯了。

"你到底是何用意？"

"我是，法太玛第七星云的，维那克斯座的，安多利亚。为了与地球人，进行交流，通过心灵感应，和这个女子结合在了一起。"

再也无心闲扯了。实相寺非常反感地瞪了由香一眼。

由香再次继续说道："这个女性，具有，通灵的能力。我们，希望将预知能力，应用于地球上的人们。"

"预知能力？你是说你会占卜？"

"我们，希望将预知能力，应用于地球上的人们。"

实相寺沉默了片刻。然后，突然笑容满面。

怪不得，原来是这么回事呀。这个女人是来自我推销的。她是想在这里开一家自己的店，作为通灵者而赢得名声。

实相寺问道："你是想在这里工作吗？"

女子点了点头。

"明白了。我拗不过你。我来帮你拜托老总。不过，有个条件呀。我想把那个钱收作定金。其实没什么，一旦开起店来，肯定可以得到好几倍的收入。"

"钱？"由香再次以外星人的腔调问道。

"啊，就是那沓钞票捆儿呀，外星人。"

且看这回她该作何辩白。

然而，由香爽快地把钞票捆递了过来。"请吧！"

"噢……不过有言在先，即使在你通灵结束之后又变回地球人，这钱我也不会还你啰。你用传心术就这么告诉她！"

"知道了。一定如实转达。"

由香猛地垂下头。

少顷，慢慢抬起头。眼神呆滞地看了实相寺一眼。

似乎变回到了入绘由香。

"嘿。"实相寺赶紧把钞票捆揣入怀中。"你的演技太漂亮了。我十分满意。剩下的事全包给我好了。你只要把你的联系方式写在这个便条上即可。今天你先回家吧。"

本来应该询问一下更详细的履历，但今天实在无心交谈下去了。

已经累了。至于身世等问题，等到老总答应后再问不晚。

"好的，拜托了。"由香微笑着说道，然后伸手拿起了圆珠笔。

仿佛练习书法似的先是挺直身子，然后慢慢在便条上书写。她静静地将笔搁在一旁，紧接着无声地站了起来。

实相寺把便条拿在手上。是以 03 开头的都内①电话号码。字写得很工整。

打开卷帘门，送走由香。由香重复了一遍"拜托了"，就消失在竹下大街熙熙攘攘的人群之中。

---

①　日本东京都内。

实相寺粗野地关上卷帘门，一头倒在沙发上。真是无法形容的一天。

　　然而事到如今，回想一下今天发生的事，他对入绘由香甚至产生了敬畏之心，这种感觉超过了对她的愤慨。如果想推销自己的人物角色，要是做不到这种程度就很难吸引人。

面　试

　　翌日，实相寺与总经理通了电话。

　　"昨天，来了一个自我推销的女子，自称是通灵者。岁数虽然有点大，但长相还不错，关键是当她外星人附体的时候，就连我都被那气势折服啦。嗯，绝对可以招揽生意。我保证。"

　　"你保证。"总经理一副不屑的口吻。"通灵者是吧，已经过时了。"

　　总经理显然不感兴趣。每月都有前来自我推销的占卜师，真正能够派上用场的其实微乎其微。

　　占星术先生严岛咲子靠新宗教团体制造事件及其厚颜无耻的诡辩而声名鹊起，由于此人垄断了电视出场，所以其他拥有众多无名占卜师的演艺公司经营惨淡。总经理紧缩开支也是顺理成章的。

"这样，"总经理说，"先见一面吧。"

实相寺按照入绘由香留下的电话号码拨通了电话。

"喂。"接电话的不是由香，她嗓音嘶哑，感觉是一个岁数更大的女人。

"入绘由香在吗？"

"由香去上班了。大约傍晚六点回来。"

像是由香的母亲。年龄估计超过六十了。看来入绘由香并非独自一人生活，都内有她父母家。

"我叫实相寺。嗯，找由香谈工作上的事。"

"啊，是嘛。女儿一向承蒙关照。您是东和银行的吗？"

"什么？"

"没什么，那您是其他单位的人啰。现在这个时候她应该在工作单位东和银行。"

"是嘛。哦，也不是什么急事。等她回来，请转告她给实相寺回个电话！"

实相寺把手机号码告诉了由香的母亲，然后挂断了电话。

再多打探一点就好了。不过，让由香母亲过于猜疑不好。或许由香没告诉母亲说自己想当占卜师，为的是避免节外生枝。

而且，不打探同行的隐私也是占卜界应该遵守的道义。

不过，至少知道了两点，由香和母亲同住以及她在银行工作。

在东和银行的哪个支行呢。银行一般都是从周一到周五上班。也就是说由香打算周六和周日做兼职占卜师喽。

实相寺在依然没有来客的店内一边吸烟一边等电话。大约下午六点过五分的时候电话铃响了。

是入绘由香。她放慢节奏，小声回答，语气非常温柔。

"总经理很感兴趣哟。"实相寺对由香说道。"他很想跟你见一面。你能到店里来吗?"

由香礼貌地道了谢，说如果是星期六下午，可以前往。

届时，我叫老总腾出时间。实相寺满口答应，然后挂断了电话。

约好的星期六。总经理来到了门店。入绘由香也过来了。

由香穿着一件和之前不同的风衣，非常质朴。进到店内她脱掉了风衣，但里面的穿着同样朴素无华。上衣是一件如同母亲去孩子学校参观时日常穿的藏青色服装，下身是一条长裙子。

作为通灵者要想赢得名声，这身装扮缺少个性。套装就让隔壁门面的女占卜师为她选择搭配吧。

占卜师演艺公司的总经理是个五十出头的消瘦的神经质男人。

据他说从年轻时就开始学占卜，一生积累了巨额财富，把从全国汇集来的报名者收为弟子，开办了演艺公司，但很难令人相信这是真的。

他虽然一直从事占卜，但对以客人为对象的信口开河感到了厌烦，于是希望只提供秘诀，让其他人来干，所以开办了公司，这恐怕才是真实情况。

总经理向由香问这问那。年龄多大、有没有结婚、在什么地方工作。

起初，由香和以往一样，回答问题节奏缓慢，叫总经理感到着急。

这似乎是由香的表演。一面强调自己是纤弱女性，一面不停地岔开提问，当对方无法忍受、加强语气的时候，她会马上叫你看外星人附体的样子。刚才还很强硬的对手转瞬被吓破了胆，张口结舌，她就是要以此为乐。

据由香回答，她年龄不到三十，已经结婚，和丈夫住在一起，没有孩子。

不过，她还回答说，现在正一门心思料理家务，没有工作，这显然是撒谎。所以不排除其他应答中也含有谎言。

她好像觉得如果暴露了自己是银行职员不好。将来，这或许可以当作一张王牌。姑且连老总也不告诉吧。

"那个，"总经理问道，"直说吧，听说你有能够和外星人沟通的能力？"

"……外星人？"由香面带微笑回应道，"嗯……"

"你不是能够和外星人沟通，你不是通灵者吗？"

"通灵者。那是什么东西？"

"那你，你来这干什么呀？"

"嗯……"

"你是作为占卜师来自我推销的吧。是通灵者!"

"嗯……"

老总的忍耐力已达到极限。实相寺感到好戏就要来了。

"你!"总经理大声呵斥,"你别支支吾吾啦!我忙着呢。"

忽然,由香瞪大眼睛,放声大笑,断断续续地发出那个瘆人的机械性的声音。"我们是,友好的,外星人。我是,法太玛第七星云的,维那克斯座的,安多利亚。"

实相寺看到老总瞪目凝视由香的神情,好不容易才忍住了笑。那神情宛如挨了子弹的鸽子。

"这个,"总经理自言自语,"简直太令人震撼啦……"

实相寺总算心情舒畅了。

然而,总经理比实相寺提前恢复了冷静。要想做生意,光靠演技好还不够。作为占卜师必备的能力,起码要掌握能够巧舌如簧地说服对方并使其信服的会话技巧。

总经理向前探了探身,"入绘,听说你有预知能力呀。"

"入绘?我是,安多利亚。"

"好吧，外星人安多利亚。我想试一下你所谓的预知能力。具体而言，你都知道些什么？"

"我家的电话铃响之前，我就知道要来电话。"

"任何一个电话你都能够预知吗？例如，你能够预知我的手机来电吗？"

"我只能预知自家的电话。"

老总露出苦笑。实相寺也模仿着苦笑了一下。如果仅仅如此哪能做成生意。

"那么，"总经理叹了口气问道，"除此之外，你还知道些什么？比如，我昨天买了彩票……"

"撒谎。"由香插嘴道。

总经理吃了一惊，然后反问："撒谎？你说什么是撒谎呀？"

"彩票。"

老总气呼呼地从怀里的钱包中拿出了彩票券。是东京都发行的头奖一千万元彩票。

"这不是吗？我这里明明有嘛。"

"你昨天买的，这是撒谎。"

面对由香的话，总经理显得心慌意乱，"到底怎么回事？你说清楚！"

"昨天，不错。你买的，撒谎。"

"……的确，这不是我自己买的，是生意伙伴给我的。"

"撒谎。"

"咳，讨厌……你为什么说是撒谎呢？"

"在红色的地方得到的，红色的地方。"

不知何故，总经理脸变得刷白。

"简直胡扯……嗯，这个，这张彩票能中奖吗？"

"中不了。"

"在哪儿买能中？买什么号码的能中？"

有必要那么激动吗。实相寺感到莫名其妙。在假占卜师里，老总应该有的是熟人……

"老总。"实相寺冷冰冰地劝道，"请不要激动！"

一旦冷不防被别人说中了只有自己一个人才知道的事情，那么对其便会深信不疑，这恰恰是人的心理现象。占卜师巧妙地利用了人的这种心理。

你生过病吧，正在因人际关系而烦恼吧。这些都是占卜师的套话。哪有什么人从不生病的，顾客因为有烦恼才来找占卜师，所谓烦恼，从某种意义上说统统源于人际关系。但顾客却因此误以为被看穿了心事。

然而，这次好像有点非同寻常。从老总的神情观察，由香所言确实令人惊异也未可知。

尽管如此，由香是来自我推销的，所以也不能排除她采取了某种方法处处尾随跟踪老总，对谁是店肆的经营人进行了彻底调查。假如，她做了如此细致周密的准备，那么有关老总和我的身世经历都不能当作面试的材料了。

"那么，"实相寺两手握拳伸到由香面前，"这次我来试试。你知道我哪只手里握着百元硬币吗？"

肯定不可能知道。

因为概率是二分之一，所以即使能猜中一次，也很难连续猜中两三次。

这样一来，老总也能够恢复冷静了吧。

然而，事实并非如此。

由香猜中了实相寺握有硬币的那只手。而且不止一两次。

实相寺较真地测试了三十多次，但由香都轻而易举地断定左右，每次都猜对了。

无奈之下，实相寺对由香说道："猜拳应该作不了弊。"

然而，这方面也同样是由香连连取胜。她直挺着身子，只是机械性地上下移动右手，那副猜拳的样子，宛如活动偶人一般。

面试竟持续了三个小时。最后总经理和实相寺都精疲力竭了，由香却依然显得不知疲倦，不断发出外星人的话语。

少顷，总经理一边用手绢擦拭额上的汗水，一边说，领教了，你被录用了。此言刚出，由香顿时又变回原来那个人绘由香，脸上露出微笑，然后行了个鞠躬礼。

由香走后，实相寺从总经理口中得知有关彩票的事情。

由香"在红色的地方得到的"这句话准确无误。

总经理在位于池袋的一家菲律宾酒馆，从一个女服务员那里领到一张彩票抽奖券。据说那家酒馆的内部装饰从照明到壁纸再到地毯全都是红色。

抽奖券是酒馆作为礼品一人一张发给每位将未饮用完的酒寄存在此的顾客，但此事既没有写在店外的招牌上，也没有刊登在报纸的广告上。总经理并非接待客人，只是作为普通顾客一个人顺便走进酒馆，领取了抽奖券。当然，这事没对任何人说过。

所以只要不是尾随总经理到酒馆内或是恰巧有熟人在那个酒馆打工，由香不可能知道事情的真相。

实相寺脑子里一团乱麻，甚至怀疑莫非是总经理和由香串通一气来欺骗自己。但是这不可能。如此煞费苦心欺骗我，对总经理又有何益。

而且，关于百元硬币和猜拳的测试，无论怎么想也难以相信其中有诈。

由香真的和外星人心灵相通也好，具有特异功能也好，这些姑且不论，总之作为占卜师，她是一个具有出类拔萃的直觉和才能的主，这一点毋庸置疑。

总经理颇感兴趣，津津乐道于如何让由香崭露头角。

实相寺说道："把我的店关了，让她闪亮登场好了!"

"你指的是你的催眠术店面吗?"

"是的。什么催眠师，即使继续干下去也出不了名。"

"那倒不一定吧?"

"又开玩笑。你不是看过电视直播吗? 所谓催眠术，其实被催眠的艺人才是主角。女演员某某，挑战催眠术！报纸上的电视专栏也是这样写。世纪催眠师，实相寺则之！从没见过这样的标题。"

"啊。这个，也许吧。"

"电视图像也只有那些女演员，我都上不了电视屏幕。你知道吗，总经理。我应该是一个施展催眠术的能人，而女演员只不过是个被催眠任我摆布的人。可是这种主从关系在电视上却颠倒了。原本处于被动的女演员成了主角，我则成了陪衬。仅仅是出于完成电视节目拍摄的需要才不得不在那里。从这个意义上说，角色简直就和 AV 男演员①一样。演出费以及现场的待遇也是那种感觉。"

"难道你演过 AV 男演员？"

"怎么可能，是别人。我这不是在打比方嘛。不管怎么说，她如果出场也一定会吸引更多的顾客。"

如果能当上由香的经纪人，通过和为她而来的媒体拉上关系，或许就能与演艺界、音乐界搭上线。抽头渔利也是可以指望的。

---

① 成人录像中的男演员。

"好吧。"总经理采纳了实相寺的提案。"不过，得由你来负责安排她的工作。如果店面遭受了损失，我要让你承担责任的！"

"知道了。"实相寺欣然允诺。

今后我再也不必当别人的笑料了。单单这一点也是来之不易的。

幸运女神

平日下午五点半以后和星期六全天是"占卜城"通灵店的营业时间。

仅仅因为挂上了新招牌，好奇心旺盛的女高中生和年轻的 OL① 们就接踵而至。而当她们离开店面的时候，个个都神采飞扬，和朋友一齐发出娇媚的声音，然后消失在竹下大街的人群之中。

新鲜事物通过口口相传，散播起来也非常快。第二周的平日在傍晚打烊之前，店面门前都会聚集起许多人，周末甚至还会排起长队。

心情大好的总经理琢磨着把不受欢迎的水晶玉占卜挪去都内的其他地方，把通灵店的空间扩大一倍，使之成为"占卜城"的热门产品。原本各个小房间无非是以单薄的胶合板为墙分隔而成，所以重新装修非常容易。

仅三个星期，入绘由香就成为竹下大街最兴旺店堂的女主人了。

实相寺为使经营顺利进行而绞尽了脑汁。

他决定在店门口安置一台自动售票机。售票机和置于车站广场快餐店门前的餐券销售机相同，是从商家廉价租赁的。不过重新进行了设定，插入三千元之后，随便按哪个键都会吐出一张写有"通灵店"字样的小入场券。

实相寺在保守由香个人隐私方面也特别注意。按理说应该给她起个像样的艺名，但这对于由香来说似乎也不简单。虽然把总经理取的艺名告诉了由香，可无论彩排多少次，她仍回答说我叫入绘由香。

最终，决定维持无名女占卜师的称呼。

实相寺在距离竹下大街不远处的住宅区申请了高档公寓房间，作为经纪人在那对营业额进行管理。收益不断增长，杂志和报社记者也前来采访。实相寺以不公布

---

① 白领女性。

由香的长相和姓名为条件接受了采访。因为一旦被银行的上司或同事知道就麻烦了。

美女通灵者，惊人的占卜能力。经过媒体加以渲染，造访的顾客越发多起来了。

这回电视台也来了。在录像机摄影的问题上，决定给由香的脸部打上马赛克，声音也进行技术处理。

无论是顾客还是媒体，好像没人相信外星人当真附在了由香的身体上。只不过她那奇异的变形和不可思议的能看透对方心思的特异功能，确实强烈地激发了人们的兴趣。

没过多久，实相寺对由香在店堂里是如何待客的产生了一探究竟的念头。

他在秋叶原电器街购买了超高频小型摄像机，把它安装在店内角落里。然后又进行了一番调试，使它在那所公寓房间的电视上能接收到图像。

由香每天按时到店里上班。近来每当店堂开始营业，排队的年轻人就立刻又是鼓掌又是呐喊。

每接待一个客人大约用时十分钟，基本流程和当初与总经理对话时相同。先是用缓慢的回答叫顾客着急，等顾客情绪激动时，摇身变为外星人，接着再说一些看透顾客心思的话令他震惊，最后根据提问给出不痛不痒的建议。

实相寺一个人在公寓里观看，他一边看着由香摇身变为外星人那个瞬间顾客的表情，一边捧腹大笑。

不久，实相寺发现由香的技巧中有一定的倾向性。

她并非全部说中。但是，对于谎言，她似乎都能识破。

另外，顾客在回想曾经做过某件事情的时候，由香好像能够揣测到当时给顾客留下深刻印象的情形。而且，只要有关颜色、温度以及身体所能感受到的事物，她大概都能隐约知道。

比如说，当顾客回想起在国外旅行过程中潜入美丽大海的情形，由香就会说，那是一个湛蓝、凉爽的地方吧。当顾客回忆起在海岸上眺望即将沉入海平线的夕阳的情景，她则回答道，那是金黄色的地方，很暖和吧。

由香猜百元硬币以及猜拳的能力在电视上也播放过，所以提出这方面要求的顾客也特别多。至于这两项，她从未搞砸过。

打烊以后和由香一起在餐馆吃便饭成了实相寺每天必做的事，所以他尽力想打探由香具备这种能力的秘密，不过由香总是把话岔开。

尽管如此，随着时间推移，由香的心情也好像放松了，对话也不再吞吞吐吐，说话的样子也变得有女人味了。

在餐馆的席间，由香说道："今天顾客比以往任何一天都多，太令人高兴啦。"

无论怎么说，一切都是有预谋的伎俩。然而，这是如此精心打造出来的人物啊！当占卜师恐怕这也并非头一次吧。

实相寺一边大口吃着色拉，一边问道："外星人的说话方式，你在家练习过吧？"

"外星人？怎么回事？"

"那么，猜拳是你从小就拿手的吗？"

"猜拳嘛。我，特不擅长猜拳。捉迷藏我总是做寻找别人的那个人啊。"

实相寺一面露出苦笑，一面提议说，我们猜拳吧？

然而，连续三回实相寺全赢了。

"怎么回事呢！"实相寺问道，"如果没有和外星人取得联系，可以说预知能力就不起作用是吗？"

"啥啊……？外星人？联系？"

实相寺不由叹了一口气，"入绘。我们不是生意伙伴嘛！"

即使这样说，由香依然只是神情茫然地目视对方。

尽管如此，她却愉快地领取着每周一次支付给她的报酬。

总之，看起来生意上的秘密就连同事也不打算和盘托出。

关键的时候，把银行的事情搬出来叫她吐露实情应该轻而易举。不过，实相寺尚未感到提及此事的必要性。

储蓄近来每天都在增加。因为在账目上弄虚作假，对总经理也少报了三成左右。老总和入绘由香都未察觉。

回想起来，事情的经过实在奇妙。她是幸运女神，好运终于也光顾到我这来了，实相寺这样认为。

白色卡罗拉

有一天，一个男性顾客来到店堂。

到店里来的顾客大都是女性，来的男性顾客一般都是那些聚集在涩谷中央大街上头发染成褐色的年轻人。但是，这男人乍一看就气宇不凡。

年龄大概二十七八到三十岁的样子，穿着一身得体的浅绿色双排扣套装。

他身材偏瘦，高个子，皮肤白皙，长脸，神态好像略带神经质。尽管这样，根据不同角度，有时看起来蛮和蔼，感觉长得也挺精神。

他嘴角紧闭，高鼻梁，眼睛细长，头发略长，波浪式发型。

一个相貌端正的美男子。他这长相应该不缺女人。作为来占卜的顾客，其容貌也太上品了。他到底是何许人也。

实相寺在公寓房间里通过监视器对这位稀客进行观察。

通常顾客进入店堂以后，首先会心怀忐忑地环顾四周，在由香请客人入座之前不会向前迈一步。然而，这人微微点了一下头，随即就坐在了由香的对面。

面面相觑地坐了几分钟。就像静止的画面似的，双方一动不动。

这人究竟想干什么！

过了一会儿，是由香首先打破了沉默。

"有什么事……"

男子探身向前，语气温和地说道："哎。其实，我有事请教。可以问吗？"

和以往一样留出一定的间隔之后，由香答道："请吧。"

"法太玛第七星云离地球有多远？"

"法太玛。是什么东西？"

"您有外星人朋友是吗？"

"这个。外星人，是怎么回事？"

他是一个光打听外星人的顾客。维那克斯座是什么样的星座。安多利亚是男的还是女的。年龄有多大。住在维那克斯座的哪颗星球上等等。

由香对所有提问均以"这个嘛"作答，那男人也全然不改语气，平静地和由香攀谈。

实相寺越来越着急。照这样下去，必将错失由香变身的时机。

"快发出外星人的声音呀！吓死那小子！"实相寺冲着画面自言自语。

过了很长时间。

路过此处的年轻人粗鲁地敲打着面朝竹下大街的玻璃窗。

这是此地经常发生的恶作剧。但这次由香的变身正是因为那个敲打窗户的声音。

由香发出刺耳的笑声，然后说道："我们是，友好的，外星人。"

这下怎么样！

然而，目瞪口呆的却是实相寺。

男顾客依然脸上毫无表情。他亲眼目睹到由香那令人毛骨悚然的变身，居然连眼睛都没眨一下。

由香仍继续着外星人那种虚张声势的大笑。

男子和刚才一样，语气平静地说道："这一带年轻人很多，挺热闹的呀！"

就在这时，由香的笑声戛然而止。

"只是，"男子继续说道，"光是些快餐食品，没有用餐的地方，这一点不大方便吧？"

隔了几秒钟后，由香小声答道："哎，是的。"

实相寺受到了很大打击。

在顾客面前，还没有发挥出预知能力就变回到原来的入绘由香，这还是第一次。更重要的是，作为占卜师，这在职业上是不应该发生的。要是这样的话，又如何叫顾客心服口服呢。

然而，那男人却毫无怨言地站起来。

他说了句"那么我们后会有期"，然后走出了店堂。

到底怎么一回事，那家伙。

受到一种冲动的驱使，实相寺恨不得马上跑出去，抓住那人一探究竟。不过，实相寺还是打消了这个念头。下一个客人进来了。作为经纪人，不应该放松监视的任务。

那晚打烊以后，实相寺向由香打听那个奇怪男顾客的事。

偷拍摄影机的事一直对由香保密，所以只能间接地先从今天来了些什么样的客人开始提问。

据由香说，她和那男人根本不认识，那个客人的确与众不同，至于都谈了些什么已经记不清了。

客人的面孔纵然记得住，可发生了什么却总是记不清，由香这样回答。

实相寺虽然还是不能释然，但毕竟没有发生什么麻烦，所以说服了自己。只要长期做下去，出现一两次奇怪的顾客也在所难免。

然而，事情并未就此结束。

翌日差不多同样的时间，那男人又来到了店堂。

这次穿的是以斜纹棉布为基调品位不错的 B 系①休闲装。看起来比上一次要年轻得多。

"你好。"男子用明亮的嗓音打了声招呼。"初次见面。"

_____

① 一种在日本流行的休闲运动装。

正在观看监视器的实相寺有点纳闷。初次见面，他打的什么主意。难道他认为由香已经忘记他昨天来过的事吗。

由香小声说："昨天，实在抱歉。"

然而男子仿佛没听见似的继续说道："原宿一带我不太熟悉。费了好大劲才找到你们这家店。"

难道是孪生兄弟。不，不会这么巧吧。昨天来的显然也是这个人。

不同的是他的态度。昨天的他举止彬彬有礼，今天的他摇身一变，说话爽快，口气很像年轻人，而且还跷着二郎腿坐在椅子上。

"有件事想请教一下。"

男子这样说道，但语速比昨天快多了。

"今天的天气也不错啊。这样好的天气，都有点想去打高尔夫了。我特别喜欢运动，但很少有出去的机会。最近有时在附近打保龄球，有时打打乒乓球或是台球什么的。郊区增添了不少娱乐休闲设施，真令人高兴呀。那些设施里也有卡拉 OK 吧……啊，你平时去卡拉 OK 吗？"

一直保持沉默的由香突然开口说道："哎。不过，女歌手的歌我不太擅长。我的声音，有点偏低吧。所以男性歌曲的调子比较符合我。"

实相寺再次目瞪口呆。

由香的沙哑声是以往从未有过的，她那从容的低音在屋子里回荡。

男子问道："你喜欢什么歌?"

"这 个，Mr. Children① 啦，Mackey② 啦。我 经常唱。"

究竟怎么了。由香居然如此爽快地回答。

神秘的男子和由香的对话仍在持续。你都去什么地方唱卡拉 OK? 这个嘛，以前和朋友经常去卡拉 OK 包厢，不过，最近去小酒馆的次数多了。

"那里的老板娘特别会夸奖人。她说理惠子绝对应该当歌手。"

理惠子。

第一次见到由香的时候，她好像也曾经变了个人似的突然变成了一个要强的女人。她说我是理惠子，什么

---

① 日本的摇滚乐队。
② 日本歌手槇原敬之的艺名。

由香，我不认识呀。

或许理惠子才是她的真名。不对，她母亲接电话时就是称她为由香的。

男子兴致勃勃地扯了一阵废话，却突然告辞，然后起身离去。

下一个顾客进入室内，由香竟摇身变成了面带微笑和小声应酬的机器人。

再也无法忍耐下去了，实相寺冲出了房间。

来到公寓外，然后朝店肆方向急奔而去。

他到底是什么人。来见由香的意图何在。

实相寺来到了竹下大街，这里的行人往来如织。尽管如此，当来到原宿站广场大街附近的时候，还是远远发现了混杂在人群中的B系休闲装。

实相寺拼命想追上那个人，但就在那时候，男子钻进了停泊在明治神宫牌坊前停车场的白色卡罗拉中。那是一辆如今在废车停放场都看不到的白车。那家伙，难道虽然看上去穿着价格不菲的衣服，但其实很穷吗？

车子猛地启动了，随之绝尘而去。实相寺眼睛近视，连车牌号都没能看清。

当天晚上，在餐馆用餐的时候，实相寺问由香："理惠子这名字，你打算把它当你的艺名吗？"

"嗯。理惠子是谁？"

实相寺生气了。难道你和那个来路不明的人都能在一起愉快地聊天，而对我却执意要假装不知道吗？

"之前你自我介绍过呀。第一次来我店的时候，你不是说过'我叫理惠子'吗？"

"嗯……"

"算了吧！我是你的经纪人呀。别再对我隐瞒了！"

因为这一下大声斥责，由香摇身变成了外星人，然后放声大笑。

餐馆里的顾客以及工作人员的视线一齐都投向了他们。

"我明白了，行了。"实相寺一筹莫展地说道。"就此收起你这套把戏吧，求你了。"

由香停止了大笑。仿佛什么也没有发生似的手持汤匙，舀了一勺汤，温文尔雅、悄没声地喝了一口。

第二天，那个男人再次出现了。

这次他身着淡雅的灰色西装。

装什么大款，你个穷鬼。实相寺通过监视器证实就是那个人之后，恨不得马上就冲出去。

然而今天，男子并不打算在椅子上坐下。他走近由香，说了声"多谢"，同时给由香鞠了一躬，而且还从怀里掏出一张名片，彬彬有礼地说道：

"这是我的名片。需要帮忙的话，请随时与我联系。那么，如果有缘还能再见面的话……"

由香面无表情地刚接过名片，男子就迅速转过身去，抬腿走出了店门。

实相寺慌忙朝玄关跑去。

他究竟要干什么。是星探吗？不管怎样，现在这种情况不能置之不理。

实相寺今天又一次跑到外面，朝着原宿站广场大街奔去。今天一定要戳穿他的真面目。

在明治神宫牌坊前，和昨天相同的场所，停放着一辆有年头的白色卡罗拉。

那男人还没到。实相寺跑到车旁。

伸头朝车内张望了一下，发现副驾驶座上丢着一台笔记本电脑。开这么旧的车居然也配有新的东西。

"那是我的车……"

突然有人从背后搭话，实相寺慌忙回过头去。

正是那个人。身材比在画面上看到的要偏高一些，也许因为头小，所以并没感到有什么威严的压力。

"你！"实相寺说道，"你听好了，我有言在先。那个店是占卜店。你如果不打算算命，就不要再来了！"

"……呀，这是怎么回事呢？你是谁？你怎么知道我去过占卜店？"

实相寺不知所措，因为不能告诉他安装了偷拍摄影机。

尽管这样，实相寺仍不打算就此让步。

"不管怎么说，如你所见，通灵店每天都有很多顾客光顾。你的行为纯属妨碍营业！"

"嘿嘿，原来你是那家店的经营人呀！"

"严格说不是，但你可以把我看作事实上的经营人。我叫实相寺则之。你不知道我吗？"

因为特别想夸耀一下自己，所以就报上了姓名。实相寺认为这人曾经来过"占卜城"，所以也许知道以前在此营业的专业催眠师的名字。

然而，男子不动声色，态度仿佛是要说"从未听说过呀"。

令人恶心的家伙。实相寺大声吼道："我再说一遍。你别再到我店里来为所欲为了！"

"你，经常喝酒吧。尤其是威士忌。"

一下子话给岔开了，实相寺茫然若失地瞪了男子一眼。

难道身上还留有酒味？不，那绝不可能……

"在家里喝点没问题，不过白天还是少喝为妙。你玩弹子游戏吧？最近也玩过吗？输了吧。我不是说你不能玩弹子游戏，但是最好别再玩你喜欢的那个超级波物语了。一旦沉迷其中，往往连时光都会忘记，工作也会撂下不管，因而惹雇主生气。另外，有时不知不觉钱包里面值一万元的纸币还会减少几张吧。你最好多加留神哟。再见。"

实相寺就这样一直茫然地望着男子朝卡罗拉转过身去。

他怎么知道的。

太不可思议了。比起由香的能力更难以想象。纵然他始终尾随我，也不可能连我丢失了一万元都知道呀，这件事除了我本人，其他人绝不可能知道。

"再说一句可以吗？"男子一面往卡罗拉里钻，一面说道。"让她一直那样工作可不好啊。因为事情有可能变得无法挽回。那么告辞了。"

嘭的一声关上了车门。车子伴随着强劲的引擎声启动了，那声音与其外观很不相称。小车顺利地融入到马路上的车流之中。

实相寺望着车子消失而去的方向，久久伫立。

老是发生一些令人迷惑不解的事情……那家伙到底何许人也。是外星人吗？

同　事

第二周的星期一，东京晴空万里。早上八点，新大桥大街依旧车水马龙、熙来攘往。

嵯峨敏也谨慎地转动着年头久远的卡罗拉的方向盘。如果方向打得太急，就会发生车轮方向跑偏的现象。

一九六六年，现已作古的嵯峨的父亲购买了这辆白色卡罗拉，当时不过是常见的很普通的车子，但在二十一世纪的今天却成了罕见的车型。

也许是这一缘故，车子好像被站在十字路口的熟人发现了。同事鹿内明夫就像招呼出租车似的从人行道跑出来招手。

踩下刹车，嵯峨急忙停下卡罗拉。

和嵯峨同是三十一岁的鹿内一副满不在乎的样子，他打开副驾驶一侧的车门，钻了进来。"今天运气真好。我正好刚下地铁。把我带到单位！"

"你饶了我吧！急刹车会伤底盘的。"

"嵯峨。你还不把这种洞穴人的交通工具卖掉换辆新的！"

"鹿内，那你引以自豪的 BMW 呢？"

"年检去了。还不习惯乘坐通勤电车，所以错算了时间以致出来晚了。我真怀念往来于文京区的临床心理师学会秘书处的日子。汐留这一带我还不大熟悉。"

"要是这样，为什么不回秘书处上班？"

"开什么玩笑！这不是让一个被雷克萨斯挖走的人再回到 TOYOPET① 嘛！"

嵯峨一面苦笑，一面驾驶卡罗拉。"什么意思？"

"这是一个在丰田系统做经销商工作的家伙告诉我的。他说在高档品牌雷克萨斯下线的时候，TOYOPET方面对员工进行了考试，结果及格的人都被雷克萨斯挖

① 日本丰田汽车早年生产的一款轿车。

走了。那小子没考及格，只好留在了 TOYOPET。我的意思是，从某种意义上讲，可以说作为临床心理师的我们也相当于调动到了特殊品牌的场所。所以事到如今是不可能再回到老巢了。"

"品牌啊……难道东京心理咨询中心对临床心理师而言是一个具有品牌意义的工作单位吗？"

"那当然啦。中心有精神科医生和脑外科医生以及内科诊疗医生，而且还有为临床心理师准备的精神护理方面的尖端设备。中心是把诊疗重点限定在暂时还不如国外的心理咨询和心理疗法方面的第一家民间机构，既像医院又不是医院。你不觉得挺酷吗？"

"不觉得……要取得临床心理师资格本身就非常困难，所以无论在什么地方工作都一定感到很自豪。"

"那倒是。拼命用功，从指定的研究生院毕业后，再以临床锻炼几年的基础，经过笔试和面试，终于取得了资格证，这段期限仅仅只有五年啊。在这期间，既要做论文又要忙其他，如果拿不出一定的研究成果，就会被除名。我从未听说其他领域也需要具备如此苛刻的资格。"

"你要是不服气，就去当医生好啦。那可是个铁饭碗哟！"

"即使要当，也只能在地方医院。如果调到地方医院，过去那些丑事就能隐瞒过去。不过还是不行。我怕见血啊。"

"那就不当外科医生呗……"

"要取得医生执照，不是还得有外科和内科的知识吗！我连内视镜都不愿意看。不想看那种令人恶心的东西。"

"作为临床心理师有时也得去医院呀。那你行吗？"

"精神科和心理治疗内科以外恕不遵命。我去过的地方大多是一些不怎么样的地方。精神保健福利中心和康复中心还行，学校心理咨询我原则上不接受。那些内向的小青年的提问太令人恐怖了。"

"喂，身为科长的人说这样的话……"

"你别假正经了。我这又不是家庭治疗科。不管怎样，箱庭疗法部那里很舒心。只要天天护理玩偶就可以了。最近又有一次，我往箱子里放入了沙子，然后正在准备的时候，一只猫错把箱子当成了厕所……"

"你是说儿童咨询机构和少年鉴别所①也不好吗？

---

① 日本负责收容由家庭法院送来的少年的国家监护设施。收容的同时，根据医学和心理学等专门知识对其身心状况及性格进行鉴别。

可无论什么地方对临床心理师而言，不都是重要的职业范围吗?"

"在就业服务中心给找工作的人做适应性检查最轻松，可以享受喔！你如果也从催眠疗法科那里调到这里的话，你一定会为这里草率敷衍的现状感到震惊。"

"偏巧我也是一科之长，所以暂时我还不打算调动。"

"你真会说。现在认知心理学已发展为研究的主流。用古老的弗洛伊德先生的意识/无意识理论去诠释一切已经不合时宜了吧？排斥催眠疗法的临床心理师也正在增加。大家都说，不希望与神秘主义的精神世界之类混为一谈。"

"催眠至今仍是有效的疗法哟！只要正确把握说明技巧和实施方法。"嵯峨一边减速，一边抬头向十字路口的前方观望。"到了!"

一幢别致的圆柱形智能大厦巍然耸立，仿佛要与电通大厦和日本电视塔争奇斗艳似的，那就是东京心理咨询中心。

鹿内嗤之以鼻："光是地价也不是个小数目。但愿结局别像某个英语会话学校。"

嵯峨一边把车子开上通往停车场的斜坡一边说："临床心理师作为具有公益法人地位的财团法人的资格虽然得到了文部科学省的认可，但尚未达到国家资格。冈江所长对此特别来劲，她希望临床心理师的地位能够早日和医生的地位拉齐。"

"所以才建这么大的设施，目的在于显示自身的价值。是这样吧？怎样才能为已经也成了社会问题的、这一带的热岛现象再助一臂之力呢？！"

"刚才你不是还说中心是令人感到自豪的工作单位吗？又改主意了？"

"至少这里比待在商住楼那样的秘书处打听调动单位要好。雷克萨斯的内涵毕竟也是丰田，我们说到底也只不过是个临床心理师。这是那种有两种以上解释的诙谐。是稍带自嘲的反讽。"

"真难懂啊。箱庭疗法科科长的心理。"

"要么用催眠帮我分析一下！"鹿内呛了嵯峨一句。

嵯峨和鹿内一起从大门口进到前厅。前台的女接待员点头寒暄"早上好"。两个人在服务台领取写有职员姓名的胸牌。

第一次到东京心理咨询中心的来访者，首先要在这个前台说明想要咨询的内容，然后由工作人员介绍他认为最合适的疗法科的咨询师。

大楼看起来戒备松懈，其实非常严密。来访者要在登记之后才能领取入场证。胸前未佩戴职员胸牌或是入场证的人，很快就会被保安带离现场。外人禁止在建筑内闲逛。

大厅总保持得非常清洁。墙壁雪白，地毯用的是淡红色，多余装饰一点也无。也没有放置宾馆、饭店常见的那种抽象画和雕刻品，因为这些东西也可能给患有严重精神疾病的人带来不安和紧张。

他们朝电梯间走去，恰好电梯门开了。

一个小学低年级模样的女孩和像是她母亲的女子从电梯里走出来，像是刚刚结束了心理咨询。

陪伴她们俩的是一位二十九岁的女性。

虽然有点消瘦，但双肩比较宽，胳膊和腿也肌肉紧绷，使人联想到游泳运动员，肤色却挺白。眼睛很大，长着一张娃娃脸，不过可能是因为大人的装扮和职业装的缘故，看上去年龄要大得多。

嵯峨给了她一个微笑。"早上好，小宫。"

小宫爱子也回敬自己的上司嵯峨一个微笑，"嵯峨先生，今天您来得真早啊。"

　　鹿内歪着嘴巴说道："多亏这家伙的破车没有熄火。那么，我先走了。"

　　鹿内收身钻进正要关闭的电梯门里。

　　嵯峨留在了电梯间，他上前问爱子："和竹下美喜谈得顺利吗？"

　　"是的，非常顺利。"爱子这样答完之后，又转身朝母女点头说道，"你们今天也辛苦了。那么，美喜，下次再见。"

　　"嗯……"美喜有气无力地回一声，随后被母亲牵着手离去。

　　好像还是无精打采，看来仅靠鼓动放松，症状很难有所改善。

　　"你问她有什么烦恼了吗？"嵯峨询问道。

　　"哎，问过。她是小学二年级学生，好像是缄默症。"

　　"缄默症……难道是那种缺乏明确言语反应的状态。她一直都这样沉默寡言吗？"

71

"美喜是选择性缄默症。在家里一般还是可以讲话的，可是一到学校偏偏就应答不了了。"

"是嘛。"嵯峨神色严峻起来。"她有没有请医生看过?"

"哎，看过。既不是精神综合失调症①，也不是自闭症谱系障碍，也没有明显的智力发育迟缓现象。也许是以精神压力为诱因的心因性反应。"

"也不会是阿斯伯格综合征吧?"

"不会的。看不出有什么发育障碍。"

"这么说，是我们的专业范围啦。美喜会不会是个窝里蹲呢?"

爱子点了点头。"好像基本上是一回到家就躲进自己的房间。因此母亲非常担心，于是就带她到这里来了。原因还不清楚，多半是经常遭受伙伴欺负。"

"欺凌问题……这方面的问题有没有详细询问?"

"她本人不想说，不过她母亲……据说起因好像是不会骑独轮车。"

---

① 日本将精神分裂症改名为综合失调症，目的是消除对该疾病患者的偏见和歧视。

"独轮车?"

"近期，有不少小学把独轮车当作体育器材使用。"

"啊。原来是这样。对孩子来说，独轮车不仅仅是玩具和移动工具，在和伙伴相处方面，有时非同小可。如果在学校体育课上，几乎所有学生都学会了，那么这些孩子就可以制订计划，结伴骑独轮车一起去某个地方。可是没有学会的孩子就参加不了了。"

"是呀……"

"那个，催眠你还在学吗?"

"一直在坚持看教材。怪难的啊……"

"也并不是那么难。反正，你要沉下心来好好学呀！毕竟才刚刚入门。"

钟琴声响起，广播里的声音庄严地在大厅中回荡。"催眠疗法科的嵯峨先生，嵯峨先生，仓石主任有事找您。请听到广播后速去主任办公室。"

"嗯。"嵯峨皱了下眉头。"这么急，会是什么事呢?那么，我去了。加油啊。"

"好的。嵯峨先生也……"

嘭的一声，电梯门打开了。

嵯峨走入其中，摁下按钮。他消失在电梯门的

73

里侧。

爱子目送着和蔼可亲、值得依赖的上司。

爱子喜不自胜。她总觉得能被分配到这个科真是太好了。从他那里所学到的一切都将成为明天的基石。

解离性

嵯峨乘电梯上到二十层。

这一层，职员的办公室彼此相连。主任的办公室位于长长的走廊尽头。嵯峨来到主任办公室门前，做了个深呼吸后，轻轻敲了一下门。

"请进。"一个低沉的男人声音回应道。

嵯峨推开门走进房间，坐在写字台前的仓石胜正立刻抬起了头。

"早上好，嵯峨。来，坐吧!"

嵯峨与仓石面对面坐在写字台前面的椅子上。

仓石的剑道和空手道都已经拿到了段位，他对自己的坐姿也一贯要求严格。腰板直挺，下巴收缩。领带笔直，外衣上找不到一道褶皱。也许因为经常运动身体倍棒的缘故，他浑身充满朝气，看不出有五十岁。只有从掺杂着银丝的头发和干瘦的两颊才勉强能揣度出他的岁数。

仓石目光凌厉地凝视着嵯峨，"如你所知，我作为临床心理师，对这个设施里的所有心理咨询业务都负有责任。自我担任主任之后，来访者的投诉数量急剧减少。"

"这个我知道。"

"现在偶尔收到的投诉基本上都是因为误会造成的，只要我们以诚相待很快就能解决。但是，今天一大早我就接到一个电话，就此我必须向你询问一下情况。入绘由香这个人是你的客户吗？"

"不是。没听说过这个名字。"

"那么实相寺则之这名字听说过吗？"

"知道。"

果然，可能是那件事吧。嵯峨想过迟早要传到主任耳朵里，但没想到来得这么快。

然而，嵯峨并没有惊慌失措。我没有做什么错事。已经做好了承担责任的精神准备。

嵯峨这样思索的同时，隐约猜到仓石所说的入绘由香这名字指的是哪个人了。

那个占卜店的女子。难道她的名字叫入绘由香吗……

仓石问道："你见过实相寺吗？"

"见过。据说他是原宿那家店事实上的经营人。"

"那人打来了投诉电话。说你妨碍了他们正常营业。"

"不对，我没有那个目的。如果实相寺那样认为的话，那一定是误会造成的。"

"上周，你去了他的店，对叫入绘由香的女子举动轻率。而且你还威胁实相寺，不许他让她工作。"

"我没有威胁他。只是忠告他，让她，也就是在店堂做占卜的叫入绘由香的女子干活是不明智的。"

"这是你的个人意见吧？"

"不是。是作为职业心理咨询师的意见。"

"可是，他俩不是你的咨询对象吧？职业心理咨询师只有在接到来访者的请求后方可进行忠告和启发。不管有多么正当的理由，擅自对别人的生活方式说三道四是我们必须谨慎的！"

"……正不正当我不知道，但我采取行动自然有它的理由。"

"什么理由？"

"医生对急症病人不能弃之不顾。实际上，即使在精神医学领域，除了引起自杀和暴力的例子外，同样存在着作为急救疾患对象的患者这样的情况。当发现思维、情感、行动方面已经发生了障碍而需要马上治疗的患者，精神科医生决不会视而不见。"

"我和你都不是精神科医生。"

"是的。但是也有精神科和心理治疗内科的医生在这个东京心理咨询中心工作。既然具有医院的一面，我们难道不也负有医院职员的职责吗？即使负责给急症患者治疗的应该是医生，伸出救助之手的应该也可以是职员。"

"也就是说你想单方面地进行救助吗？无偿的？"

"心理咨询师不是志愿者，但也并不是以收取来访者费用为前提的。"

仓石唧咕道："所长要是知道了肯定会反对，不过我倒未必。但是，也必须尊重那女子本人的意愿。你说给我听听。那个需要马上得到救助的女子的病症是什么样的?"

"解离性同一性障碍。也就是说,她可能有多重人格障碍。"

仓石一声不响地凝视着嵯峨。

透过厚厚的窗户玻璃,能够听到往来于首都高架上的汽车的声音。如果联想到这里是二十层,那么就不难想像现在室内是多么寂静。

不久,仓石叹着气打破了沉默。"多重人格……"

"请接着听我说。我知道这种症状在日本的精神医学界还没有被正式认知。即使在欧美,人们也都认为真正属于这种病例的是非常稀少的。不过,也并非如此。这种疾病在百分之五的精神科患者中可以见到,儿童向成年过渡时期以及成年初期容易发病,女性患者的数量比男性的要多。最严重的是容易转化为慢性的解离性障碍。"

"没必要听你上课。我也经常看美国精神医学会出版的关于精神障碍诊断和统计的最新版入门书。曾有一段时间,多重人格被媒体单纯以趣味为中心炒作了一把,但反过来偏执地认定这是一种奇怪病例的人也不少。然而，我客观上虽然不能立刻相信……但也并不持否定多重人格障碍实际存在的立场。"

"我对人绘由香这女子是否符合多重人格障碍诊断标准的定义进行了冷静的观察。存在两个或两个以上，明显与其他有别的同一性或人格状态。其中至少有两个反复限制当事人的行动。想不起重要的个人信息，其严重程度无法用一般的健忘来加以解释。我认为上述几条都和她相吻合。"

"嵯峨。话虽那么说，和很多精神科医生一样，要说明是不是因精神综合失调症引起的也是相当困难的。你以什么根据判断说入绘由香是多重人格障碍呢？你究竟以什么方式和她认识的？"

"大约两周前，在电视的信息节目上，一个自称通灵者的女占卜师接受了采访。她就是入绘由香。"

"什么是通灵者？"

"就是指能够和宇宙进行沟通的人。所谓和宇宙沟通是指通过心灵感应与在其他行星上的外星人沟通。这个，总之是指那样自我主张的人……"

"这不就是巫婆和灵媒的现代版嘛。"

"是的。在和宇宙沟通的过程中，自己全然变成了外星人，喋喋不休，进行占卜。她在原宿一个叫'占卜城'的店里拥有专用的摊位，很受欢迎。"

"你的意思是，她化身为那个外星人就是多重人格的表现吗？"

"是的。不过，所有人都认为占卜师是刻意耍把戏的，因而入绘由香玩的也不过是作秀而已。虽然电视节目也半凑热闹地播放过，但我怀疑她是多重人格障碍。为什么这么说，因为有学说认为多重人格的原型是萨满人格变样和附体状态。"

"这个我知道。呈现附体状态的精神疾患，称作祈祷性精神病的心因性反应是一种感到被什么东西附体，进而体验人格变换的病症。据说和关于这种伴随宗教色彩带有神秘性症状的报告在历史上即将消逝的同一时期，才开始被称作多重人格障碍的。"

嵯峨点了点头。"入绘由香看起来是依靠附体而发生了人格转变，所以也不能否定原因是出自这里，以致发展为多重人格障碍这样的可能性。于是，我决定一探真相就到她店里去了。"

"是作为顾客吗？"

"是的。第一次去她店的时候，我没有表明自己是心理咨询师。她是一个非常温顺、彬彬有礼的女性。不过，回答问题的速度却超慢。你即使向她提问，她也要先和你对视一阵，然后好不容易才开口说话。"

"那是什么原因？"

"我认为或许是在极其短暂的时间里发生了解离性健忘。刚才的事情想不起来了，因此也就忘记了别人问了她些什么。"

"也不是没有这种可能性，但是仅靠这一点还不足以说明就是发生在了她身上。"

"嗯。可是，我看见过她的人格转换的瞬间。那是在鸦雀无声的室内突然发生较大声响的时候。她吃惊过后，很快就变成了外星人。"

"想要脱逃……也就是解离性迷游症呀。"

所谓解离性迷游症是精神医学用语，指的是因恐怖和受到强烈刺激而产生的逃避现实社会的现象。有时也会出现失去意识之类的症状。经常有报告称这种现象可能是多重人格障碍的人格转换的诱因。

"是的。"嵯峨说道，"即使在电视节目上，因入绘由香回答迟缓而急不可待的现场报道记者提高了嗓门的一瞬间，她也发生了人格转换。我也问过其他到访的顾客，大家都说她总是使用那种手段，先是激怒顾客，然后摇身变成外星人使之大吃一惊。不过，我那次去的时候是在过路人敲打窗户玻璃的一瞬间，她是因为那个声音而受惊变身的。"

"你的意思是，一切都不是什么作秀而是病症的连锁反应吗？"

"入绘由香这样对我说过，我们是友好的外星人。据说像这样在指自己的主语中使用复数是多重人格障碍征兆中的一种。"

"人格转换为外星人，这其中意味着什么？"

"这个目前还不清楚。只是造成多重人格障碍的因素在于日常生活中因受到精神上的压迫，从而企图把它看作是落在了并非自己而是别人的身上，于是就要创造出另一种人格。受到精神上的压力，纵使转换为另外的人格，如果因而仍然遭受压迫的话，那就会继续转换为别的人格。这样不停地逃避现实，在自己身上创造出许多人格，最终，也许仅靠现实意义上的人格已经捉襟见肘，于是就到达了想像上的人物。"

"有道理啊。"仓石点头认可。"就如同睡眠中所做的梦，有时荒谬绝伦脱离现实。无意识可以创造出奇特的意象。"

"嗯。她自称是法太玛第七星云的维那克斯座的安多利亚。这也许是她把小时候在什么地方听到的漫画上出现的人物和带有科幻性的名称组合在一起，于无意识之中创造出了这个名字。"

"如果真是这样，那她一定是受到了相当强烈的精神上的压力。要是一般的逃避现实，只要转换成更具现实色彩的人格就应该足够了。"

"刚开始时估计是那样的。她也创造出了一个名叫理惠子这样要强女性的人格。我轻装前往她的店面，尽量采用充满朝气的交谈方式，突然她变成了一个喜欢卡拉 OK 的女性。除此之外，我认为根据情况她肯定还具有多重人格。"

"那么你是怎么做的？你有没有告诉她说她可能有精神疾患？"

"没有。我告诉她了我所在的地方。给了她我的名片，嘱咐她如果有事需要帮忙的话，请来找我。我觉得再多说下去可能会节外生枝，所以……"

"是嘛。"仓石自言自语。

沉默来袭。寂静的时间在室内流逝。

"不过啊，嵯峨。"仓石开口说道，"反正你不是医生。如果人家不许你随便叫人家病人怎么办？既然一切都是基于臆测，那也就什么都无法断定。"

嵯峨立即回应道："仓石主任，如果她正如我所说的一样怎么办？入绘由香现在仍在被人当猴耍，那就如同被关在动物园的牢笼里。所有的人都把她当作了笑料。我的观点即使全都错了，也不能认为她现在活得健康。我不能坐视不管。"

"……不能坐视不管，嗯。这等于你自己承认了你作为心理咨询师做了不该做的事。"

嵯峨无言以辩，小声嘟哝道："是的……"

仓石叹着气说道："仅从你所闻所见的信息而言，就算她确有精神病嫌疑，也还没有达到掌握确凿证据的地步。还有几个疑点尚未破解。比如，如果她是多重人格，应该忘记化身为其他人格时的事情，可为什么她一直在占卜店工作呢？即便她是被迫在那里工作，那么在平时的正常状态下，她也应该产生这样的疑问：干嘛自己一定要在那个地方呢？更不可能会以笑脸接待客人。还有，她即使的确有可能发生人格转换，而仅靠这一点也不可能成为受欢迎的占卜师啊。她占卜算命准不准我不知道，但她至少应该做到了让顾客心服口服。这一点，多重人格的人主观上做得到吗？而且，如果说越是多重人格，精神上就越饱受逼迫，其理由何在呢？精神病以因家庭和工作单位的人际关系造成的精神压力为诱因而导致发病的情况也不少。她周围的人都是些什么性格的人，现在都在干些什么？"

"这个，我只是在占卜店见过她，至于她的家庭环境不太清楚。"

"所以，我说在掌握所有情况之前，暂时不要轻易猜测。"

嵯峨不再反驳。"那接下来……"

仓石的表情有所缓和。"你可以利用空闲时间干。还应该请这里医疗部的精神科和心理治疗内科也给予协助。当然，这是你的事。我想你已经这样干了……"

不愧是资深临床心理师，我的一举一动好像都在他的预料之中。

"不好意思。"嵯峨低下了头。

"先不要对实相寺说，我感觉他不会自愿协助你的。只是……有一件事令人担心。"

"什么事？"

"嵯峨。多重人格障碍据说不能完全根治。假如得以证明入绘由香正是这个病症，下一步该如何去做呢？"

"……有办法。"

"有？什么办法？你说怎么办才能治愈？"

"那个……"

还不能说。一切由我负责在做。不想把上司仓石卷进来。

仓石目不转睛地盯着嵯峨，不久像是放弃了似的说道："行吧，嵯峨。你要是真的想救那个女子，就千万不要半途而废。你别忘了这关乎到自己的饭碗。"

"谢谢！"嵯峨站起身来。

他深深地向仓石鞠了一躬，然后转身向门口走去。

嵯峨感到内心非常激动。不是期待感，而是紧张和惧怕的缘故。

仓石说了，这关乎到自己的饭碗。的确如此。因为这个病是本国学界尚未认定的病例。主张有此病例即意味着要挑战整个学界。

为救助一个陌生女子，路途坎坷而遥远。前方等着嵯峨的是，搞得好维持现状，搞得不好只能身败名裂。

重　逢

下午五点以后。

仓石站在"东京心理咨询中心"的楼顶上。

三十二层的高楼上，仅凭围栏环绕的露天空间，有机会伫立在这样的地方在日本国内是不多的。

风有点冷，略有寒意。与盛夏时节相比，笼罩大气的烟雾有所减轻，因而可以眺望到很远的地方。然而，它也让人相应地看清了有点脏的这座城市拥挤不堪的负面东西。

密密麻麻的高楼大厦，到处乱挂的大小广告牌。反倒是被烟雾笼罩时的景观要好些。仓石苦笑了一下。由于公害的缘故，景色才得到了美化。这种事情也太具有嘲讽意味了。

心理咨询好像也与这样的景色相似。心理学越是学得深入详细，给别人的咨询建议就越发困难。你会发现，就连一些多么细小的问题都不容易解决。

嵯峨说过"不能坐视不管"。

年轻的时候，总是凭着一腔热情参与活动。然而，自己认为最好的事情对别人来说也未必尽然。

那个判断真的正确吗？嵯峨插手干预别人的事，纵然有多么正当的理由，难道也不应该阻止他吗？

我非但还没有见过名叫入绘由香的这个女子，就连她的照片都没看过。真的有必要容忍嵯峨的行为吗？

嵯峨为人好学上进。尤其他的催眠诱导技术，其本领不亚于国内的任何权威。他善于把握来访者的心理，对方无论是什么样的人，都能够很快使其进入催眠状态，他具有通过适当的暗示施行原因疗法的能力。那不仅仅是个技巧问题。

嵯峨是个和所有年龄段的人都能够友好相处的人。在和我的交往中，对我也怀有崇敬与信赖之情。所以我对他虽然没有特别关照，但不能否认的确也有把他当作自己亲儿子看待的成分。

很快缓过神来。

有点过于感伤。

我没有孩子。所以对嵯峨怀有依赖心，从而牵涉到了这次的姑息迁就。打算这样进行自我分析吗……

无聊。仓石付之一笑。我还没有脆弱到这种程度。

身后传来脚步声。

背后听到一个年轻职员的声音："原来在这里啊！仓石主任，东京文教会医科大学赤户医院的脑神经外科主任医师根岸来了。"

这下糟糕了。职员们都知道了我在楼顶上消遣。

仓石转身说道："你竟然知道我在这里……"

年轻职员不禁张口结舌。

叫根岸的到访者和职员一起就站在咫尺背后。

是一位女性。看着有点眼熟。

头发很长，颀长的身材。脸部化妆稍浓，但本身就眉清目秀。

略带褐色的大眼睛，起初没有露出一点声色。然而，还是能够微微捕捉到眼眶里的湿润。

"知可子……"仓石自言自语。

女医生毫无表情。一面慢步走近仓石，一面以公式化的口吻说道："我是这次就任赤户医院脑神经外科主任医师的根岸知可子。"

富态男子

嵯峨看了下手表。表针指在晚八点。

这个咖啡馆位于"占卜城"的正对面，嵯峨坐在靠窗户的座位上。玻璃的对面是熙熙攘攘的竹下大街。

嵯峨在此已经坐了两个小时，一直观望着窗外。通灵店的窗户全部被布遮掩，里面的情况不得而知。好像其神秘氛围反倒强烈地勾起了顾客的好奇心。

今天的来客也很多，依然列起了长队。这在流行瞬息万变的原宿可以说是个了不起的事情。

现在已经打烊，卷帘门也已关闭。刚才实相寺骑着助动车赶了过来。他把助动车停放在路边，然后走进店内。入绘由香也许很快就会出来打道回府。

鹿内坐在嵯峨对面，他边喝咖啡边说："嗨，你也够多事的啊。"

"嗯？"嵯峨懵里懵懂地应答。"是吗？"

"当然是啦。那人是叫入绘由香吧？她即便是多重人格也用不着你来帮助吧？"

"……这个，嗯。"

"问题是你插手管的这件事对你毫无益处。你就不担心自己的饭碗？"

"噢。仓石主任也是这样对我说的。"

"那你打算怎么办？等入绘由香从店里走出来，你打算抓住她吗？"

"不。只是跟踪她。看她是在什么环境中生活。"

"喂喂！你这不是像可疑分子嘛。警察如果误以为你是骚扰人家而对你进行盘问怎么办？"

"只能实话实说呗！"

"这样说吗？我们是心理咨询师，因为那个女子可能有多重人格，所以就当作案例跟踪尾随。开什么玩笑。被人指控为变态就糟糕了呀。"

"我只是想搞清她的去处。并不是要接触她。"

鹿内叹了口气。"如果是这样，那为什么连我也喊上了呢?"

"因为还有一个人想弄清她的去处。"

店面的卷帘门咯噔咯噔升了起来。门下露出了实相寺的身影。

"啊!"鹿内大喊一声。"那家伙……"

"你认识吗?"

"嗯。刚才他进店时我没注意到,可现在仔细一看,那不是你的同行嘛。"

嵯峨吃惊地反问道:"同行?"

"就是催眠师呀!名字记不得了,但记得他上过电视。就是给节目的出场嘉宾施催眠术,使其手舞足蹈的那种东西。完全是些弄虚作假的把戏。"

"……为什么说他和我是同行?"

鹿内笑了,"是我不好。可是,社会上不都是把你们所从事的工作看成类似的东西吗?"

店内的灯光熄灭了。实相寺和身着风衣的入绘由香走了出来。

由香捋了捋头发,稍微看了下手表。实相寺关上门,放下卷帘门。

"哎,"鹿内自言自语,"怎么看上去和正常女子一样嘛。"

嵯峨感觉的确如此。由香的神态要比在店堂见到的时候轻松多了。

当实相寺说到什么的时候，由香就开怀大笑。她那极其自然的笑容和那个外星人的笑相去甚远。

两人沿着竹下大街朝原宿站方向走去。实相寺没有启动助动车引擎，而是用手推着它。

"走！"嵯峨站起身来。

走出咖啡馆的时候，嵯峨怔住了。

因为他的视线和伫立在嘈杂人群中的一个胖男人的视线重合在了一起。

那个男子个头低矮，勉强才把大肚子收进上衣里。他把锐利的目光投向这边之后，开始缓步行走。

男子像是在跟踪由香。尾随其后。

鹿内从咖啡馆走出来。"喝咖啡的钱我先替你付了。你还我吧！"

"嘘！"嵯峨阻止了鹿内。

实相寺就在不远处再次把助动车停放在路边。他敦促由香走进一家法国餐馆。

为了保持一定间隔，在街头徘徊过一阵后，富态男子也走进了餐馆。

也许是心理作用。不。那个男子肯定是在跟踪实相寺和由香二人。

"喂，嵯峨。"鹿内叫道。"怎么了？再不追就跟不上了。"

"先在这儿等一会儿。"

"啊？等到他们吃完晚餐吗？你行行好吧！干脆我们也进去算了！"

"不行！"

"为什么？"

嵯峨有点不耐烦了。在没弄清那个胖男人的来历之前，他不想盲目行动。

"反正。"嵯峨回应道。"说不行就不行。等一会儿，等他俩出来后，你去追踪实相寺！"

"追踪？到底要追到哪儿才算是个头？我明天一大早还有事呢！"

"别担心。"嵯峨朝餐厅前走去。"他应该就在'占卜城'附近租有房子。只要搞清租房的位置即可。"

鹿内跟着嵯峨走过来。"你怎么知道他住在这附近呢？"

"在我到过那家店之后不久，实相寺就出现了。店内很狭小，而且里面也没有其他房间，可他竟然知道店内的情况。也许他安装了偷拍摄影机哟。"

"偷拍摄影机？如果只是想知道店内的情况，也许用的是窃听器呢。要是这样的话，或许他单手拿着无线接收器就守在刚才那家咖啡馆也不是没有可能。"

"一整天都在那不太可能。那需要很多干电池。"

"也许准备了呢!"

"不会的。"嵯峨朝实相寺的助动车看了一眼。"尽管店面人气兴旺，但实相寺的收入也并不很多。其实很难说一个人因为有志当音乐家，所以他的经营能力也很强。不过他是一个爱虚荣的人，所以才会在这种法国餐馆大把花钱。"

"你怎么连这种事都知道呢?"

"如果收入可观，他就不会骑这种助动车了。是中国产的哟。"

"明明贴着雅马哈的徽标嘛!"

"那是从吉他上揭下来然后贴上去的。多少希望让别人看到后以为是价格贵的助动车。因此我判断他是一个爱虚荣的人。"

"你是说从吉他上揭下来的？"

"你看 YAMAHA 的 M！如果是真正的助动车徽标，这个 M 中间的 V 应该紧贴下面的线。雅马哈发动机的徽标就是这样的。可他这个 V 有点上浮吧？乍一看好像没什么区别，其实这个是乐器方面的雅马哈哟！"

"哎，真的哟！你知道的可真多啊！这是因为你在警视厅做讲座的缘故，还是因为你开的是老爷车的缘故？"

"去警视厅只是做心理学讲座。为了有助于掌握警务询问技巧，警视厅给临床心理师学会寄来一封邀请函。嗯，不知为什么派我去了。"

"因为你反应快呗。对不对嵯峨，问你一个无聊的问题，你看那边！与站前相连的坡道上放着商贩的手推车。你猜那个手推车接下来是往坡上去还是朝坡下去？"

嵯峨不耐烦地说："上下都不关我的事。不过，刚才你问的是谜语吧？既然你说是无聊①的问题，那我的回答就是往上去。"

---

① 原文是日语动词"下"的否定形式（不下即上），其发音与日语形容词无聊的发音相同。

鹿内表情认真地说："……你太厉害了。不愧是东大毕业的呀！"

"先不说这个了。问题是实相寺啊。一个音乐家却偏偏当上了催眠师兼通灵者的经纪人。他是特别自恋而且一心只想从事节目嘉宾行业的那类人的典型啊。"

"的确如此。因为也有数据表明，在自恋方面，男性比女性更厉害。如果再有心理上尚未实现独立的边缘性人格障碍，那么对演艺界的憧憬也就更强烈。他们认为让父母俯首称臣的唯一价值体现是当电视节目嘉宾，所以自己也必须成为节目嘉宾的念头就愈来愈甚。"

"有这种可能。"嵯峨附和道。"因为难以融入社会，所以他们不管是什么总企望把自己包装成某方面的权威。"

"这类人希望扮演的角色是轻而易举地让社会另眼相看的那种。哪怕是人们嗤之以鼻的角色也在所不辞。他们认为只要能够成名就算达到了目的。作为选择的种类，他们基本上会选……"

"啊。超人，占卜师，还有……"嵯峨深深叹了一口气。"催眠师也算一种吧？"

在法国餐馆的坐席上，实相寺和由香碰过杯之后，把杯中的红葡萄酒一饮而尽。紧接着又伸手拿过酒瓶往杯中添酒。

"要是这么说……"实相寺咄咄逼人。"最近有个奇怪的男子到店里来过，临走时给你留下了一张名片。我跟那家伙讲好了，叫他从今以后不要再到店里来了。"

隔了一会儿，由香不温不火地说道："噢，那个人。可是没什么理由一定要将他拒之门外呀……"

"得了吧。当然有。那家伙不是个正经客人。他是来找我们茬儿的。"

"找茬?"

"就是多管闲事。色情浴室里也经常有这类人。这些家伙往往在跟陪浴的女性做爱之后就开始说教，什么不能老是在这种地方干啦，如果父母知道了一定会伤心的啦。自己明明接受了陪浴女子的服务，居然还说这些，真是些厚颜无耻的家伙。他和这类人一样。"

所谓厚颜无耻的家伙说的是实相寺自己的事。他二十出头的时候，曾经第一次去过色情场所，这事对由香做了隐瞒。

由香佯作不知喝光了杯中的红酒。

"所以……"实相寺说道。"我严肃地把这件事告诉了那家伙单位的领导。这个，叫什么来着，那家伙的工作单位……"

实相寺从怀里掏出钱包，拽出一张名片。

然而，就在他即将朗读名片上的内容之前，由香开口说话了。

"东京心理咨询中心，心理咨询室催眠疗法科。临床心理师，嵯峨敏也。邮政编码105—7444，东京都港区东新深桥1—2—1。电话号码总机是03—6215—……"

实相寺目瞪口呆看着由香。

住址以及程控电话交换机和传真的号码全都正确。

由香若无其事地用叉子尖戳动盘子上的开胃菜。

"你……"实相寺问道，"你是怎么知道的?"

"因为我看了名片。"

"呀，尽管这样，可是那家伙留下名片离开店堂之后，我马上就把名片收起来了。这事已经过了好几天了，你怎么还记得这么准确?"

"这个嘛……"

"你的记忆力太好了。那么，你还记得昨天来了多少客人吗?"

101

"四十二人。其中独自来的只有五人，剩下的两人一组有十一对，三人一组有五个。"

实相寺急忙取出记事本。"那么，上星期六呢?"

"三十七人。单个来的是八人，两人结伴来的是十对，三人一组的有三个。"

实相寺两眼追逐着记事本上的记录，感到身上起满了鸡皮疙瘩。

全部正确。由香具有意想不到的记忆力。

这下不能再做手脚企图利用这一点赚钱了。

我报给总经理的营业额比实际的少报了三成。因为由香总说连顾客的长相和名字都记不住，所以我深信这事不可能败露。

真没想到，由香竟如此准确地记得来客的数量，要是这样的话，营私舞弊就有可能暴露。

实相寺见服务生过来上菜便合上记事本，并拿起桌上的名片。

他一面将视线投向名片，一面极力想使心神平静下来。

实相寺突然感到自己被别人抓到了把柄。情况有些棘手。

入绘由香佯装不谙世事，其实她是个非常不好对付的人。而且，这张名片上的人……

"东京心理咨询中心"究竟是个怎样的机构？所谓催眠疗法科是干什么的？它是个怎样的部门？

或许对方打算挑战我这个催眠师。不对，我在那辆破旧卡罗拉前抓住那家伙的时候，他既不认识我，也不知道我的名字。

那么，他找由香到底有何贵干？那个年轻人难道会施催眠术吗？

催眠和心理咨询。不清楚这两者之间有着怎样的关系。具体想像不出名叫嵯峨的男子从事什么工作。

难道他是来物色由香的吗？

也许是。也许这个催眠疗法科也和我一样，都是些随便应付委托人只求骗取钞票的东西。

所谓催眠术，说到底就是故弄玄虚的玩意儿。那家伙难道意欲新添加一个通灵者，从而制造话题吗？虽然有点越出常规，但也不能说没有这种可能性。

"哎，由香。"实相寺竭力以严肃的口吻说道，"有事相求，这对占卜店的经营非常重要。是关于刚才名片上那个人的事，你务必要把他彻底忘掉。名片上所写的一切都要忘掉。可以吗?"

由香抬起头。脸上毫无表情。像往常一样,仿佛机器人似的点了点头。

"即使与'东京心理咨询中心'那个地方有联系,也一概不要理会!就说从未收到过什么名片。"

"东京心理咨询……名片……这是怎么回事?"

"……这个,现在这样子就挺好。另外,关于顾客人数千万不要告诉总经理。占卜店的管理由我全权负责。有关占卜店的事问我即可。知道了吗?"

"知道了。"

因为由香很痛快地答应了,所以实相寺再次感到了自信的复苏。

由香是一个不可思议的人,她非常顺从别人的要求。毫无问题。

装模作样地花了一小时终于吃完上的所有法国菜,餐后点心也吃得一干二净。

饱是饱了,但并不觉得那么好吃。感觉有点油腻。相反在路边小摊上吃的烤鸡肉串倒觉得更有味道。

实相寺招呼买单,服务生拿着记账单走过来。实相寺如实说出了自己的感想:

"两个人居然吃了三万八千元。就这种口味平平的料理，你们也真敢要价！"

服务生似乎已经习惯了顾客的牢骚，非常有礼貌地鞠躬道：不好意思。

实相寺哼了一声，然后打开钱包。

哎……？

今天在弹子游戏厅用了两万元，剩下的应该有六万元呀。

现在怎么只有五万元了。

尾　随

鹿内提醒道："出来了!"

嵯峨吓了一跳,抬起头来。

实相寺则之和入绘由香。两人现身于餐馆外面。实相寺挥了一下手,与由香告别,然后开始去推放在路边的助动车。

由香则朝车站方向走去。

"拜托你了!"嵯峨对鹿内小声说道。"明天把结果告诉我。"

"明白。"鹿内爽快地回答。

原宿并非不夜街。在人影稀少的竹下大街上,实相寺的背影格外清晰。

鹿内两手插在衣兜里，一边哼着小曲儿，一边尾随其后。

嵯峨负责跟踪由香。由香步履缓慢，面朝站前大道走去。

正准备追赶过去的嵯峨不禁停住了脚步。

原来从餐馆里又走出来一个人。是那个富态男子。

男子环顾周围，随后也立刻朝车站方向走去。显然是在跟踪由香。

隔开一定的距离后，嵯峨迈开了脚步。

在原宿站前大道，由香穿过人行横道，她并没有马上进入车站检票口，而是朝明治神宫方向走去。

富态男子赶上了由香，但并无意和她打招呼，而是跟随其后。

嵯峨小心翼翼地追逐着二人的行踪。

由香沿表参道光叶榉行道树下行走，到千代田线明治神宫前从车站入口走下去。富态男子也效仿她沿台阶跑了下去。

嵯峨依然继续追踪。在地下通道他加快了脚步，一点点缩短了与前面的距离。

来到了检票口前。虽然有些拥挤，但仍可以看到朝检票口行进的由香的身姿。

那个男子的身影却不见了。

嵯峨朝检票口跑去。车站里传来了电车声。如果由香搭乘上那趟电车嵯峨就赶不上了。

嵯峨使用交通卡穿过闸机，急忙沿通往站台的台阶跑下去。

站台双向兼用，来自日比谷霞关方向的电车门已经关闭。是开往我孙子①的。隔窗可见车内的乘客非常拥挤。电车很快就启动了。

随着电车远去，站台顿时一片寂静。

糟糕！由香很可能乘上了刚才的电车。嵯峨慌忙转过身来。

突然，嵯峨被吓得怔住了。

由香就在眼前。冷不防两人相遇了。

由香站在台阶旁边，而且，正面无表情地盯着嵯峨的脸。

她没有搭乘上电车吗……

通知反方向电车进站的铃声响起。

---

① 我孙子市，位于日本千叶县西北部。

嵯峨无可奈何，只好尽量有礼貌地打招呼道："哎呀，上次实在是……"

"……哎？"由香反问道。眼中浮现着疑问色彩。"你说的是什么意思？"

"上次，在贵店见过你。我是'东京心理咨询中心'的嵯峨敏也。我应该给过你名片。"

由香神色茫然，目不转睛地盯着嵯峨。

嵯峨问道："你忘记我了吗？"

"这个……我叫入绘。对不起，你认错人了吧？"

她的态度要比言语更令人惊异。

作为心理咨询师，知识和经验越丰富就越了解说谎者举止行为上存在的某些规律。诸如手指触蹭鼻子、说话时手捂着嘴巴、点头的次数过多、用指甲搔眉毛、弯曲或伸直指尖、侧身站立或站不直身子、语速加快、两手往后背、不停触摸脸颊、摆弄头发、俯视地面等等。

眼前的入绘由香没有一条与之沾边。毫无心理准备，迎头碰上，近在咫尺，面对面对视而谈，然而，从她的表情上却丝毫感觉不到撒谎的迹象。

轰鸣声越来越大，与刚才那辆反方向的电车驶入站台。

"不好意思。"嵯峨冷静地说道。"我好像认错人了。"

由香轻轻点了一下头，然后缓慢离去。

电车门打开，下来很多乘客。

等乘客下完，由香立刻进入空荡的车厢，并坐在座位上。她没有再看嵯峨一眼。

站台上传来广播声。因调整时间，停车一分钟。

他曾给警视厅的人上过关于警务询问的技巧课，可就是这样的他却全然看不透由香。

嵯峨认为只有两种可能。一是入绘由香是一个大大超乎自己想像的面无表情的人，二是她或许真的把他给忘了。

事情实在有些蹊跷。即使由香是多重人格，他无疑也碰上了入绘由香的人格。她刚才称自己是入绘。

解离性同一性障碍患者不同人格之间的记忆中存在一定的连续性。尽管如此，她却不认识他。

站台上响起发车的铃声。嵯峨登上由香旁边的一节车厢。

电车开始行驶。窗外转眼笼罩在黑暗的隧道中。

这条线路一会儿将通到地上。到终点只停一站。由香只能在代代木公园和代代木上原其中的一站下车。

嵯峨打算在冷清的车厢内靠近由香,他此时心情非常紧张。

一个男子打开体育报坐在由香对面。他向上翻着眼珠朝这边张望。正是那个富态男子。

如果他一直在观察由香的话,那也应该看见了嵯峨和她的交谈。

他的目的到底何在?为什么要尾随由香?

传来了乘务员的声音。下一站是代代木公园,代代木公园。

在几乎无人的车厢里,只听到车辆有节奏的行驶声和一个趴在附近座位上的醉汉的鼾声。

嵯峨梳理了一下思绪。这男子也许是由香的丈夫。也可以认为是丈夫在意妻子每晚回家太晚而紧紧跟随。或者是受丈夫委托的信用调查所的人。

不对。嵯峨放弃了这些可能性。这个男子的行为,其目的并不是为了调查妻子出轨这类下贱的事情。嵯峨有种感觉,在自己不知道的地方,某些超乎想像的事情正在进行。

周围一下子明亮起来。成排的路灯亮光在车窗外流逝。电车减慢速度，进入徐行。

代代木公园站。停车，车门打开。

由香走出车厢来到站台。

嵯峨仍留在车内。因为富态男子没有起身的意思。

他依然在埋头阅读体育报。不，他不过是装作看报的样子，其实是在监视着这边。

发车的铃声响起。

踌躇一掠而过。如果不在这下车就毫无意义。

无可奈何。嵯峨跑出车厢来到站台。

背后响起车门关上的声音，电车驶离车站。

嵯峨看到了由香走上台阶的背影。然而……

站台上只有嵯峨一个人。

全然不见富态男子的身影。

被催眠性

夜晚东京商住区的酒廊，仓石胜正坐在和根岸知可子并排的吧台座位上。

服务生过来询问点单需求。请问两位需要什么？

仓石回答道："我来一杯威凤凰加冰。她来一杯金巴利橙汁。"

突然包间里的客人们哄堂大笑，以致服务生没能听见仓石说的后半句。于是再次问道：请问同来的这位？仓石大声答道：金巴利橙汁。

店内瞬间鸦雀无声。大家都回头朝仓石这边张望，好像中年绅士点了令人感到意外的饮料而引起了大家的兴趣。

仓石慌忙加上一句："我要加冰的威凤凰。"

知道了，你要的我已经听到了。服务生语气有点生硬，他用笔在记账单上划拉几下，迅速转过身，伸手去取搁架上的洋酒瓶。

知可子瞠目结舌，耸了耸肩说道："还是老样子啊。"

仓石叹着气说道："不好意思。我还以为这里应该比较安静。六本木也变样了。"

"不过，你竟然还记得我喝酒的癖好。已经时隔十二年了吧?"

"十三年了。"

服务生将布制杯垫铺在两人面前，又将玻璃杯放在上面。

左撇子的知可子伸手去取高个玻璃杯。戒指在她纤细的无名指上闪闪发光。这是当年仓石倾其所有买给她的结婚戒指。

为什么时至今日她还戴着那枚戒指……

碰过杯之后，仓石仰头把杯中酒一饮而尽，冰块碰到牙齿发出声音。

该说什么好呢? 仓石有点茫然无措，干脆就从一般的问题聊起吧。

"刚才，看到你的时候，我真的很吃惊。虽然听说来人名叫根岸，可根本没想到是你。你什么时候回国的？"

"大约半年前。我在宾夕法尼亚大学医疗中心完成脑外科手术的研修后，一直就职于纽约的一家医院。不过，后来总想差不多该回日本了吧。"

"为什么会产生回国的念头？听说你在那边结婚了……"

"……结婚后只过了一年就离婚了。还不如说一开始他似乎更看重的就是工作。"

仓石由衷地感到光阴似箭，日月如梭。

知可子今年应该有四十岁了。结婚时，她还是研究生院的医学研修生，才二十六岁。不过，知可子现在的容貌和当时并没有多大变化。看上去至少要年轻十岁。

婚姻生活只过了不足两年。和仓石分手后，知可子很快就去了美国。后来，听说她和一个当大学教授的美国人结了婚。虽然两个人一直不通音信，但她的名字在CNN上曾被介绍过几次。据介绍说，她作为脑外科医生，成功地完成多例重大疑难手术。尤其是面对一个出生不久的婴儿脑水肿的病例，就连美国脑外科方面的权威都束手无策，她却以精湛医术将该婴儿的病完全治愈，此事几年前曾被大肆报道过。

"总之，"仓石说道，"你在那边的出色表现我都听说了。所以你一回国就当上了脑神经外科主任医师。你要是早告诉我，我会马上跑去表示祝贺的……"

知可子笑了。"你的表现才出色呢，都当上主任了。我在互联网上搜了一下'东京心理咨询中心'的网站，看到上面刊载着一篇关于原发性睡眠障碍与精神疾患相关的新见解论文，末尾署名是仓石胜正主任。"

"原发性睡眠障碍？那篇论文在网站上被推介是今年年初。你是在美国看到那篇论文的吗？"

知可子缄口不语。

仓石放下玻璃杯，转身面向知可子。"这么说，你事前就知道我当主任了？"

"嗯，是呀。我是在知道这件事的两个月之后回国的。"

"以你的医术，挖你的大医院很多吧？你为什么选择了东京文教会医科大学的赤户医院呢？"

"因为听说这里急需脑神经外科主任医师的继任者。"

"那你一定也知道'东京心理咨询中心'和都内的主要医院都有交流啰？外科主任医师早晚要和咨询部主任建立紧密的关系。这么说，今天的会面并非偶然啰？"

"你别自以为是。我不是专为见你来的。"

"随你怎么说。不管怎样我们是老相识了，而且工作也一定会顺利进行。我们就友好相处吧！"

仓石以公式化的口吻说道。他通过公式化的口吻有意含糊了友好相处这句话的含意。

然而，知可子好像敏感地察觉到了这一点。"你真狡猾。"

"你说我狡猾？"仓石不怀好意地问道。

知可子突然生气地扭过脸去，端起玻璃杯喝了一口。

适可而止，还是我先让步吧。仓石问道："近来很忙吗？"

"问这个干什么？"知可子没好气地说道。

"这个，我想我们再换个安静一点的地方聊聊。"

在顽固这一点上，知可子和仓石也有得一拼。"最近很忙。"

"嗬，有那么多手术吗？"

这回，知可子公式化地说道："我并非只在手术的时候才工作。不久之前，我做过一个脑损伤的疑难手术。那个患者痊愈之前我都必须时刻注意他的病情。"

"因为是你主刀的，所以应该没什么不放心的。有关外科术语我不太了解，所谓脑损伤是一种什么样的症状？"

"准确地说，应该叫开放性脑外伤。患者是一个二十三岁的女性，她从住宅区的三楼阳台摔到了混凝土地面上。当时的状况是头盖骨塌陷性骨折，被送到了高见泽医院。"

"高见泽医院？那为什么会由你来主刀呢？"

"因为病情非常严重，所以我就被叫去了。"

仓石钦佩地点了点头，喝光杯中的威士忌，然后又问服务生点了同样的酒。

知可子继续说道："开放性脑外伤具有杂菌由伤口侵入，因而造成感染的危险。一旦发生脑炎，很可能导致脑障碍。因此，需要立即手术，刻不容缓。所以半夜里给叫了起来。"

仓石并不想了解得太具体，于是准备让知可子就此打住。"是吗？那真够你受的呀。"

然而，知可子好像有了醉意。她目光恍惚地一面望着虚空，一面继续解说："无论如何，为防止感染必须赶紧修复伤口。所以首先切开头皮和帽状腱膜，然后使骨折部分外露。剧烈撞在混凝土上的头顶骨支离破碎，所以要用镊子一片一片地把小碎骨取出，煮沸消毒之后，就像拼图游戏一样将小骨片拼合整齐，再用银线固定住……"

邻桌一位男士皱着眉头起身离开了座位。

显然，知可子的解说在吃饭的时候是不合适的。可是，知可子好像完全不介意。

"万幸的是，硬膜和脑组织都没有一点损伤。小骨片只是在头皮下粉碎，所以手术后的恢复没有问题。不过，多少有些出血，因此骨片下形成了血块。在吸除血块的时候需要特别注意……"

"……知可子。"

"哎？噢，对不起。在这样的场合……"

"你的医术绝对可靠这一点我非常明白。不过，刚才你说你是在半夜给叫起来的。那名女性患者难道是半夜里从阳台上摔下去的吗？"

"嗯，是的。因此来了很多警察，这个那个地进行

119

询问。因为患者还需要安静，所以我拒绝了警察与她会面……"

"警察都问了些什么？"

"好像那个患者有企图自杀的嫌疑。"

"自杀？"

"嗯。那女人有个三岁男孩。是个未婚妈妈。晚上在小酒吧上班，白天在家看孩子。今年七月的一天，这个母亲开车带着孩子出门购物。返回的途中，她把孩子留在车上，自己去了弹子游戏厅。车窗紧闭，车门也锁上了。从母亲的角度而言，开始也许只是打算稍微进去换换心情，结果却把孩子一个人丢在车上长达三个小时。这段时间是从下午一点到四点左右，是阳光照射最强烈的时候。当母亲回到车上的时候，孩子已经奄奄一息了。赶紧叫救护车，把孩子送到了医院，不过，孩子已经处于失去知觉的病危状态。现在仍然持续着这种状态。"

"难道是不堪其苦而选择了自杀吗？"

"因为她本人听说如果被提起刑事诉讼，也就很难逃脱过失犯罪的惩处。一开始，孩子的父亲每月还来看望一次，后来突然也不见了踪影，她也不得不离开自己工作的小酒吧。对此媒体也进行了报道，因此左邻右舍也都渐渐对她敬而远之了。"

"看来她是被逼得走投无路才一时冲动选择了自杀。真可怜。"

"但是，也应该有解决问题的勇气呀。"

"那女子也许没有亲属。连一起商量的对象都没有。"

"也许吧。我觉得她固然可怜，但丢下的孩子更可怜。如果她不能得救，那孩子才真是不幸呀。"

"不过，我认为不应该断定是她的过失。谁都知道带孩子有多么辛苦。她只不过想稍微歇口气就进了弹子游戏厅……"

"可是，你要知道，她丢下孩子不管时间长达三小时呀！"

"我不清楚到底是不是她的责任。话是可以这么说，她缺乏做母亲的意识，没有责任感等等。然而，没有一个人甘愿把自己的孩子置于危险境地。"

"你是说因为有赌博依赖症所以没有办法？这实在是心理咨询师的见解啊。"

"并不是那么简单。弹子游戏利用了催眠科学。根据被催眠性的程度，有时往往与本人的意志力无关而使其沉迷其中。"

"和意志力无关？"

"是的。社会上有些人毫无根据地把沉溺于弹子游戏的人称为弹子游戏依赖症，还有一种倾向，把这些人看成是意志薄弱和头脑简单的人。然而，人格与此无关。被催眠性也就是进入催眠状态在程度上存在着个体差异。无论是多么有修养的人，如果他被催眠性高，就会不知不觉地沉迷于弹子游戏中。"

知可子叹了口气。"你的意思是被弹子游戏施加催眠了？"

"施加这个说法本身就存在误解。所谓催眠，是人为地制造出催眠状态的一种技术。所谓催眠状态，是指通过催眠而产生的催眠状态。因为是将对方诱导到催眠状态，所以不是施加，而应该使用'诱导其进入催眠状态'这样的表达。"

"接下去你要说是弹子游戏诱导顾客进入催眠状态吧？"

"从某种意义上说，弹子游戏整个过程是这样的。首先，以单一的节奏击打出来的弹子和圆轴扭转时反复发出相同音阶的律动都会对听觉产生一定的作用。单调的音乐节奏具有两个作用，一是可以使人的理性意识水平下降，二是能够将人带入催眠状态并使他感到心情舒畅。说起来，所谓节奏是因此而生的，而音乐都是通过弱化听者的理性，使其进入催眠状态，从而给人带来愉悦。"

"嗯。这一点从大脑医学方面也可以得到解释。当人感到愉悦时，大脑下判断部位的血流量就会很快下降，思维也会变得迟钝。其状态就如同我们现在正在喝酒的样子。"

"一点也不错。而且，一直还要注视那乱闪的灯光，因此理性活动就更加迟钝，催眠状态越发步步加深。"

"乱闪的灯光?"

"弹子游戏机操作台上安装着许多灯饰，不停地闪烁。乱闪的灯光可以防止意识偏移，创造出一种被动集中注意的状态。也就是只会盯着一点，注意力很难偏离到别处。此时的阿尔法脑波会进一步向安静的状态变化，有时甚至还会达到西塔波。一旦达到这种程度，说明顾客已经进入到似醒非醒、似睡非睡之间的非常愉悦的催眠状态。"

"在嘈杂的弹子游戏厅里，能够进入打盹这样的状态，你以为这种解释审判长能同意吗？"

"比较困难，但这是事实啊。打盹和催眠还是有点区别的。催眠状态与睡眠是两回事。催眠状态中，尽管还有意识，但其思维能力已经迟钝了。因弹子游戏而引起的催眠状态是自律性神经系统中的交感神经处于优势的兴奋性状态。能够既听猛烈的摇滚音乐又在俱乐部连续跳上好几个小时的这些人，可以说都处于这样的状态中。属于哪一类，因人而异。"

"这么说，一旦进入催眠状态，就会任人摆布啦？"

"你这是把催眠和魔法相混淆的想法。让对方凝视光线，然后进行催眠诱导，在第三者看来，这场景仿佛就是使人睡眠，而后任意摆布。世上，至今把催眠看成神秘的超自然现象的人还有很多。"

"……你真是一点都没变呀。和从前一模一样。"

仓石沉默不语。如此说来，十三年前，在即将分手的时候，我感觉好像也是滔滔不绝地说了一些相同的话。

知可子喝光杯中的金巴利橙汁，向服务生要来酒单。看了一眼递过来的酒单，马上就点了马蒂尼。

仓石问道："金巴利之后喝马蒂尼吗？"

"我觉得醉意还不够。"知可子把胳膊肘撑在吧台上，边将头发边说。"检察官或许会这样问，如果看灯光闪烁的人会进入催眠状态的话，那么在玩弹子游戏的时候，只要不去看它不就得了吗？只要手握控制器，视线转到别处不就行了吗？"

"你看一下内部的布局就明白了。弹子游戏厅的内部结构不容顾客转移视线。椅子被固定住了，没有侧身的空间，所有的人都必须把脸靠近弹子游戏机操作台。虽然也有带着杂志或书籍来的人，但是既不知道什么时候中大运，又必须时刻注意击打的弹子有没有打中，所以最终只能盯着操作台。"

"哼。简直就像是软禁状态。要是像从前那样花个百八十元玩一下弹子游戏，然后很快就出来，那么催眠状态就根本不会发生。可如今，预付卡得以使用，所以可以比较长时间地持续玩弹子游戏了。而且，通道修建得又比较狭窄，所以一旦坐在座位上，就很难马上起身离开。"

"是的。我认为，经营者并非研究了心理学才想出了那样的结构，战后，在长期经营弹子游戏厅的过程中，不断摸索种种能够拴住顾客的方法，最后才形成了现在这个样子。因此，游戏厅的经营者也不知道有多危险，比如被引向催眠状态的人会意志力下降。"

知可子耸了耸肩。"也许有人坚持说，我也打过一两次弹子游戏，可是没有出现你所说的那种情况呀。"

"所以说，进入催眠状态的速度以及达到的深度都存在着个体差异。而且，如果仅仅只是进入到催眠状态，这些人不会发起任何行动。问题在这里，就是这些人都得到了暗示。"

"暗示？"

"催眠是指人为地诱导对方进入催眠状态，而暗示则是为了诱导对方而采取的一种方法。通过暗示，使人对其深信不疑。当然，在正常的意识状态下，理性自会抗拒，但是在理性受到抑制的催眠状态下，本能就会无条件地接受暗示。"

"那你说弹子游戏厅里的暗示是什么？"

"就是如果中大运即可发财这种信息呀。一旦进入催眠状态，理性思维就会变得迟钝，从而对此只能深信不疑。"

"因为在这种情况下不可能再进行冷静思考了。他们甚至已经无法理解，弹子游戏对顾客而言即是毫无胜算的赌博。中大运是二百几十分之一的概率，而且即使中了那个大运，一次也只不过是五千元左右。毕竟，如果顾客不赔，游戏厅便赚不了钱，因而弹子游戏厅本身就不可能取得成功……就连如此简单的问题都无法进行思考了。"

"一点也不错。"仓石点头赞成。"失去理性的顾客极其接近本能状态，所以已经无法准确把握花掉了多少钱，甚至连经过了多长时间都弄不清楚了。"

"出了游戏厅之后，理性也应该会恢复吧？"

"有时也会因此后悔不已，但是纵使赚不了钱，身体也已然记住了进入到催眠状态时的愉悦，所以依旧还想沉溺其中，然后再次前往弹子游戏厅。因为他们存有如果运气好即可赚钱这种暗示，所以就一个劲儿地往里砸钱。这就是社会上所说的弹子游戏依赖症。"

"大多数人都会变成这个样子吗？"

"人各有被催眠性程度的高低，因此从本质上讲，不易被诱导到催眠状态的人，也就是被催眠性低的人不会变成那样。这种人即使玩弹子游戏，其理性机能也不会减弱，他会感到游戏厅是一个嘈杂的场所，认为在这种地方不可能赚钱。因此他们不会沉迷于弹子游戏。"

"被催眠性高的人，从比例上说，大约有多少呢？"

"深陷催眠状态的人，我想在非特定多数中，大约每五六人里有一个。过分沉溺于弹子游戏的就是这些人。"

"从整体来看，只是一部分人啊。我想少数派在接受审判的时候是不利的……"

"不管利还是不利，审判长应该了解这类人有这种弱点。"

"如果律师来向你求证，你会出庭对他进行说明吗？就说女被告是因弹子游戏的催眠才将孩子置之不理。所以应该有酌情的余地。"

"如果受人委托嘛……"

"……这么说，你和我的见解不同啊。因为我认为，一个置自己孩子的生命于不顾，然后还企图自杀，这样的母亲也太自私任性了。而且，她应该是不容易进入催眠的一类。"

仓石问道："何以见得？"

"从警察的报告上即可看出。报告里说，他们向那女子所在的小酒吧的工作人员打听过，都说她性格稳重，不会被人欺骗。"

"容易上当和容易进入催眠状态不是一回事。我们把能否进入催眠状态的程度叫做被催眠性，与此相同，把能否接受暗示的程度叫做被暗示性，这其中又分为第一次被暗示性和第二次被暗示性。第二次被暗示性表示警察所说的那种在社会上容易受骗的程度。这一类容易上当受骗，因而被看作是头脑简单的人。与此相反，第一次被暗示性则表示刚才也提到过的那个催眠诱导暗示在多大程度上有效。第二次低，第一次高的人，虽然性格是意志很坚强，不容易上当受骗，但却容易被诱导到催眠状态，因此就很容易陷入游戏厅的圈套。"

"这么说，如果能够证明那个女人就是这种类型的话……"

"罪行可以减轻。我是这样认为。等被告人伤势恢复以后，法庭应该对其进行被催眠性和被暗示性测试吧。"

不知何故，知可子垂眼不语。

"知可子，你怎么了？"

"……我，无论如何也不能原谅那个女人。"

"为什么？那不是你通过手术抢救的生命吗？"

隔了一会儿，知可子平静地说道："既然你是心理专家，那么你知道此时我在想什么吗？"

　　"……不知道。"

　　"我失去了孩子呀！"

　　仓石一时语塞。

　　"……什么时候？"仓石问道。

　　"在美国结婚后不久……"

　　"有这事……"

　　"嗯。"知可子面露微笑。"在那之前，我爱他，所以很幸福。我期盼着养育和他孕育的孩子。我要教她既会说英语也会说日语，每周一次带她外出兜风……还在肚子里的时候就已经知道是个女孩了。我和他商量，决定取名叫安理沙。名字不错吧？我是想给孩子取一个不管是日本人还是美国人都可以通用的名字。汉字是这样写哟。"

　　知可子从手提包中取出记事本并将它打开。上面写有许多候补名字，安理沙这个名字上画着一个圈。

　　"好名字。"仓石说道。

　　"出生后不久就夭折了。"

　　"什么原因？"

"这个，不清楚呀。说是怀疑有什么感染，但最终没有搞清楚原因。只要知道原因，哪怕搭上我的命，我也要救她的……"

此刻，知可子的眼睛里充满了泪珠。就在泪珠即将滴落的瞬间，知可子用指尖迅速将它拭去。

知可子小声说道："仅仅只有两星期的生命啊。而且一次都不曾回过家。因为得到了主治医生的许可，所以在她临终的时候我把她抱了起来。她是在我的怀抱里断气的。"

热闹的酒廊里，仓石凝视着知可子的侧脸。

是这样啊……

"对不起。"仓石开口道歉。"我一点也不了解情况……"

"算了吧。你的用心很好啊。因为你打算要拯救大家都认为是坏人的那个母亲。不过，人靠讲道理是拯救不了的。那个母亲扔下孩子去玩，孩子因此濒于死亡。这个事实无法改变。孩子是无辜的呀。我很纠结，为抢救那个母亲生命的手术感到纠结。"

知可子凝望了一阵虚空，将手提包和风衣拿在手上离开了座位。

"我要回医院。我必须先去看一下她的情况才能回家。"

仓石站起身来。"我送你吧。"

"不，算了吧。不就是乘门前的出租车嘛。再联系吧！"

知可子打开手提包，准备取出钱包，仓石用手阻止了她。

谢谢。知可子小声道谢，然后转身离去。挂在手臂上的长风衣轻微地摇摆着。

理惠子

嵯峨一边快步穿行在夜晚的下北泽商店街，一边密切注视着周围。

据说这一带的店主对车站前的再开发全都表示反对。这一带有繁华街的热闹，错综复杂的狭小胡同如同迷宫。其实适当做一点区划调整会好走一些……

这一带因为是学生大街，所以年轻人特别多。不过入绘由香的确住在附近。她在代代木公园站下车后，转而走进小田急线的代代木八幡站，又在下北泽站下车，然后走出了检票口。在此之前，入绘由香一直在嵯峨的监视范围里，但后来由于她混入了站前拥挤的人群中，所以就看不见了。

到底在哪呢？古玩店和廉价商店一般都营业到比较晚。是不是也应该进到店里去找找。

嵯峨在上大学的时候，不光去东大本部校区，还经常前往驹场一带，因此他对这一带的地理情况并不生疏。

商店街规模很大，如果来到北泽五丁目就离京王线的笹塚站很近了。由香特意来到下北泽站，说明其目的地应该离那里较近。

嵯峨穿过小剧场和爵士乐音乐厅鳞次栉比的胡同，很快就来到了酒吧街。

由香来这里的可能性很低，嵯峨正准备转身往回走，不禁怔住了。

在那儿。是由香。她正准备进小酒馆。

陈旧的绿色招牌，里面装着的荧光灯忽明忽暗，快要熄灭了，好容易才看清楚店名叫"月光"。

由香打开门，里面立刻传出卡拉 OK 的声音。听得见一个五音不全的中年男子伴随内山田洋和酷五的《东京沙漠》旋律演唱的嘶哑声。中间隐约还能听到像是老板娘的招呼声。哎呀，理惠子，欢迎欢迎。

"嗨……"由香愉快地应道，消失在了门里面。

由香好像不知不觉完成了人格转换。现在，她已然变成了名叫理惠子的女人。

如果她在这家店一向以理惠子这名字出现的话，那么在她是由香的时候，也有可能就失去了在这里的记忆。

怎么办？店内的情况从这里无法弄清楚。可是，这么一家小店，一旦进入其中，不可能不和其他客人接触。

犹豫了片刻，嵯峨终于下决心走到门口。我担心她的处境。不能够让她离开我的视线。

开门一看，店内只有三个客人。L形的吧台前有几个座位，里头放有卡拉OK机，除此之外，几乎再没有其他空间。

欢迎，老板娘的声音听起来格外见外，或许是因为除了常客以外鲜有客人来这样的小店吧。

有两个是结伴而来的中年顾客，离他们不远，由香在最里头的座位上。

由香的视线投向这边。突然，她脸上绽放出笑容。"哎呀，好久不见啦。"

嵯峨虽未预料到由香会有这样的反应，但也并没有特别吃惊。

在通灵店，由香人格转换为理惠子的时候，我们有过交谈。这回是第二次见面。

"可不是嘛。"嵯峨应道，然后坐在了由香旁边。

老板娘是个年近五十的浓妆艳抹的女人。她一边抽着烟，一边走过来问道："是理惠子的朋友吗？"

"嗯，我们有一面之缘……"嵯峨这样回答后，目光注视着由香。"这个，我们是在什么地方见过面的呢？"

由香皱着眉头，捋了捋头发。"这个，是在哪儿呢？因为我只去酒吧，所以有可能就在酒吧这类地方吧？"

"啊，也许是吧。我的名字，你还记得吗？"

"这个嘛。我好像没有问吧？"

"我们是在哪个店见的面吧？理惠子，除此之外你还去哪些店呢？"

"只要是这儿附近。只消有卡拉 OK，而且是人比较少的地方，哪儿都行。"

老板娘从一旁插嘴道："我这儿人少，不好意思呀。"

变成了理惠子的由香发出尖锐的笑声，拿起玻璃杯送到嘴边。

她喝的是上次没喝完寄存在这的 VSOP 白兰地。挂在瓶颈上的姓名牌上写着理惠子。

过了一会儿，由香起身去了洗手间，趁着这个时候，老板娘过来向嵯峨搭讪。嗨，你是理惠子的熟人吗？刚才看见你这么一个年轻英俊的男士进来，我真是大吃一惊。

嵯峨敷衍了几句之后，点了一杯兑水威士忌。

嵯峨啜饮了一口送上来的兑水威士忌。水兑少了，太浓烈。于是他从第二口开始就只是装作浅酌的样子。嵯峨一边假饮，一边问道：

"理惠子从什么时候开始来你这个店的？"

"已经很长时间了。记得是我更换卡拉 OK 机的那个时候，大约两年前吧。当时她每月只来一次，但现在是每天都来。她是干什么工作的？"

"这个，我不知道。"

"在哪工作，住在什么地方，她都不愿意讲。就连姓什么都不告诉我。如果你要问她这些，她马上会变得神情恍惚，沉默不语。她也算是我多年的常客了，这样的客人实在是少有。"

"这个，或许人家也有不愿意说的事吧。"

由香回到了自己的座位。她喝光白兰地，也不跟老板娘打一声招呼就直接拿起堆放在吧台一端的卡拉OK点歌单。

嵯峨侧目以视。由香按照歌手顺序翻动着歌单。她纤细的食指点在Mr. Children的条目上。

由香伸手拿麦克风的同时，把曲名和编码号报给了老板娘。老板娘开始用遥控器操作，扬声器奏出前奏。

由香好像唱得非常投入，唱得很好。

看来她属于多重人格已经几乎没有疑义了。虽然存在几个疑点，但至少她迄今为止的言行全都很难看成是表演。假如是表演，那只能说明她的演技太高超了，而且是毫无意义的。

由香人格转换为理惠子这个女性时的记忆中，存在着明显的连续性。在通灵店，理惠子说过她喜欢卡拉OK，拿手的是Mr. Children的歌曲。也就是说，她记得在这个店的经历。

此外，在明治神宫前车站相遇的时候，平常的入绘由香不知何故已经忘记了嵯峨，但理惠子在这里一遇见嵯峨就马上来打招呼。这是因为彼此相识。然而，嵯峨对理惠子没有进行过自我介绍，所以她还不知道他的名字。

由香就算记得和嵯峨有过交谈，也记不得她和他是在哪儿相遇的。这是因为她在通灵店内只是暂时人格转换成了理惠子，所以她不可能记得那个地方。

然而，还有许多不清楚的问题。

如果她现在完全丧失了作为入绘由香的记忆，那么她出了这个店后会怎么打算呢？两年的时间，如果她在这家店里总是人格转换为理惠子，那平常的入绘由香对丧失那段时间的记忆难道不感到疑惑吗？另一方面，自己住在哪儿，干什么工作，对这些理惠子全然不知也能够无动于衷吗？为什么她一直不用自己的姓呢？

不管怎么说，一个人人格能够分离得如此完美，实在令人惊叹。

包括老板娘，所有在小酒馆与她见过面的人，全都坚信她是理惠子吧。在入绘由香身上存在的另一个完全不同的人生就在此处。

望着单手握着麦克风唱歌的由香的侧脸，嵯峨感到有点难过。

在通灵店，由香是孤独的。即使转换为理惠子来到小酒馆，也还是无人理解她的苦楚。

她难道连一个伙伴也没有吗？难道就没有人担心她的处境吗？

一曲终了。老板娘机械地拍手鼓掌。

嵯峨也一面拍手，一面和理惠子搭话："唱得真好啊。"

理惠子红着脸说道："嗯。我之前也说过嘛。这儿的老板娘只要我一唱 Mr. Children 就会夸奖我。说我应该当职业歌手。"

"你能连续唱多少首歌？"

"这个嘛。我至少会唱五十几首，不过我真正喜欢唱的好像只有十几首。"

"你一般都喝到几点钟？"

"我给自己规定在十二点回家。"

嵯峨将视线投向墙壁上的挂钟。十一点三十二分。

"离开这儿以后，直接回家吗？"

"嗯，是的。"

"你家在什么地方？走回去吗？"

理惠子皱着眉头问道："你为什么问这个问题？这是我个人的事呀。"

"啊，是呀。实在是失礼了。"

"嗨。"理惠子把卡拉 OK 的歌本推了过来。"嗨。这次轮到你了。"

"哎?"

"轮到你了。唱一个。"

嵯峨不知所措。他真没怎么去过卡拉 OK。

"快点!"理惠子催促道。"我已经选好下一支我要唱的歌了。"

"那么，你可以先唱呀!"

"不行。你唱!"

一开始唱得不太顺利，但很快便找到了感觉。结果嵯峨和理惠子两人轮流唱了近十首。

嵯峨眼睛紧追着显示器上的歌词，无法留意理惠子的表情，仅从她的笑声判断，她好像蛮高兴的。

嵯峨对老板娘机械式的鼓掌也逐渐感到了一定程度的愉悦，就在这时，理惠子突然喊道："结账。"时间是十二点过五分。

嵯峨随理惠子走出小酒馆。酒吧街依然热闹兴隆。嵯峨向由香道别："那么，下次再见。"

依旧处于理惠子状态的由香笑容满面地点点头，随即朝与车站相反的方向走去。

下北泽一带，只要离开铁路沿线的商业区域就只是一片住宅区。由香走进了住宅区。

嵯峨拉开一定距离，然后再次开始跟踪。

也许是因为地价不菲，因此小户型独立住宅很多。看起来像是面向学生的两层公寓也随处可见。

由香放慢脚步。或许她从理惠子回到了入绘由香。

四周非常寂静。听得到什么地方有狗叫声。也有不少住家已经熄灯就寝了。

经过了好几个拐弯的地方。拐来拐去，嵯峨一时迷失了方向。

走进一条格外狭窄胡同的时候，由香呆呆地停下脚步，抬头看了看房子。

是一座五层老公寓。由香朝公寓门口走去。

荧光灯不亮，眼前一片昏暗。嵯峨蹑手蹑脚地靠近公寓。

嵯峨一面上楼，一面竖耳细听走在前面的由香的脚步声。好像上到了三楼。

在三楼，嵯峨看见在走廊上行走的由香的背影。由香站在一扇门前，按响门铃。

来了，一个男人的应答。我回来了，由香小声说道。

房门缓慢打开，露出了一张男人的面孔。

男人一身睡衣装束，大约三十五岁，体型细瘦，也许是神经质，看起来有点懦弱。他脸上没有丝毫表情。

由香什么也不说，径直走进去，关上了房门。传来上锁和挂保险链的声音。

嵯峨悄悄走到门前。308室。名牌上写着入绘昭二·由香。

这么说，刚才那人是由香的老公喽。

响起了排油烟机的旋转声。好像一回到家就进厨房开始加工起了什么。飘来一股像是日餐佐料汁的味道。使人联想到关东煮的香味。

终于找到了由香的住所。今天姑且返回吧。

正当嵯峨这样想的时候，突然传来震耳欲聋的叫喊。

是由香的声音。而且是外星人的笑声。

"别叫了！"传来她丈夫的声音。"由香，别叫了！"

笑声不止。非但不止，越来越大。

怎么办？是按门铃还是打招呼呢？

然而，就在嵯峨犹豫不决的时候，一下子变得寂静无声。

听得见男人叽叽咕咕的说话声。而且也能听见由香微弱的声音。她好像哭了。

公寓其他房间的窗户里已经看不到灯光。尽管那么喧嚣，四周依然像死一样的寂静。

邻居们早已对喧嚣习以为常……也许是这种情况吧。

嵯峨回到楼梯处，向外张望了一下。就在此时，嵯峨倒吸了一口凉气。

只见公寓前的胡同里有三个男人，各个都身披风衣。左右两边的男人均是细高个，但中间那人是个矮胖子。

是他。是那个从原宿竹下大街就一直尾随由香的胖男人。

三个人灼灼的目光投向了这边。

嵯峨急忙跑下楼梯。他们到底是些什么人？为什么要跟踪由香或者我？

下到一层，嵯峨由出口跑出去，然而，那里一个人也没有。

风渐渐大起来。寒风刺骨。脏兮兮的野猫为寻找安居之地在胡同中徘徊。巷子里飘舞着枯叶。

偏　见

第二天早晨，上午七点半。上班的时间。

来访者竹下美喜上次来得早，我也不能迟到。

小宫爱子走进"东京心理咨询中心"的大门。

空荡荡的大厅里只有负责接待的工作人员。坐在前台里面的朝比奈宏美起身笑脸行礼。

"早上好，小宫。今天也这么早呀。一大早就开始咨询吗?"

"嗯。是的。"爱子回以笑脸，走到柜台前签到。"早上好，朝比奈。今天也是你值班?"

"可不是嘛。"比爱子小三岁的朝比奈耸了耸肩。"临床心理师资格，挺难考的……"

"朝比奈肯定没问题，可以轻松通过。你作为心理咨询员不是也已经积累了不少经验吗？"

"可是……最近我去面试的时候，发现同班里有特厉害的人，在观察表情方面非常出色，而且可以瞬间看透对方的情绪……有那么厉害的女考生，我近期也许过关无望……"

"肯定不会的。朝比奈一定能成为优秀的临床心理师。"

接过入场证戴在胸前，爱子朝电梯间走去。

突然停住脚步。

如果等到了催眠疗法科办公室，也许就来不及了。干脆先在这里把妆化完算了。

爱子坐在沙发上，对着小镜子涂了薄薄一层口红，然后用手轻轻梳理了一下短卷发，把刘海稍微搭在眼眉上。正过西服领边之后，将小镜子尽量拉远，看看整体是否协调。

"不错。"爱子低声自语，把小镜子放回手提包内，站起身来。

就在此时，一个男人办完登记，从大厅横穿过来。

虽然身着西服，但领带打得松松垮垮，而且没系衬衫领扣，脸晒得黝黑，乍一眼还看不出他的年龄，使人联想到工地上的工人。

此人粗声问道："你是小宫爱子吗？"

听他说话的样子好像比他看上去要年轻许多。也许不到四十岁。

"是。"爱子答道。"我是小宫……"

"我叫竹下笃志。是竹下美喜的父亲。"

"噢，是美喜的父亲呀。请上咨询楼层吧……"

"不必了。"竹下摇摇头，一副怏怏不乐的表情。"在这儿就行。能托你给嵯峨先生带个话吗？"

"是什么事？"

"是关于我孩子的事，我知道她已经在这里提出了咨询的申请……"

"嗯。昨天，和她妈一起来的。说好从今天起利用上学之前的时间到这里来……"

"就是这件事……"竹下清了清嗓子。"那是我们的过错。给你们添麻烦了，实在对不起，我们以后不会再来添麻烦了。"

"这是怎么回事呀？孩子的母亲已经办理了申请手续……"

"那是香织，也就是我老婆，她操之过急。这不是美喜的意愿。"

"可昨天，我和美喜交谈的时候，她本人也希望接受咨询呀。她告诉了我她各种各样的烦恼……"

竹下显得有些不耐烦了。"不管怎么说，如果香织签了什么合同，请帮我解除合同。该付的费用也会照付的。所以，这件事我希望就当它没有发生。"

"可是，我必须也要听到美喜和她母亲的意见……"

"这事你放心，昨天我们已经谈妥了。经过我一番好说歹说，娘俩都同意了。美喜继续让她好好上学，她本人也答应了。所以，就是说今后不再麻烦你们了。那么，告辞了。"

"请等一下。"爱子叫住了竹下。"你好像有点误会，所谓咨询始终是在尊重本人意愿的前提下进行的。就算是母亲提出来的，我们第一次面谈也不收费，我们的程序是，在听取来访者本人希望之后再办理手续。昨天她们是第一次，所以还不需要付费。解除合同也是来访者本人的自由。不过，这必须要听取美喜本人的意见。"

"是呀，我不是说过了嘛。美喜已经答应了。难道你的意思是叫我拿美喜的字据来吗?"

"不是，没那个必要。只是，能不能告诉我理由。"

竹下叹了口气。

"小宫。"竹下说道，"我知道我的孩子说她不想去学校，也知道那孩子一回到家就躲进自己的房间。但不管怎么说，这是我们自己家里的问题。应该家庭成员协商解决，用不着跟外人商量。"

"可是，要让美喜每天都主动自愿上学，光靠好话说服是不行的。其实美喜有想上学的意愿，但存在和朋友相处不好的原因，所以每天都处在精神紧张的状态。"

"太夸张了。她只不过在现在的班级里没有朋友。她以前有过一个好朋友，但后来那孩子转学去其他学校了。过一阵就会习惯的。通过努力，孩子也要学会融入到周围环境中。"

爱子已经感觉到自己正在渐渐失去耐心。

在这种情况下，要是仓石主任和嵯峨科长的话，无论对方情绪多么激动，他们依然能够心平气和地继续说服开导对方。一个优秀的职业咨询师，无论对方怎样，都不应该使之发怒。

然而，我仅仅还是一个新手。即使意识到自己的情绪已经外露，也仍然束手无策。

爱子说："昨天，美喜说即使在家里也没人愿意倾听她的烦恼。她觉得她需要一个倾诉对象。希望得到一个能够和她一起想办法的人。请原谅我的失礼，你作为父亲，尽管以为平时一直与孩子保持交流，孩子也不可能老老实实把烦恼和盘托出。"

"知道了，知道了。你的意思是说，我缺乏做父亲的意识。这正是香织要说的。今后我一定认真听取孩子的烦恼。所以请你不要再管我们的事了。明白吗?"

爱子一时无语。

如果回答说"好吧"，那该多轻松呀。即使把这位父亲的分辩当作来访者的申请接受，恐怕也不会遭到上司的责怪。倒不如说，心理咨询师在这里和来访者作对才是不可饶恕的。

如果是未成年人，从法律的角度而言，监护人要比未成年人本人更需承担责任，所以监护人的意见也必须得到尊重。

可是，昨天，美喜曾哭过。只在两个人交谈的时候，美喜说，爸爸好可怕。我们谈不来。

爱子鼓足勇气，对竹下说："你决定作积极的努力，这一点非常难能可贵。但是，因为你还有工作，所以要充分掌握孩子的心理也不是一件容易的事。我想在这方面对你有所帮助。像美喜这样的病例不是什么罕见的杂症。不过虽然是心因性缄默症，但如果放任不管，也可能进一步发展为精神疾患。"

"你想说我家的孩子是神经不正常的人吗！"

"不。这一点我要说清楚，区分正常不正常本身毫无意义。即便是严重的综合失调症患者也是如此。重要的是，如何评价病症取决于专家的分析判断，一般人不应该凭臆测判断。那只不过是一种歧视。到头来，最可怜的是你的孩子。"

"你说什么！"笃志气得满脸通红。"你强词夺理，想要抢钱嘛！"

正在这时，传来了嵯峨沉着冷静的声音。"不。不是强词夺理。她说得完全正确。"

竹下吃惊地回过头去。

只见嵯峨就站在自己身后。

爱子略显困窘地说："嵯峨先生……早上好。"

"早上好。"嵯峨应道。然后转过身，面对竹下问道，"一大早，这是怎么了？"

"对不起。我来这儿只想谈点关于孩子的事。不知不觉，火就上来了。"

竹下嘴上虽然这么说，但似乎仍心存芥蒂，一副严峻的表情。

"是嘛。你如果相信我的话，请尽管问我好了。"

"不必了，我们已经谈完了。孩子的教育应由我们家长负责。"

"不过，你并没有反对让孩子去学校上学吗？你对把孩子教育的一部分依托学校这样的机构是赞成的吧。"

"这里和学校不一样。说什么要给我家孩子施行催眠术……"

"催眠术？"嵯峨皱起眉头。

"昨天，我妻子拿回家的名片上就是那么写的。"

"噢，原来是催眠疗法科这个称呼呀。你不必担心。催眠疗法只不过是一种心理咨询手段。从本质上说，我们是倾听来访者的烦恼，通过对话，消除对方压在心底的弊病。"

"可是，还是要施行催眠术吧？如果给孩子带来不好的影响怎么办？"

"那是误解。催眠诱导仅是为了接近对方无意识范围的手段。所谓催眠，是为了抑制对方的理性功能，使之以平和的心情交流而进行的。"

"可是，不是说也有对心理支配解除不了的情况吗？"

嵯峨面带微笑。"心理支配这个学术用语是不存在的。那只是媒体的用语。它的含义也就是宗教洗脑的意思。和催眠完全不同。"

"可是，孩子会丧失意志力，而任由施术者摆布不是吗？我虽然只是在电视上看到过催眠术，但我不想让自己的孩子受那份罪，这难道不是父母心吗？"

"电视上进行的催眠术是被夸大了的东西。催眠原本是用于治疗疾病的一种方法。小宫，你来解释一下。"

竹下气呼呼地朝这边看了一眼。

爱子迟疑了一下，接着鼓起劲来开始介绍。

"那好，我来介绍一下……人的心理就像鸡蛋的蛋白和蛋黄，具有双重结构。外侧的蛋白属理性范围，也叫意识范围。相当于蛋黄的部分属本能范围，是无意识范围。平时一个人处于意识状态的情况下，由于这种理性的作用，往往不会顺从地听他人劝告，有时还可能排斥。不过，一旦进入催眠状态，身心放松之后，理性就会受到抑制，蛋白部分变得稀薄。因此，即使进行对话，也能够在本能的范围内进行应答，而且能够表述出连自己也未能意识到的无意识的烦恼，从而清楚地刻画出内心烦恼的主要因素。"

嵯峨在一旁点头。"竹下，所谓像鸡蛋一样的双重结构不仅仅是比喻。人的大脑，在人的成长过程中生成的新皮质包裹着孩提时期生成的旧皮质。通过身心放松，新皮质下判断部位的血流量随之下降，因此旧皮质就会露出。在这种情况下，如果对他给予劝告，旧皮质的深层部分就会欣然接受。这就是催眠暗示的作用。"

"不过。"竹下说道，"要是这样的话，在那种状态下，如果听到负面的东西，岂不是也会自然接受了吗？"

"不会的。在催眠状态下，理性的意识程度虽然下降了，但既不是失去了意识，也不是睡了过去。你可以认为是处于一种非常放松的心理状态。所以受试者一旦接受到不愉快的指令，即刻能够唤起理性，进行排斥。因此是不会利用于坏事的。"

"可是……难道没有什么副作用吗？为了催眠，不会注射药物吧？"

"我们不是医生，所以不可以开药方，也没有那个必要。"

"你们如果不是医生，那你们的职业是什么？"

"我们是心理咨询师。我们通过创造一种敞开心扉能够对话的状态，然后在交流的过程中找出解决问题的方法。"

"作为父亲，我也和孩子保持着对话。不必烦劳你们了。"

爱子对竹下说："你知道美喜因为不会骑独轮车而感到羞耻吗？这正是她交友的障碍，因此才变得不愿去学校。"

"如果是这样那好办，只要对她进行独轮车的强化训练岂不全解决了吗？"

"不能强迫她。一定要尊重本人的意愿……"

"行了。"笃志很不耐烦地挥了挥手。"美喜整天躲在屋里只顾玩视频游戏。因此才既不会骑独轮车，也交不了朋友。她只是撒娇任性。这都是因为香织对孩子过分娇生惯养。"

"不过教育孩子不只是母亲的事，父母都有责任……"

"你打算插手别人家的事吗？你有什么权力？当心我告你多管闲事！"

嵯峨耐心地说："竹下，我懂了。请你不必那么激动！我们完全没有介入家庭内部问题的权力。你是来告诉我们你们家庭内商量的结果，所以我们倒是应该感谢你。谢谢你专门跑一趟。"

竹下摆出一副得意的架势瞥了爱子一眼，然后迅速离去。

爱子生气地说："嵯峨先生，这样下去的话……"

"别再说了，交给我好了。我更想知道你关于催眠的学习方面有没有进展？"

"嗯……昨天晚上还一边听 CD，一边继续看课本呢。不过，看到半截就犯困了……"

"催眠和睡眠可不是一回事哦。"嵯峨笑着说。

"那倒是。"爱子回报一笑。

大厅里传来脚步声。像和竹下错开似的，仓石从前台朝这边走来。

"啊。"嵯峨鞠了一躬说，"早上好！仓石主任。"

爱子也同样问候了一声："早上好！"

"你们早！"仓石轮流看了看嵯峨和爱子。"一大早就劲头十足呀。"

嵯峨说："仓石主任也难得来这么早啊。"

"嗯……啊，"仓石朝电梯方向走去，摁下按钮。"都是些琐事。今早的会议放到九点开始吧。那么待会儿再见。"

仓石走进打开门的电梯，消失于楼上。

嵯峨纳闷地嘀咕道："仓石有点无精打采噢。"

"是呀。"爱子也表示同感。"不会有什么事吧?"

"嗯，仓石还不至于到了需要心理咨询的地步……"

大厅里恢复了寂静。但是爱子的心情难以平静。

对竹下美喜不能放弃不管。这位上司应该能够明白的……

"嵯峨先生，那么说，昨天我问过鹿内科长……那是真的吗?"

"什么?"

"说是怀疑一个不是来访者的女性患有急症，于是就到处跟随。鹿内科长还说，连他都被叫去了……"

"这家伙……说不出什么正经话。不过，也不是完全没有影子的话……"

"是不是可以这样理解，只要判断绝对有必要，在这种情况下，哪怕对方没有接受咨询，也可以进行干预是吗?"

"这个……"嵯峨脸色阴沉下来。"如果说是竹下美喜的事，我认为不应该过度干预。"

"为什么？那孩子肯定在寻求帮助。不能放弃不管。"

"……不能放弃不管，是吧。我昨天也是这样跟仓石主任说的。"

"嵯峨先生，我有一个请求。请让我到美喜家进行家访。"

"不，那不行。你有应该先要干的事。"

"什么事……？"

"学习呀。"嵯峨笑着回答。"如果不把催眠学到家，对人家就没有用。"

"等我学完了，可以去美喜家吗？"

"这个嘛……如果不仅仅停留在表层的知识上，而是真正学深学透了的话……"

"我一定努力！"爱子说。

嵯峨投向爱子的目光里尚有些许担心，但是爱子却已经不再感到困惑。

我一定要帮助竹下美喜。那孩子曾经来这里寻求过帮助。我绝不能弃置不管。

花　束

　　仓石沿着二十楼的走廊朝主任办公室走去。

　　昨夜似乎有点喝过了头。知可子离开之后，在酒吧又喝了好几杯威士忌，回到家已是凌晨两点多了。

　　尽管是时隔十三年后的重逢，可是从头到尾竟然都是仓石一人在那儿大谈催眠。那场景真可谓似曾相识。这绝非心理作用，当年分手的时候，仓石出的也是同样的洋相。

　　知可子是个典型的医生。她把人的健康定位为生物体的功能必须正常。而仓石是一个心理学专家。他强调如果不重视精神卫生，就不可能得到真正的健康。两个人自青年时期起就都雄心勃勃，因此从来不肯放弃自己的主张，以至于将工作上的对立带到了家庭。这正是他们离婚的一个原因。

然而，至少昨天不应该老调重弹。

知可子为什么戴着婚戒而来？她是希望破镜重圆吗？当时弄成那种地步，这事也就终于没能问成。

仓石情绪不安地打开房门，走进办公室。

忽然，发现室内有一个白发老人。

原来是老熟人。不太清楚老人的准确年龄，但至少有七八十岁。他身材矮小，身高也就一米五左右，虽然瘦小，但身心健康，很有精神。

他是仓石的剑道和围棋老师，一大早到访工作单位，到底要干什么？

老人似乎并不介意仓石疑惑的脸色，从桌上拿起黄铜材质的狮子摆设，仔细打量。

"肯定是个便宜货！"老人嘀咕了一句。"这个不能叫做艺术。"

仓石叹一口气，向老人打了声招呼："宗方先生。"

宗方克次郎将视线移向仓石，把摆设放回到桌上。"你来了，仓石。"

"先生，这么早你有什么事？另外，你是从什么地

161

方进来的?"

"从正门。你们医院真够怪的，入口处没有一个人。"

"你是趁前台接待人员不在的时候进来的吗？这属于非法进入呀。而且，这里严格说来不是医院……不过，你竟能找到这个房间!"

"小瞧我吗？你想说老人看不懂标示牌吗?"

"不，不是这意思。不过，你还没回答我刚才的问题呢。一大早，来找我到底有什么事?"

宗方哼一声。"原因你应该最清楚。我是来劝你的。"

"什么?"

"见义不为，无勇也。"

"你说什么?"

"孔子曰：随心所欲不逾矩。"

"你到底想说什么?"

"真是个迟钝的家伙。"宗方不客气地走近仓石。"今天早晨，你老婆给我打电话了。"

仓石不禁叹了口气。知可子难道还记得宗方的电话吗?

和知可子结婚的时候，仓石一直去荻窪①的剑道馆练习剑术。那个剑道馆的师傅就是宗方。当时知可子经常来剑道馆接仓石，因此和宗方也成了熟人。好像三个人还一起去吃过几次饭。

　　也就是说，宗方是双方都认识的为数不多的一个熟人。

　　"知可子跟你都说了些什么？"

　　"在天愿作比翼鸟，在地愿为连理枝。"

　　"行了，别再说格言了。知可子在电话里到底告诉了你些什么？"

　　"她埋怨你不理解她的感受。"

　　这样说来，在十三年前，每当夫妻吵架，知可子就总是告诉宗方。这或许是因为她认为宗方是唯一能说服仓石的人。

　　宗方每次都把仓石叫出来，满嘴格言地进行一番说教。

　　仓石不耐烦地说道："这是我和知可子之间的问题，跟你没关系。"

　　————————

　　①　日本东京的一处地名。

"是吗？你的腰痛后来怎么样了？"

"托你的福，完全好了。"

"怎么样？这是因为你按照我的指导练习了气功才好的呀。"

"你到底想要说什么？"

"我想告诉你，我的劝告一向是非常正确的。"

"我的腰疼是坐骨神经痛。是通过脊椎按摩疗法治愈的。"

"那也是气功的一种。"

"此话当真？完全是两码事嘛。"

"既然你的腰痛已经痊愈，那就是气功的疗效。"

"你听我说，先生。通过气功的健身疗法的确有一定效果，但并不是气这种未知的能量在体内循环。"

"那你说是什么？"

"所谓气功健身疗法归根结底和自我催眠一样，是通过意念训练促进自我治愈。假定气这种东西在体内循环，只要能够切实感到它的意象，就会在不知不觉中发挥作用，从而确实获得促进血液循环的良效。"

"既然血液循环得到了良好促进，那就是来自气的功力。"

"算了吧，不是那么回事。气功健身疗法的确要比广泛普及的自我催眠法舒尔茨自律训练法简单易行得多，而且也很容易获得真实感。不过，一味地强调气真的存在于体内，鼓吹只有相信它的人才能够学到，我认为这都是不明智的。"

"如果明智，就应该承认气的存在。"

"不。如果具有丰富的科学知识，理应对鼓吹气实际存在的理论感到抵触。什么只能救助相信的人，这种观点与其说是疗法，不如说是宗教或者信仰。"

"气的力量已经超越理论。如果发功，其力足以使人飞起。"

仓石愕然摇头。"你真的相信那样的事吗？如果真是那样，剑道比赛也就无须竹剑相搏，而直接将对手吹飞不就得了。"

"不管怎么说，通过气功能够使人飞起来是不争的事实。"

"是。不过，气功不是不能够使初次见面的人飞起来吗？气功的练功里有一种叫对掌的练习法吧？就是两个人相对而立，伸手相互推拉想像中的气的那种练习。起初什么也感觉不到，但过一会儿，就会感到手掌发热，而且感到的确有某种东西存在。这叫做练气状态，其实这只不过是通过自我暗示而切实感受到了一种意象。于是，此时如果一方猛力出手，对方通过自我暗示而感到了气的存在，因此也就感觉身体被推而向后飞去。这就是气功的飞人。所以，并不是什么能量从手掌中释放了出来。"

宗方面露愠色。"胡说八道。我曾对剑道馆里的弟子们试过，即使没练习过那种气的人，我也一个接一个地让他们飞出去。"

"那是因为如果不飞出去，先生就不高兴，接着就会用竹剑逐个狠打。"

"你懂什么！"

"懂啊。老交情了嘛！"

"你就是用这种得意的歪理折磨知可子的吧？"

"……是知可子那么说的吗？"

"不是。她只是说有话想跟你说，可你还是以前的老样子。你听我说，仓石。女人是决不会轻易改变自己的意见的。不过，当一个女人提出自己的意见，其本身不过就是为了和你聊天的权宜之计。并没有什么特别的用意，所以你完全不必那么认真去进行反驳。倒不如退一步，细心听取女方的辩白，这才是男人的本分。"

"噢，是吗……?"

"你如果想吸引女方的注意，首先就要学会倾听。你自己的主张不必说出来，自己心里清楚即可。女人最喜欢能让自己信口开河的男人。"

"我并没有特别想吸引知可子的注意。"

"得了吧。你脸上写着呢。"

"知可子说过想和我谈谈吗?"

"她没那么说。不过她的口气倒像是不想再和你见面了。"

"那么，就是说不应该和她见面了?"

"真是个傻帽。女人一向是嘴上说的和心里想的相反。嘴上说别再给我打电话了，但实际上心里却在焦急地等待来电。"

"我不知道她的电话号码。也不知道她现在住哪儿?"

"那你就不会直接去她单位?"

仓石露出苦笑。"那种傻事……"

"你要捧着花束去!"

"啊?"

"女人都喜欢花束呀。"

"她在医院上班。捧着花束去医院，简直就像去探视啊。"

"不错。就是探视。她的心受伤了。你应该去探视。"

宗方只说了这些话就大步流星地朝门口走去。连一句告别的话都没说，消失在门对面。

仓石呆若木鸡，原地伫立了许久。

都到了这把年纪，还干这种仿佛是大人干涉十几岁孩子之间恋爱的事……

仓石叹着气重重地坐在皮面椅子上。

竟然把宗方抬了出来。结果她的策略奏效了。还是她略胜一筹。和以前一样。

仓石咂着嘴，一边伸手取话筒，一边思索。从这里到医院的途中，有花店吗？

读心术

傍晚六点多。

嵯峨从原宿竹下大街走进胡同，脚步停在了七层高的公寓前。

早上鹿内告知的地址无疑就是这里。二轮车停放处还停放着那辆贴着雅马哈徽标的中国造助动车。

和入绘由香位于下北泽①一带的住房形成鲜明对照的是，实相寺租借的公寓很新，而且风格别致。房租或许是占卜店真正的经营者给付的吧。

入口处没有密码数字锁，门卫室里也没有人。运气不错。嵯峨走进公寓。

看了一眼入住者的信箱，502室信箱上有实相寺则之的名字。

嵯峨乘电梯上到五楼。

沿走廊前行，第二个门上挂着实相寺的名牌。

嵯峨用指尖确认了领带是否端正后，摁下对讲机的按钮。

传出取听筒的声音，然后，听见一个男人冷淡的应答："喂。"

嵯峨以沉着的口吻说道："我是'东京心理咨询中心'的嵯峨敏也。"

过了一会儿，房门稍微开了一条缝。门上挂扣着安全链。

门缝里出现了实相寺那有点厌烦的面孔。"什么事？"

"我来是有重要的事，关于入绘由香。"

"你一个人吗？没有同伴吧？"

"是的。"

"你怎么找到这儿的？"

"我发现你住在这附近，所以就找来了。"

---

① 日本东京的一处地名。

170

“好吧，那么你说有什么事？”

“我想跟你说得具体一点，你能把门打开吗？”

“难道这样就不能说吗？”

“因为是重要的事。而且，你看不到监视器也会不放心吧？”

实相寺吓得心里扑通一跳。“你连那事儿都知道吗？你到底是怎么知道的？”

“所以，请你让我解释嘛。请把门打开。”

“真拿你没办法。稍等！”

房门暂且关闭。传出安全链脱落声，然后房门再次缓慢地打开。

“打扰了。”嵯峨走进室内。

这是一个典型的单身者房间。只有一间约六叠①的起居室和约四叠半的寝室以及很小的厨房。厨房边的那扇门好像是一体化浴室。

起居室里放有沙发，沙发对面摆放着高清液晶电视。

显示器画面上显示的是圆桌和双腿椅。这是入绘由

——————————

① 榻榻米的张数。一张榻榻米是一叠。

香通灵店内的样子。

嵯峨问道："这是现场直播吗？"

"嗯。"实相寺答道。

"都已经六点了，为什么入绘不在呢？"

"迟到了。这种情况还是第一次。我给她家打了电话，但没人接。不会又是你多管闲事吧？"

"胡说。不过，虽说她迟到了，但责怪她也是不对的。"

"为什么？"

"我之前也说过，在目前这种状态下，不该让入绘由香工作。我们认为入绘由香正处于多重人格障碍。因此，她需要接受医生的治疗。"

"多重人格？"实相寺先是皱眉，然后放声大笑。"怪不得，原来如此啊。你想说她变成外星人是因为多重人格吗？可是，人都是多重人格。我以前也曾被乐队的伙伴那样叫过。他们说我一到女人面前性格就变了。"

"你错误地解释了多重人格这个词。人的性格不是单一的，而是多面的，因此，说话及态度是因日常的不同情况及不同对象而变化，但这并不是多重人格。硬要说的话，这应该叫八面玲珑。"

"别说教了!"实相寺伸手拿起威士忌酒瓶。

嵯峨说:"所谓多重人格障碍是更为严重的精神障碍。自身中存在着一个完全独立的人格。变成了另一个人格期间的事情,会全都忘记。"

"全都忘记?"

"也就是说,她平时应该不记得化身为外星人时候的事情。而且,当她化身为外星人的时候,也已经忘记了自己是入绘由香。"

"……简直是无稽之谈。她可是既能像正常人一样说话、吃饭,又能按时领取工资啊。你听我说,作为事实上的经营者,我可以清楚地告诉你,入绘由香是正常的。不需要你们什么心理咨询多管闲事。"

"这么说,你想说她真的在和外星人通过心灵感应沟通吗?"

"胡扯。那种问题也太老土了吧。不仅占卜师,只要是生意人,都离不开炒作。是炒作哟。炒作。"

"原来如此。你的判断是她在故意表演对吧。可是,你从未从入绘由香口中听说她是在表演吧?"

"嗯。的确,那家伙嘴巴很紧。你如果想和她进行深入的交谈,她总会闪烁其词、岔开话题。不过,她还是蛮牛的哦。虽然说不上心灵感应，但她真的能够揣测到对方的心思。之所以有很多顾客光顾也是出于这个缘故。你所说的什么多重人格，根本没有那回事。"

"那揣测对方心思是怎么一回事？"

"就是她似乎能感知顾客心里所描绘的场景。那才令人惊讶呢。什么红色的地方，热的地方，蓝色的地方，热闹的地方啦，什么颜色啦，以及你所感受到的，都能够揣测到。厉害吧？"

嵯峨一点都没惊讶。

这是因为他大致推断出了那种能力的秘密。

突然，实相寺好像察觉到了什么似的，盯着嵯峨说道："你可不能听我这么一说就企图挖她哟，那只能是白费劲。我是不会答应的。"

"怎么可能呢。不过，你对于入绘由香的读心术有何高见？"

"这个嘛，说不上她是借助了外星人的力量。不过，至少可以说她是个具有非常敏锐直觉的人。"

此人的心理学知识等于零啊。是个难对付的人。

既然如此，那就与其解释还不如让他实际体验一次。虽然不知道能否成功……

"实相寺。你如果发了大财，打算过怎样的生活？"

"你为何会问这个问题？现在最好。"

"不可能吧。好吧，你再考虑一下。"

实相寺装出一副爱搭不理的样子，但那只能说明他在有意识地回避。无意识的那部分对刚才嵯峨的话发生反应，促使他朦朦胧胧、想入非非。由于威士忌的作用，实相寺已经神志不清，理性功能变得迟钝，这也正是大好时机。藉此，可以比较容易地读取他的表情变化。

嵯峨说道："黄色的地方。正在演奏音乐。是以前去过的地方。"

实相寺冷不防呛了一下，样子难受地干咳了几声。

缓过劲之后，实相寺瞪大眼睛盯住嵯峨问："你怎么知道的？"

"知道什么？"嵯峨刁难地反问道。

"我刚才朦朦胧胧所想的。刚才我在心里想象着自己在涩谷的一个叫'撒寂'的一流爵士乐音乐厅演奏吉他。'撒寂'的灯光全都是橘红色。你，难道你和那个女人能使用相同的力量吗？对了，以前，你曾经猜对过我喜欢的弹子游戏机的名字和屡屡遗失万元纸币的事。这究竟是怎么一回事？"

太好啦，嵯峨窃喜。"你不是称自己为催眠师吗？你怎会因为我这点本事而吃惊呢？"

"催眠术和这个不一样。到底是怎么个名堂？快告诉我！"

"你别着急！我问你，你好好学过催眠这门学问没有？"

"我在国外学了十五年。法国和德国的催眠权威也都认可我。"

"催眠权威？都是谁？"

或许是察觉到嵯峨惊诧的样子，实相寺敷衍地说道："好吧。其实我只是从书上看到的。不过，催眠术的施法我还是懂的。"

"施法？所谓催眠其实并非是施加的，而是诱导的。使其进入催眠状态，这样的表达比较贴切。而且，催眠术这个说法本身就带有伪科学的意味。正确的说法应该叫做催眠法或者催眠诱导法。"

实相寺好像已经怒气冲天了。他从沙发上一跃而起，大声吼道："给我滚出去！"

"不，没门。无论你干什么工作都是你的自由，但你考虑过别人由于你的所为而蒙受烦扰吗？应该接受催眠疗法的人有很多，可有人至今仍往往把催眠混同于超自然的神秘现象，因此还有不少人犹豫不决。不学无术的人通过传媒，煞有介事地极力宣传伪科学知识，你知道这是多么深重的罪孽吗？"

"你……你说什么呀？"

"如果你的理想是在爵士乐音乐厅弹吉他的话，催眠或许只是你随意利用其作为出名的手段吧？你这样做也许无可厚非，但是，你不能仅凭一知半解就以权威自居。"

"住嘴！我跟你没什么好说的……"

实相寺缄口不语，朝显示屏看去。

他似乎注意到显示屏上出现了动静。

画面中，入绘由香正准备将手提包放在桌上。

"终于来了。"实相寺拿起了手机。

好像准备往店铺打电话。

然而，无论实相寺怎么拨打，由香对电话铃声全然没有反应，坐在椅子上一动不动。

嵯峨觉得不对劲。

要是往常，由香应该挺直身子，很拘谨地坐着。但是，现在她连风衣也不脱，全身显得十分疲惫地靠在椅背上，目光呆滞地望着虚空。

实相寺一直将手机贴在耳边，焦躁地嘟哝道："怎么不接电话？快接电话！"

他有种不祥的预感。

昨晚，回到家的由香发出了外星人的笑声。当她受到丈夫的斥责，转而开始哭泣。那种急剧的感情变化和由香现在的态度之间难道有着什么关系吗？

传来了开门声，一对身着休闲服高中生扮相的男女进入了画面。

"切！"实相寺挂了电话。"来客人啦。呆会儿再和她联系。"

两个客人不知所措地站了很久，那个男的终于细声细气地朝由香问道："嗯，我们可以坐下吗？"

由香一言不发。

嵯峨说道："太奇怪了。必须去看看情况。"

"不行！"实相寺吼道。"我是店老板。你少管闲事。"

由香仍处于茫然若失的状态。两个客人显露出困惑的表情。

"哼！"实相寺仰头喝了一大口威士忌。"这是又想出新招了吗?"

嵯峨愤怒地对实相寺说:"你还不明白吗?那不是招数。那也许是解离性健忘症还在持续。不能置之不顾。"

"我说过了你少管闲事!"

从显示器方向传来男客人的询问。"请问,这里是通灵店吧?"

由香没有回答。室内再次陷入沉默。

实相寺哼了一声。"所有的人都看不起我。说什么你没上过大学啦,吉他弹得咋的啦。而当我开始干起催眠术时,那些乳臭未干的小崽子们竟异口同声叫我冒牌货。这一次居然来了一个正牌催眠师,企图带走我重要的财物。这是要抢我饭碗啊。怎么什么人都可以对我干的事说三道四!"

嵯峨默默地回头看了实相寺一眼。

实相寺先是两手挠头,然后抬起头凝视着嵯峨。"你叫嵯峨对吧。你,上过大学吗?"

"嗯……"

"哼,果然如此。你会施展催眠术吗?"

"为给来访者进行催眠诱导,你学过有关理论和实

179

践吗？如果你问的是这个意思的话，那我告诉你，我会。"

"拉倒吧。少说那些难懂的话，我听不懂。你再说得明白点。给别人催眠，比如，暗示对方使其变为鸟，对方能够接受暗示变成鸟吗？你能够任意摆布对方吗？"

"如能使对方进入催眠状态，是可以让对方不受理性排斥，而按照你的暗示无意识地做一些动作。甚至也有这样的情况，对变鸟这一暗示产生反应，有人做出振翅般拍打双手的动作，有人做出鸟嘴啄食的样子。但是那与其说是任意摆布，倒不如说是本人无意识的心象外露而已。不过，在旁观者看来，好像是在任意摆布。所谓催眠秀就是利用了观众的这种错觉。"

"原理不去管它，但至少说明你只要施展催眠，对方就会像鸟儿振翅一样拍打双手。那么怎样才能顺利进行呢？"

"作为表演而巧妙施展催眠的秘诀我不清楚。这也取决于对方的被催眠性，催眠诱导的速度也因人而异。而且，自律神经系的副交感神经比交感神经功能强势的人，即使催眠状态加深，这些人的身体只是不断松弛，有时甚至不会产生一点动作。在这种情况下，即便给对方变鸟的暗示，他本人心里虽然会涌现出鸟的心象，但也不会发生振翅般拍打双手的反应动作。尽管实际上已经进入到了催眠状态，但观众看到这样的状态自然会认为'没有被催眠'嘛。把催眠当作表演，这原本就很牵强。"

"怪不得呢。我如果也和你一样那么能侃，也许就不会受节目导播的羞辱了。"

嵯峨将视线移向显示器。

那对男女一边议论着什么，一边耐心地等着。由香依然处于茫然若失的状态。

不，比之前更出现一些异常。她目光虽然呆滞，但手和肩膀正在开始发抖。

"她的样子实在奇怪，我去店铺看看。"嵯峨打算出门。

"不行！"实相寺一把抓住嵯峨的手腕。"要我说几遍你才明白。入绘由香是占卜师。她是领工资的职业占卜师哦。在营业时间内，我要让她实打实地工作。那才是职业占卜师的本分呀。"

"虽说你是她实际上的领导，但在雇佣她的时候，你们签合同了吗？如果没有正式雇佣合同，那你的主张就是无效的。"

"我们之间没什么合同。不过她是主动来推销自己的。因为她要我雇她，我才帮她向演艺公司老总求情的。"

"我不是已经说过她可能有多重人格障碍嘛。在决定雇用她的时候，我不知道你们是怎么谈的，但问题是她有没有责任能力。"

"由香很正常。你只看到她工作中的一面就妄加揣测。但是，她工作以外的时间都很正常。由香和我一起吃晚饭的时候，会对我说一些诸如今天顾客很多真令人高兴这样的话噢。你说她到底哪儿不正常？"

"那也许是在她转换为其他人格时的情况。她有时也会摇身变成名叫理惠子的要强女性。在那种情况下，她完全可以进行正常对话。"

"……不。的确，由香有时也会说些戏言，但那时不同。她在餐馆里肯定清楚自己是入绘由香才平静地说出顾客很多真令人高兴这样的话。她的那种态度是不会给其他客人看的。即便是对我，也是在我们一起工作很久之后才终于显露出那样的态度。那家伙平时就在表演。即便不是以顾客为对象，在不熟悉的情况下，她也会一直把自己当占卜师表演下去。因为如果不这样做，自己的职业秘密就有可能暴露。要是一旦被传媒披露说通灵是骗人的把戏，那不就完蛋了。她是在提防这种事情发生。"

太奇怪了，嵯峨想。

由香和实相寺在一起的时候也许比在家里还能放松，抑或是说实相寺这个人物比丈夫还令人信赖？

然而，这都不能成为由香可以继续这个工作的理由。

"实相寺，就算是多重人格，对日常生活也无大碍。从她轻松时的样子怎么也看不出她有精神疾患。可是如果说她身体一点问题都没有，那怎么解释她现在这种状态？"

嵯峨手指显示器。

那对年轻男女早已等得不耐烦而离开了。接下来的客人是位白领打扮的女性，她对毫无反应的由香似乎越来越烦躁了。

"怎么样？"嵯峨说道，"如果这是自导自演，那有什么必要一直持续到客人离去？这样还能做生意吗？"

"可，可是……我该怎么办呢。我是入绘由香的经纪人啊。现在除了她以外，我再也没有其他的收入来源啦。"

显示器那头传来了顾客的抗议声音。差不多就算了，别太过分了！

画面中的由香只是茫然若失地望着虚空，毫无化身为外星人的样子。

嵯峨恨不得立刻跑过去，但可能的话还是希望得到实相寺的理解。他不希望状况变得越发糟糕。

嵯峨告诉实相寺："不管你说什么，我必须帮她。"

"我难道就不需要帮助吗？都怪你，我要丢饭碗的呀。"

"临床心理师在公共职业安定所①也受理烦恼等心理咨询，你要是希望再找工作……"

"开什么玩笑！嗯，喂。你非要多管闲事的话，就告诉我刚才的秘密！"

"秘密？"

"读心术的秘密。你和由香玩的把戏里都有什么

_____

① 日本厚生劳动省的下属机构。根据《职业安定法》，免费进行职业介绍、就业指导和失业保险事务等。

184

秘密?"

"你打算用于什么目的?"

"这个不用你管。快告诉我!"

"明白了,回头告诉你。"

"不行。必须现在就在这里说!不然,我就不让你走出这屋子。"

"……那好,我只说五分钟。这对临床心理师而言并不是必需的技能,但加利福尼亚大学圣弗兰西斯科分校心理学教授,即感情研究领域的国际权威保罗·艾克曼,他将测定面部肌肉所用手段的表情记述法系统化了。也就是感情如何产生,它又以怎样的形式表现于表情上,把这些现象通过图表呈现出来,由于这对于心理咨询师而言是非常有意义的,于是在学习临床心理师资格认定协会要求的学术知识之外,希望自学这方面知识的临床心理师正在增多……"

"来龙去脉就别讲了。理论也无所谓。你只需让我也能读取别人的心理就成。"

"简单地说,情感是在无意识的情况下反映在表情上的。比如,我刚才读取到你在想起在爵士乐音乐厅演奏的时候,有一种莫名的畅快和喜悦的感觉。"

"难道在我不知道的情况下脸上露出过笑容？"

"不是。你丝毫没有笑过，所以对你本人而言，你可能认为自己的情感不可能被别人读取。可是你的眼轮匝肌收缩过。"

"眼轮匝肌？"

"任何人都不可能自发地收缩眼轮匝肌。除非感到喜悦。由于你表露出这种反应，因此我认为那一定是在你打心眼里渴望成为演奏家这一梦想实现的那个瞬间。"

"黄色的地方你是怎么知道的？"

"通过表情肌的紧张或松弛的程度可以大致作出判断。当想起视觉上的表象是蓝色的时候，表情肌的紧张会松弛一点，面部表情会变得平和。红色或黄色的场合则相反，表情会变得僵硬。这是因为颜色表象能够对情感产生作用。当大脑处于活跃状态时，说明出现了叫β波的脑波，但由于本人脑海里只浮现出蓝色，于是这个β波开始减少，逐渐产生沉静效果，以至该表情显露于表情肌上。红色和黄色均可以唤起紧张，但其性质不同。红色具有刺激性，可引起兴奋，由于血压上升，故能带来促进新陈代谢的作用。黄色可使人唤起戒心，因此会感到生理上的厌恶而产生抵触情绪。所以，可以这样认为，假如表情僵硬且看不到进一步变化就是红色，而当表情上可以看出厌恶感及不安时则是黄色。"

"嘿……对了，我在漫画上看到过，说如果看左上就说明想起了之前看到过的东西，假如看右上，说明在幻想，有这样的事情，你说的和那个是一回事吗？"

"不是。那个漫画叫《骗子的游戏》吧？仔细读你会发现它只不过是通俗读物，而且登场人物也都仅仅为了让情节显得出人意料。是一本优秀的漫画。"

"别的剧本里也是这么说的哦。说得就跟真的似的。"

"这也许是因为剧作家的知识陈旧了的缘故吧。"

"有的漫画上说，根据视线的朝向可以判断出对方是否容易被催眠。"

"那不是事实。关于视线朝向和思考的因果关系，以前曾有人说也许用大脑生理学方面可以证明，但现在已经被认为是疑似科学。"

"你说的以前大概是多长时间？"

"这个嘛，大约十年前吧。"

"要是十年前的话，说明你和我都曾相信过那个传说喽?"

"也许吧。科学发展日新月异。"

"由香能猜到左右哪只手里握着百元硬币。你知道其中的秘密吗?"

"啊……在电视上看到过,那个和表情没关系呀。握有硬币的那只手比起另一只空手略微发白。这是因为握有硬币的手掌受到相应的压迫而血色减退造成的。由香仅凭直观看破了这一现象。她并不一定知道自己为什么能猜到。"

"不知道?"

"表情的观察也一样,我认为入绘并没有学过理论,她是凭借天生的直觉感受到了微妙的变化。你看过《狮人》这部电影吗?"

"达斯汀·霍夫曼演的? 嗯。"

"他演的角色其实有原型,这人是一位叫金·皮克的学者综合征患者。皮克在欧美因其惊人的记忆力而广为人知,虽然这种症状和自闭症的因果关系尚不清楚,但在大脑的有限功能方面所表现出的飞跃发展常见于有脑障碍和神经疾患的人群。入绘的情况或许与此也有相似的地方。"

"猜拳也是吗？她猜拳可是无敌手呀。"

"那个我在电视上也看过。我是这样推测的。人指尖内侧的收缩肌肉比外侧的伸展肌肉感觉上处于优势。当要使劲的时候，内侧肌肉比外侧的容易出现反应。因此，越是用力的人出拳头的概率就越高，接下来是剪刀，最后是布，按照这样的顺序。只要注视对方的口型，就能察觉到对方在使多大的劲。"

"……你，整天光思考这种事情吗？就没有什么其他兴趣吗？"

"是呀，没有。大家常叫我工作狂。"

"既然有这个本事，你不想和女孩玩棒球拳①……？"

"不想。"

"可不是嘛。你好像压根就和我不是同一类人。对了，那件事你是怎么知道的？就是在我沉醉于超级波物语时，常常丢失万元纸钞那件事。"

"这个嘛……"

---

① 一种游戏。两人相对，一边互相做打棒球的姿势，一边划拳，输者一件件地脱衣服。

突然，显示屏上出现了动静。

几个男人不客气地走进店内。其中一个就是那个富态男子。

随行的是在由香的公寓前见过的那两个人。

由香仍然精神恍惚地坐在椅子上。

富态男子开口道："你就是入绘由香吧。我是搜查二科的。想就日正证券的事问你几个问题。请你作为知情人跟我们到警署走一趟。"

另一个男子抓住由香的胳膊，打算把她带走。"来，跟我走。"

"不!"由香大喊。"住手，住手!"

接近悲鸣的叫声，似乎真的感到了恐怖。由香扭动着身体拼命抵抗，就像幼儿一样号啕大哭。

实相寺呆呆地嘟哝道："这帮家伙，到底想……"

嵯峨已经无心继续留在这里。他纵身朝门口跑去。

离开公寓，嵯峨向通灵店奔跑。

黄昏时分，嵯峨全力跑出了昏暗的巷子。

搜查二科。日正证券。这些都具有何种意思，一点也不明白。然而，这些不是问题。

那些人强行要把由香带走。而且是号啕大哭、拼命抵抗的由香。

她的精神状态被逼到了何等绝境，那帮家伙明白吗？恐怖对现在的她而言只是痛苦。就如同遭到殴打。

来到了竹下大街。

"占卜城"前人山人海。好奇心旺盛的年轻人远远地围拢在通灵店的门口。

身着制服的警官们拼命要将看热闹的人支走。

好奇心强的原宿年轻人把视线投向了从入口带出来的由香。

由香坐在半地下室的店铺出口不走，抽抽搭搭地哭个不停。

富态男子和随行者心里似乎在说行啦行啦，一边暗笑一边拽由香的手臂。

群众的笑声传到了嵯峨耳朵里。和第一次在电视上看到入绘由香时一样的，是来自对精神疾患毫不关心的大众的嘲笑。

嵯峨推开人群跑上前去。传来了警官的喝止声。嵯峨仍试图跑到由香身边的时候，侧腹骤然一阵疼痛。

一个身穿风衣的男人的拳头狠狠打在了嵯峨的腰

窝里。

这难道是瞬间采取的防卫手段。我在他眼里也许看起来就和暴徒一样。不一样，我只是想保护她……

闪过一阵剧痛，嵯峨当场蹲在了地上。

由香的哭喊声，无知的起哄者的叫声，传到了嵯峨的耳中。

面部神经麻痹

傍晚，六点半。

根岸知可子来到了位于板桥区的高见泽医院。

几周前，她在这里为那个脑损伤患者做过紧急手术。

浜名典子，二十三岁。未婚母亲。自杀未遂造成的开放性脑外伤。

虽然意识已经恢复，正处于康复阶段，但前途多难。

她的儿子大辅住在另一家医院。至今仍然意识不清。

母亲沉迷于弹子游戏，把年幼的孩子一个人丢在车里不管。仓石说过，如果她被催眠性高的话，还有酌情的余地。

但我不那么认为。她让孩子吃了那么大的苦头……

正准备朝住院部方向走去，可不知何故，护士值班室有些慌乱。

一个护士看到了知可子，于是赶忙跑了过来。"请马上去浜名典子的单人病房！"

知可子惊讶地问："出什么事了吗？"

"不清楚。反正请赶紧。"

到底发生了什么。知可子一边按捺内心忐忑，一边向病房加快脚步。浜名典子躺在床上。旁边有一位穿白大褂的医生，还有三名护士。

一眼就看出了患者的异常情况。

典子面部肌肉痉挛，瞪着眼睛。嘴里发出呻吟，好像连话也说不出来了。

知可子哑然，然后问道："究竟怎么回事？"

那个医生透过金框眼镜凝视着知可子。目光锐利。

是一位熟人。名叫高濑，是高见泽医院脑神经外科主任医师。

高濑冷淡地说："正如你所见，是严重的面部神经麻痹。"

"可是，这到底为什么……到昨天为止，不是什么事情都没有吗？"

"你是主刀医生。原因难道不是应该你最清楚吗？"

知可子虽然心神不定，但脑子里还是想回忆手术的经过。的确是一台困难的手术。然而，脑组织不用说了，就连硬膜都丝毫无损。只不过清除了骨折部分的骨片，然后仔细重新组合并加以固定而已。

未见任何异常现象。

"清楚什么？"知可子问道。"我想不出有什么原因。"

"哎哟。"高濑摇头。嘴角略微歪扭。"我们特意请脑外科权威你来主刀，你竟说连这么简单的原因都不知道。"

知可子情绪焦躁起来。她知道高濑对自己抱有反感。

起先，为被送到高见泽医院的典子做手术的医生应该是高濑。但院长觉得他力不能及，于是委托她来主刀。高濑担任她的助手。也许这伤害了他的自尊心。

"高濑先生。"知可子说道，"手术上毫无差错。这你也是看到的呀。"

"怎么说呢。"高濑一边用手指去撑眼镜横梁一边说。"大脑这东西非常复杂。稍有不慎就会引起重大问题。你看！她的右腿还在痉挛。这……"

"要说我们到走廊去说。让她安静地休息吧！"

"好吧。"高濑回头嘱咐护士："喂，你要让浜名处于安静的状态。另外还要委托准备流食。"

是，护士答道，然后挨近了典子的病床。

知可子和高濑一起刚来到走廊便开始发泄她焦躁的情绪。"医生在患者面前应该注意自己的言语。她如果有意识，或许正在听。说得仿佛跟发生了手术事故似的，这很不明智。"

"是呀。对不起。"高濑坦然地耸了耸肩。"就算是事实，有时还是不告诉患者为好。"

"这不是事实。我不认为手术有失误。"

"你不肯承认的心情我能理解，但你看到她那种状态了吧？她面部神经麻痹，腿部也可见痉挛。明显是大脑神经的一部分失去了正常功能。在位于头顶部的开颅手术中，哪怕出现一丁点手术失误都将会引起那样的症状。"

"可是那……"

"几个月前电视上也曾介绍过呀。是 NHK 七点新闻的专题节目。在美国的一次脑瘤摘除手术中发生了一起事故，其表现症状和这次完全相同。"

"你故意把这次手术比作节目中介绍的病例，难道想让周围的护士留下我手术失误的印象不成？"

"不是。我没那个用意。"

"高濑先生。你说的那个医疗事故我也知道，但是和这个患者不同。在手术过程中，我对 CT、MRI 以及神经传导测定仪的数值都逐一进行了确认。我们查一下脑血管摄影装置记录怎么样？微型手术器材也都不存在问题，因此根本不可能发生这种低级失误。"

"所谓失误就是因为没有察觉才会发生。或许在清除骨片时遭受到轻微损伤。起初由于损伤甚微，因此这些日子她也得以正常生活。然而，不久那个微伤渐大，造成了神经的麻痹状态。不是吗？"

"不可能。一定是另有原因。必须赶快做脑检查。"

"这个我已经采取了措施。然而，浜名典子以前头部既没有受过伤，脑部也不存在任何受伤迹象。可以认定的原因只有这次头盖骨塌陷性骨折。手术后，你打保票说没有任何问题。可问题还是发生了。只要看一下现在的她，问题不言自明。"

高濑似乎颇想把责任归咎于她。知可子怒不可遏："那台手术没有失误。肯定另有原因。"

"这个嘛，如果是平时的你，也许不会出这种意外差错。但这一次的你也许稍欠冷静。"

"你想说什么？"

"你对那个患者没能保持公平心态吧？正因为她是一个扔下孩子不管并使其处于危险境地的母亲，你才对她抱有反感的吧？"

"高濑先生是说我不想救那个患者吗？你认为主刀医生在手术过程中有心思去思考那种事吗？"

"怎么说呢。我不知道呀。不管怎么说，一定要做脑检查。这次由我来做哦。这也不是什么非要劳烦大忙人根岸医生的事。而且我认为在这种情况下，第三者来做要比主刀本人做更能够客观地进行检查。"

知可子虽然想反驳，但还是放弃了。

不能因医生之间的感情对立而延迟对患者的治疗。

"知道了。"知可子说道，"那后面的事就拜托你啦。如有什么情况，请和赤户医院方面联系！"

高濑用一种揶揄的口吻说道："是，当然喽。那么，我这就去准备检查，告辞啦。"

知可子望着离去的高濑的背影。

视线转向房门的玻璃窗内。浜名典子。她的右腿明显在抖。护士正说话安抚她。

知可子心情沉重地沿走廊开始移动脚步。

我真的保持冷静了吗？感觉自信开始发生动摇。

不打算救患者……我怎么可能有那种……

警务询问

　　侧腹依然隐隐作痛，但好在肋骨似乎没有异常现象。

　　嵯峨被两名便衣警察夹在中间，坐在了外观和社会车辆无异的警车的后座上。

　　警车停在夜晚的原宿站附近，年轻人扎堆的表参道的路堤上。过路人没人朝车内窥视。因为收起了警灯的此车，现在看起来和社会的一般车辆完全一样。

　　副驾驶席上坐着那个富态男子，一直不声不响地看着前方，压根没有回头看一眼的样子。

　　向窗外望去，只见一群年轻人蹲在人行道上。他们手里拿着的似乎是迷你听装的清酒。怎么看那群人也不过是些十五六岁的孩子。

嵯峨开口说道："好像未成年人在饮酒哟。你们不去管吗？"

富态男子转过头来，目光锐利地瞪着嵯峨说道："我是总厅搜查二科的。不是少年科。"

"即便如此，教导他们守法也是警官的职责吧？"

"正因为如此，才要求你自愿同行。"

"你打算以什么罪逮捕我？"

"还谈不上逮捕。你是知情人。"

"我是哪方面的知情人？究竟是怎么回事？请说清楚！"

"说清楚的应该是你。你昨晚也一直在尾随入绘由香吧。而且今天竟突然闯进来妨碍我们执行公务。"

"这是有原因的。不过我不记得给警察添过什么麻烦。"

"到警察署再听你解释。请先告诉我你叫什么名字？"

"我认为在问别人的名字之前，应该先做自我介绍才符合礼节。"

“我是警视厅搜查二科的外山盛男警部补①。你左右两侧的人和驾驶座上的他都是搜查员，是我的部下。那么该我问啦。你叫什么？”

　　“嵯峨敏也。我在‘东京心理咨询中心’工作。”

　　坐在驾驶座上的人开始操作安装在仪表板上的键盘。

　　外山说道：“如今这个时代真是太方便了。即使在行进中也能从本部的名单里进行检索。”

　　“是呀。”嵯峨敷衍地嘟哝道。“是方便啊。”

　　“看你有没有前科，通过这个一目了然。”

　　“我想结果一定会让你失望的。你信吗，外山。好像我们之间有什么误会，但我一定会认真配合你们的调查。可是，你们要格外小心，不要给入绘由香带来不安和恐怖。她……”

　　“嗯，明白。有很多事一旦被抖搂出来对你也很不利吧？别担心，我们并不会强迫她交代的。”

　　“到底是什么事？你意思是说她和我做了什么？”

　　“别装糊涂了。我们早就知道你的身世经历。是你

―――――――――

　　①　日本警察官职之一。

202

教唆那个女人共同犯罪的吧?"

"共同犯罪?"

"是的。我看到你的那一瞬间就知道了。跟你的年龄相比,你长着一副不可小觑的面孔。你的容貌也足可诓骗别人的妻子。我确信你肯定就是主犯。"

"……你真是一个敢做贸然推理的警部补哟。"

"所以我才能做到不被智能犯抢占先机。这一次也不例外。"

车内响起咔嗒咔嗒的电子声响。坐在驾驶座上的搜查员把电脑打印出来的纸张递给了外山。

"看!"外山昂然自得。"本部果然存有资料。好吧,看看都有哪些前科。"

外山的表情眨眼之间阴沉下来。

"警部补。"其中的一个搜查员问道,"怎么了?"

外山皱着眉头嘀咕道:"2006 年度及 2007 年度,警视厅心理学讲座特邀讲师……? 你,你就是演讲人吗?"

"嗯。"嵯峨败兴地答道,"是呀。"

"在警视厅开讲座……一般你都讲些什么呢?"

"警务询问的方法。"嵯峨清了清嗓子。"你也参加听听怎么样?"

游　戏

夜晚十点多钟。

爱子按响了门口一侧的门铃。

"来啦。"传来一个女人的应答声。

发出换穿凉鞋的声响后，房门打开了。竹下美喜的母亲香织探出头来。

香织脸上渐渐显现出了困惑。

"晚上好！"爱子说，"这么晚前来打扰，实在对不起。因为如果不是这个时间就来不了……"

"实在是……让您特意来一趟。是什么事呢?"

"美喜还没睡吧?"

"嗯。她在二楼……"

"我有话想跟她说，可以吗?"

香织一边消极地打着哈哈，一边回头扫了一眼屋内。她似乎正在犹豫，是应该把美喜叫到这里呢，还是应该让爱子进来呢。

"这个，"爱子说道，"就在这里没关系的……"

"不。请，请进。"

"可以吗?"

"嗯。美喜也一定很开心哦……我丈夫还没有回来呢。"

爱子回以笑容，然后走进屋内。

美喜家位于日野市。到她家先要乘一小时的中央线的快速电车，从那需要再换乘三十分钟的巴士。然而，想到美喜，这点路程算不了什么。

香织来到二楼美喜自己的房间前。她先敲门，然后通报说:"美喜，小宫来了哟。"

过了一会儿，门打开了。美喜客气地行了鞠躬礼。身上依然穿着像是去学校的服装，罩衫胸前别着姓名牌。

"美喜。我想和你谈谈，可以吗?"

美喜一副征询的表情看着母亲。香织点头表示同意，于是美喜默默地回到房间内。

第一次看见美喜的房间，收拾得挺整洁。屋内有书桌和铺着米黄色床单的床。书架旁边摆放着一台二十七英寸的液晶高清电视机。Wii①正连接着电视机，游戏画面映现在电视屏幕上。

香织端着托盘送来了茶水。

爱子问香织："我听说前几天你取消了心理咨询的预约……"

"是的……那是家里人商量后决定的……"

"可是，我觉得美喜好像颇感兴趣……"

母亲神色为难地看着美喜。美喜低头不语。

"美喜，"爱子问道，"你讨厌和我说话了吗？"

美喜俯视着地面摇头否定。

香织叹着气小声说道："你不要对别人说，其实是我丈夫反对。他无论如何都不同意。"

"是吗……？"

原来是美喜父亲硬要坚持己见呀。这样的话，美喜的缄默症就不可能好转。

----

① 日本任天堂公司开发推出的一款家用游戏机。

爱子对香织说道："不好意思，我能不能和美喜单独聊一会儿？"

"行。"香织端着托盘离开了房间，爱子将视线转向了美喜。

美喜还是有点发窘。也许父亲已经叮嘱过，说爱子即使到家里来访，也不要搭理她。

"哎，美喜。"爱子看起了电视。"这是《Smash Brothers X》吧？"

美喜瞪大眼睛。"你知道这个？"

"嗯。你选了皮特？这个不怎么强大，很费劲吧？"

"总是输……超覃也被皮卡丘给灭了。"

"你知道有一种模式能够预测什么从锦囊中出来吗？"

"哎，真的吗？"

"本垒打球棒总是据为己有，因此如果把敌人挡在场外？"

"太厉害啦！我想知道玩法。"

爱子拿起 Wii 的遥控器。

多亏有空就去百货商店的游戏机卖场。要想加深孩子与咨询者之间的信赖关系，游戏方面的知识是不可或缺的。

爱子一边摆弄遥控器，一边问道："美喜。你真的不想来'东京心理咨询中心'和我聊天了吗？"

美喜神情黯淡地再次陷入沉默。

"我，"爱子说道，"我很想和美喜说话噢，想和你交朋友噢。我想也一定能解决美喜的烦恼。"

"嗯……可是爸爸说不许去那么可怕的地方。"

"可怕的地方？"

"是的。说会被施加催眠的。"

爱子叹了口气。"美喜，真正的催眠疗法其实是不会发生意外的。你爸爸对此不了解，所以才误以为那是危险的地方。"

"可是，爸爸知道很多事情。"

的确，在孩子的心目中，父亲是伟大的。父亲知道自己不知道的世事。相信父亲所说的是绝对正确的。这正是孩子对父母的信赖。

孩子对自己寄予了过剩的信赖，而有不少父亲没有注意到这个事实。

"嗨，美喜，我看起来很可怕吗？"

"不可怕。"

"这么说，如果只是和我聊天你不害怕是吧？我这样到你家来要和你聊天你不拒绝对吧？"

"嗯。"

爱子禁不住笑了。美喜接纳她为朋友了。纵然对方还是一个比自己小很多的女孩，这对于爱子而言也一定是令人喜悦的事。

就在这时，楼下传来一个男人的吼声。"怎么回事！所以你就让她进来了？"

竹下笃志，美喜父亲的声音。

美喜的神情再度胆怯起来。

"别害怕。"爱子和蔼地安慰道，然后放下遥控器站起身来。

既然不请自来，早已知道可能会出现这种情况。然而，不能给美喜带来不安。

爱子走出房间准备下楼，恰好竹下笃志正在上楼。

竹下问："你到底有什么事？"

"我来的目的是为了确认美喜本人的意愿。我认为我已经得到了家访的许可……"

"是吗。那么这回你该明白了吧？听说美喜和香织都无意去那种地方。"

"是的。"

竹下一副不解的表情。"你说是的……?"

"她们说无意来我工作的地方。不过，她们说欢迎我以朋友的身份来你家访问。"

"说什么蠢话。这个家的主人是我噢。只要我在，就不会让你这样的人进家门。"

"那我们在门外见面。"

"别开玩笑了！想诓骗我女儿没门。"

"我认为选择朋友的权利在美喜本人……"

"又来你那一套歪理。你到什么时候才能不小瞧人?"

"不。我没有小瞧人。你说的都对。前几天在我们见面的时候，我说过你缺少精神医学知识这样的话，现在我表示反省。对普通催眠及心理疗法的误解并非现在开始的，也并非你特有的。倒不如说你具有最基本的常识，所以我赞同你打算把有关知识正确地传授给家人的想法。"

"……可是，你想说什么?"

"也存在问题。"

"什么是问题!"

"你的问题就是你的那个大声。"

竹下皱着眉不吱声了。

爱子说道："你说的都对，但就是声音太大了。一般人遭到大声斥责就会发怵。何况是小孩子，她会更加感到精神上的痛苦。孩子在理性判断你说的是否正确之前，首先被你的声音镇住了，于是不得不听从于你。这样显而易见，哪怕你说的再有道理，孩子的自主性也难免不受损害。"

"……你想说的就这些吗？好吧，快点从这里消失。别再让我看到你。"

"这会儿大小正好哟。"

"你说什么？"

"我指音量。你就要用刚才那种嗓音说话。等我离开后也一直要用那样的嗓音。"

来到外面，四周已经黑咕隆咚。

爱子回头朝美喜房间的窗户望去。美喜的脸正贴在窗前。爱子微笑着准备朝她挥手。然而，美喜把头缩了进去。

爱子就地站了一会儿，但美喜不再愿意露面。

手术失误

离开高见泽医院，根岸知可子乘出租车向赤户医院驶去。

患者的病例尚未整理完毕，今天加班估计要加到很晚。

知可子再次回想起名叫浜名典子的患者。

截至昨天，典子在床上生活得还算正常。虽然说话结结巴巴，而且无精打采，但对于知可子的提问回答得还是蛮好的。

我每天都向她反复询问同样的问题。你感觉怎么样？典子经常略带困惑地这样回答，还行，不错。

典子总是一边神情恍惚地看着知可子的双眼，一边打听大辅怎么样。

你儿子恢复得挺好，现在住在别的医院。这就是知可子的回答。典子微微点头，然后闭上眼睛。每天的会面仅此而已。

为什么面部神经会麻痹呢？为什么腿上会出现痉挛呢？假如发生了手术失误，这些都可以得到解释。如果主刀是其他人的话，我或许也会说和高濑同样的话。

但是，很难想像会有那种事情。

……然而，假如高濑的话说中了。如果我对典子的反感与细小的疏忽有关……

"这位客人，"出租车司机突然问道，"是这里吗？"

知可子这才缓过神来。出租车已经停在了赤户医院门前。

知可子从出租车上下来，走进了赤户医院的大门。虽然医院建筑比高见泽医院要老旧，但患者的数量远比它多。门诊已经停止了挂号。

知可子来到二楼，正准备进办公室的时候，护士叫住了她。根岸医生，冴岛医院发来了传真。给您放在了桌子上。

冴岛医院是收治典子儿子大辅的那家医院。

知可子对护士说了声"谢谢",然后走进办公室。

写字台上放着传真。

赤户医院　脑神经外科主任　根岸知可子医生

今天下午七点过后,一度失去知觉的浜名大辅恢复了知觉。虽然还有一点记忆上的混乱,但总体情况良好,不仅能清楚应答提问,好像也开始有了食欲。今后将对他一面进行检查,一面进行康复治疗。仅此告知。

知可子在椅子上坐下。放心地舒了一口气。

仅仅看了开头,就知道这是个好消息。下午七点过后,如果是死亡报告,应该把几点几分也写清楚。

这时,传来了敲门声。

"请进。"知可子说。

门开了,仓石胜正怯生生地走进来。崭新的套装配着崭新的领带。手上捧着五颜六色的花束。

"胜正。"知可子惊讶地站了起来。"怎么啦?"

仓石回手关上门,心神不安地说:"这个,怎么说呢。我还没对你就任脑神经外科主任表示祝贺呢。我现在下班了,所以顺便过来看看。"

"你拿的那个花束?简直像是来看病人的。"

"我也是这么说的。可是，宗方先生……"

"你又把各种各样的花弄在了一起。差不多要三万元，你告诉花店的人尽量要扎得漂亮点对吧？还说种类的选择统统都拜托啦。"

"……什么都瞒不过你呀。你甚至知道只要撮弄宗方先生，我就会来对吧？"

"什么撮弄。"知可子露出苦笑。"先生又不是狗。"

"我俩都已经不年轻了。别再做孩子气的事了。"

"你捧着花束，在我上班的时候跑到我面前，这难道就不孩子气了吗？"

"嗯，这个嘛……有点不太像话……"

知可子拿起写字台上的花瓶，清除掉已经覆盖着一层薄薄灰尘的假花。"不过我还是感到挺开心的。谢谢。你现在的工作怎么样？"

"啊，还可以。你这边怎么样？晚饭吃了吗？"

"还没哪。不过，我这就要去看病人。因为刚才路上有点挤。"

"是吗……嗯，要是有工作那也没办法。不过，要是方便的话，我们今晚能不能一起吃饭？"

"总是这么着急。"

"老毛病了。另外，我也有话要跟你说。"

"知道了。不过，你要等到十点左右哦。"

"那好，你快结束的时候我来接你。"仓石说完这句话后打算暂时离开。

"胜正。"知可子不由自主地叫住他。"有话，什么话？"

仓石欲言又止。"吃饭时再说吧。"

"就现在说嘛。只说重点即可。"

仓石迟疑不决地拿出一张纸，递给了知可子。

知可子接过了那张纸。

一下子感到心凉了半截。所谓仓石说的话并不是知可子所期待的。

纸上写着的似乎是有关心理检查的流程。

仓石说："那是我研发的被暗示性试验。你提到过有一个热衷于弹子游戏的母亲，我希望你能对她做一下这个测试。没什么，测试很简单。就照上面写的那样提问即可，对方只要回答是或不是就行。根据她的回答，按照图表上的问题一直提问下去。如果测试结果证明她的被暗示性极高，那么或许也可以说明她当时已经完全沉溺于弹子游戏而……"

知可子有气无力地把那张纸退回去。仓石不知所措，接了过来。

知可子非常失望地问道："你所谓的话就是这个吗？你特意手捧花束前来找我就是为这种事吗？"

"这种事？"仓石不禁皱起眉头。"明明是自己手术患者的问题，怎么能说这样没有人情味的话呢？这个试验对于她回归社会具有非常重要的……"

"你根本就不知道发生了什么！"知可子情不自禁地大声吼道。"那个患者现在出现了面部神经麻痹症状。你觉得此时是做那种事的时候吗？"

"麻痹症状？怎么会发生那种事？你说过手术后的情况不错呀……"

"……说得再细你也不懂！因为你不是医生。"

"我确实不是医生。可是，跟我说说理由总可以吧？"

"也许是我的失误！原因或许就是我手术失误！"

室内一阵沉默。仓石默默回过头来。

"……不可能有那种事。一定是哪儿出了问题。我非常了解你的技术。"

"拉倒吧。就此打住吧。"

知可子视线落在了写字台上。从冴岛医院发来的传真、患者的病历、还有花束。光是看到这些就令人郁闷。

"请让我一个人呆一会儿。"知可子说。

知可子即使背过了脸也能感觉到仓石一直凝视自己的视线。然而，不久传来了轻轻的开门声。

"知可子。"仓石平静地说道，"回头我来接你。"

"不好意思，下次吧。"

"我另外还有话想跟你说。其实，这个才是重要的。这个，如你所知，我一向都不是个灵活的人。这方面是我的弱项。其实，我有事想告诉你，很想把我的心情告诉你。"

知可子很想听下去。然而，现在不是时候。仓石的心情固然令人高兴，但此时的自己没有闲心。

知可子尚未从打击中恢复过来。在美国出生的孩子的死，还有手术失误的疑惑。

突然手机铃响了。

不会是我的电话。因为在医院里我从来都把手机电源关闭。

仓石神情犹豫地从口袋里取出手机。"不好意思。

事先应该切断电源的。"

"算了吧。也许是急事呢。我同意了。接吧。"

沉默了一会之后，仓石接听了电话。"我是仓石。……什么？什么时候？怎么会……"

好像发生了什么大事。仓石说了句"我马上回去"之后挂上了电话。

"知可子。我有急事。不好意思，今天……"

"知道了。"知可子点头答应。"下次再说吧。到时我给你打电话。"

无论处于怎样的状况，现实也都不会出现戏剧性的一幕。刻薄的言语交锋之后，留下的只有凉透了的关系。现在也一样。

仓石走出房间之后，知可子叹了一口气。

目光落到了左手。仓石赠送的结婚戒指闪闪发光。只要戴在身上就会感到难堪。知可子摘下那枚戒指，放在了写字台上。

贪污疑云

嵯峨看了一下手表。时针指向下午九点。

位于"东京心理咨询中心"最顶层的三十二层所长办公室。房间非常宽敞，嵯峨坐在沙发沿上。

坐在对面的是外山警部补。他压根不看嵯峨，一副怄气的神情盯视着无人的写字台。

在那辆外观和社会车辆别无二致的车内接受完询问后，当时并没有被带到警视厅，结果取而代之的是他们来到了这里。看来警察的意向是希望在嵯峨单位的领导也在场的情况下一起来谈。

室内还有一个人，年龄约为五十岁，瘦长的身体裹着精心熨过的双排扣西装。皮鞋擦得油光锃亮。

听说他叫财津，但不知道他是干什么的。好像不是警察方面的人。如果是警察，在这种场合他应该说出自己的身份。

财津一会儿站起来，一会儿又坐下。他坐立不安地在室内踱来踱去，而且还不时向窗外张望，随后又回到沙发上。

传来了敲门声。

门开了，仓石走了进来，神情疑惑地向两位来客点头示意后，走到了嵯峨身边。

"嵯峨。"仓石坐在了旁边。"没事吧？"

"嗯，"嵯峨小声说道，"对不起。事态严重了……"

"什么也别说了。所长马上就到。等所长来了再说。"

沉默了一阵。屋子里的气氛令人不爽。嵯峨一直忍耐着这种窘况。一切都是自己引起的。

又过了一会儿，这次连敲门声都没听到门就开了。

一位老妇大模大样地走进来。她身材虽然瘦小，但步伐如年富力强的男人一般轻盈。花白的头发梳着短发，穿着虽然不那么扎眼，但应该是名牌套装。

此人正是所长冈江粧子。年龄六十九岁。据说在医学圈内她以性格顽固要强而闻名。大家甚至都不曾见她有过笑脸。

屋里三个人站了起来，嵯峨也随即站了起来。

外山警部补稍微点了下头。“我是警视厅搜查二科的外山。这位是财津。”

冈江粧子压根不想问财津是干什么的，径直朝自己的写字台走去。对仓石和嵯峨仅仅略瞥了一眼。那可怕的眼神足以让任何沉着冷静的男人都心神不定。

冈江在带扶手的皮面椅上落座后，对外山说道：“刚才接到联系电话，大概的情况听说了，不过我还没有掌握所有情况。所以请按顺序介绍一下。”

“这个，在您繁忙的时候打搅了，不好意思。事情是这样的，我们接到了来自这位财津的报案。现在我们正在调查此案，一个名叫入绘由香的重要知情人正在接受调查。在调查过程中，发现你们这里的嵯峨与案件有关。”

“然后呢？嵯峨给你们添了什么麻烦吗？”

“这个嘛……姑且算是妨碍执行公务吧。”

“那好，你们就逮捕他，把他带走好啦！至于算不算职员的丑闻，我再另找机会作出判断。”

仓石略带埋怨地说道："所长。"

外山也面露困惑。"对不起，冈江所长。现在还不到要逮捕嵯峨先生的时候……我们只是想查清他为什么要妨碍我们带走入绘由香协助调查。"

嵯峨说道："这是因为不应该给她带来莫大的精神压力。我认为那样会导致她病情恶化，后果可能无法挽回。应该采取更加人性化的方法。"

"哎呀，我们并没对她动粗呀。我们是按程序征得她的同意后才要带走她的。只是由于她突然坐在地上抽抽搭搭地哭泣，所以也不排除造成了部分过路人的误会。"

"通灵店的经纪人在那家店内安装了偷拍摄影机。当时我正在和那个经纪人会面，因此店内的情况我全看到了。"

外山一下子说不出话来。

搜查员当时拽着由香的胳膊，企图强行将她带走。他也许没有想到会有目击者吧。

外山很快缓过神来，用温和的口吻说道："原来是这么回事，我们只是以为入绘歇斯底里发作了，在你看来，从你们专业的角度来看，她好像更具危险性噢。"

"嗯。"

"既然是这样，你早说嘛。可是，你突然冲了过来。不过我问你，你为什么和她的经纪人会面？"

"因为入绘可能有精神疾患，所以我去告诉他不能让她继续从事通灵的工作。"

财津终于开口说："我问一下可以吗？刚才提到入绘有精神疾患，请问这具体是哪一种病？"

仓石回答道："有可能是多重人格障碍。"

"噢，多重人格……"

外山欠身。"看到重病患者的医生往往都不忍不管。这件事有类似之处啊。明白了。那么告辞了。"

嵯峨举手表示阻止。"请等一下。我还有事要问你们。你们到底怀疑入绘由香什么？"

"入绘不是嫌疑人，只是个知情人。总之，目前还在调查阶段。有些情况不能对外人说。"

"外人？都到这分上了，就告诉我有什么关系。或者，就我在显示器上看到的再好好琢磨琢磨。"

"……真拿你没办法啊。"外山一副反感的样子又重新坐回沙发。"那我简单介绍点情况。这位叫财津信二，是日正证券财务部部长。据他所说，他们财务部在对前年也就是 2006 年度的财务进行清账时，发现少了约两亿元。虽然账面上的计算相符，可银行里的存款额不符。也就是说，不知不觉两亿元就去向不明了。"

日正证券是一家大型证券公司。然而，嵯峨全然不知道这事和入绘由香有什么关系。

外山继续说道："据说这家公司最近引入新的电子计算机，对记录重新进行了查验。结果发现，从 2006 年的 4 月到 9 月之间，有人数次操作公司内的电子计算机与总公司的主要银行连接，并非法提取了共计两亿元。"

"那和入绘有什么关系？"

财津清了清嗓子说道："现已查明，从日正证券的主要银行向某人户头转账的终端机是财务部的电子计算机。不过，户头的账户名和账号的数据全被清除了。我们向各家银行进行了询问，虽然知道了款项被存入到都内银行的一个虚构的户头里，但如今这笔款项已经全部被人从那个户头中提取，并且还注销了这个账户。尽管请有关方面对银行职员以及 ATM 上的防盗探头都进行了彻底调查，但最终也只知道签约人是个女的。"

"女的……"

"嗯。操作电子计算机的时间都是在平日中午过后，也就是在公司的上班时间内。因此，只能认为犯罪嫌疑人就在财务部内部职员中，而且关键在于能够连接主要银行的仅限于几个操作人员。"

"……难道是，会是她？"

"是的，因为入绘由香是财务部的操作人员。"

嵯峨不禁感到惊讶。"怎么可能会有这种事。"

"这是事实。她原先是我的下属。"

"她是什么时候进你们公司的？"

"2005年春天。"

"2005年？她现在还不到三十岁吧？听说是从什么地方挖过来的？"

"并不是那么回事，不过当时财务部人手非常短缺。当然并不是什么人都能进我们公司，但关系到入绘我亲自和人事部交涉过，因为她父母曾向我强烈推荐过。"

冈江惊讶地问："父母？这么说，她父亲是日正证券的干部喽？"

外山回答："不，她父亲就是个普通老百姓。"

"是的。"财津笑了笑。"入绘的父母亲经营了一家名叫近松屋的关东煮店铺。是由夫妇俩一起打理。近松屋这家店位于大手町商业街中心，价格和平民区的相仿，因其物美价廉而声名大噪。"

"噢，"冈江说道，"我或许在电视上看到过。"

"确实传媒也曾报道过。据说是入绘爸爸的爸爸将大手町自己家的老房子改建成关东煮店铺，从而开始了创业。入绘父母继承了这个店，并一直保住了店铺的信誉。长期的不景气使得大手町一带的白领也开始囊中羞涩，所以下班后经常在价格合适的近松屋喝一杯。虽然大约一年前店铺歇业了，但在当时无论你什么时候去，近松屋那狭小的店内总是坐满了白领客人。"

"这么说，你也是那里的常客喽。"

"嗯。我经常带领部下去近松屋喝酒。不久也就和入绘的父母亲认识了。有一天在和部下一块喝酒的时候，我无意中发了一句牢骚，说财务部人手不够。入绘父亲突然插嘴说，那就让我女儿去你那儿。她母亲也说，我家女儿记忆力特别好，而且玩电脑也是她的爱好，所以绝对顶用。于是我就问道，她之前在哪家公司工作过吗？说她在埼玉县某家超市打工时当过收银员，还在都内某家文具店工作过。当时入绘父母的表情都非常认真，还再三强调说雇主对入绘的工作都很满意。"

冈江也露出苦笑。"这对日正证券而言可是破格录用噢。"

"是那么回事。她父母恳求说哪怕一次也行，希望给入绘一次面试机会。我起初都敷衍了过去，后来我每次去，她父母依然总是问面试的时间定下了没有。我实在没有办法，于是对入绘父母说，那就让她明天上午抽时间来一趟吧。入绘由香果然按时来了。"

嵯峨问财津："你和入绘由香这时才第一次见面对吗？"

"是的。她特别文静，非常朴实，而且给我印象最深的是她回答问题非常缓慢。我觉得她毕竟突然被叫到大公司的接待室，所以有点紧张，这也是可以理解的，因此也就没有太在意。"

"有没有过突然态度反常和说话变化的情况？"

"没有。面试的时候以及后来都没有发生过这种情况。"

"那次面试，是你决定录用的吗？"

"是，结果是这样的。我发现她具有罕见的才能。因为她发挥出了超群的记忆力。她能像录音机一样准确地把我说的一字一句都记在脑子里。对复杂的证券交易程序记得很快，对电脑的操作方法掌握得也很快，刚一学就能像老操作员一样熟练操作。"

原来如此，果然有限范围内的一些能力，有时似乎可以提高到极致。正如实相寺所言。

然而，还是存在难以理解之处。

多重人格障碍，也就是解离性同一性障碍，长时间以后，症状会继续加深下去。很难想像她三年前没有发病。

仓石好像也有同样的疑问，于是问财津："从入绘在公司里的工作态度以及她与同事的相处来看，你难道没有发现她精神方面的异常吗？"

"这个，嗯，她确实存在不爱说话和不太喜欢与人交往的倾向，至于太细方面的情况……她一向准时上班，然后立即坐在电脑前，到下班的时候，她就一个人赶紧回家。虽然有几次擅自缺勤，但第二天来到公司即会道歉，然后把两天的工作一天就给干完，从而挽回了延误。"

"她有没有过判若两人的举动或表现出慌乱失度的样子？"

"没有。不过她在我们公司只干了半年。当年十月，她突然提交辞呈，然后就离开了公司。虽然我向她询问了辞职的理由，她只简单地回答了一句，说太累了。"

"那么，她父母也一定很失望吧。"

"是的。打那以后，我再去近松屋的时候，发现她父亲尤其消沉。再三给我低头道歉，说女儿天生任性，实在对不起。在找到接替她的操作员之前花了一些时间，但多亏人事部帮忙，总算补上了这个缺。"

冈江点头问道："你刚才说侵占公款事件是发生在2006年对吧？入绘由香在那期间是当操作员对吧？"

"是这样的。"

嵯峨感到忐忑不安。如此下去，由香将会被当作嫌疑人对待。

"对不起，"嵯峨说道，"财务部的操作员除了由香应该还有几个吧？也许事情只是偶然和她上班的时间碰在了一起……"

外山不耐烦地说道："不只是那么简单！"

财津神色奇妙地看着嵯峨说道："连接公司总部的主要银行需要密码。这个密码是因操作员而不一样的，而进行违法提款操作的电脑毫无疑问是入绘的。"

"或许也有这样的可能性，有人想让她背黑锅。通过某种方法窃取到了她的密码。"

"数据中还保留着日期，在那个时间段里，入绘始终坐在电脑前。这件事财务部里的所有人都知道。"

"瞧。"外山张开双手。"就是这样。数据已经请科学搜查研究所以及网络对策室的专家们研判过了。没有疑点。"

仓石双眉紧皱，向外山问道："可是，为什么事到如今才向入绘了解情况？早就应该开始搜查了呀。"

"这是因为日正证券报案报晚了。我们着手搜查仅仅是在一个月之前。"

财津惶恐地俯首说道："实在不好意思，两年前，由于刚刚引进了新电脑，所以验证功能也没有得到充分运用。当时，只在与本公司有业务往来的银行之间进行过内部调查。为了侵占公款而被开设了账户的那家银行和本公司并没有业务往来。虽然数据上保留了提款的记录，但到发现为止竟花了两年的时间。"

外山耸了耸肩。"这并不是什么稀罕事。利用网络在线侵吞公款的事件，有不少都是过了一两年以上才开始报案。在大企业里，一般在年度清账之前都很难发现用途不明的款项。"

室内一片沉寂。

嵯峨无言以对，只能保持沉默。事到如今，局外人已经没有可以介入的余地了。

然而，还是难以置信。那个入绘由香怎么可能侵吞两亿元的钱款。

难道还有我所不知道的凶恶人格潜藏在她体内？也就是那种大胆的智能犯所具备的人格。

仓石问外山："今后的搜查……?"

"这个嘛。目前一直在留意入绘由香的背景关系。要侵吞两亿元这样的巨款肯定会有与之相应的理由。这是我的直觉，我认为她顶多就是一个共犯。也就是说她只是被利用了而已。可以认定幕后另有他人。"

嵯峨叹了口气，小声嘟哝道："这么说你们是怀疑我啰？"

外山满不在乎地说道："这个嘛，任何人都会有失误。"

"不过，外山。多重人格障碍这一症状是非常复杂的。你们在审讯时一定要充分注意……"

"噢，"外山声音轻蔑地说道，"你意思是进行犯罪的是另外的人格对吗？也就是吉基尔和海德①。的确，最近在街头巷尾经常听到这样的议论。是关于在转变为另外人格的时候所犯的罪行该不该受到审判。"

"不是还没有认定她就是犯人吗？"

"话虽如此，但……"

"我担心的不是审判问题，而是她在接受审讯时的精神状态。哪怕是一点点的紧张和不安，于她而言都将感到极大的恐怖。如果加以追问，症状必将恶化。"

"明白了。入绘有点怪这一点就连外行也看得出来。我们会请专家的。"

"请谁？"

"特约精神科医生。嗯，一位名叫下元的医生。"

仓石喊道："下元？是下元佑树吗？"

"是的。"外山点头应道。

下元佑树这个名字对于嵯峨也不陌生。当年他在大学副教授的位置上急流勇退，现在是自由职业的精神科医生。他是一位在论文和讲演方面都有定论的心理学

---

① 源自英国作家斯蒂文森的小说《吉基尔博士与海德先生》，是具有善恶双重人格的人。

家。嵯峨读研究生的时候，曾读到过他的好几篇论文。

不知何故，仓石一副不满的样子。好像对下元这个人选不够满意。或许以往他们之间有过摩擦。

"那么，"外山站起身来，"我下面还要去写报告……"

嵯峨慌忙问道："现在，入绘怎么样了？"

"今天的听取情况早就结束了，她已经回家了。因为她顶多是个知情人。"

即使如此，搜查人员要在由香居住的公寓前蹲守一夜也是不争的事实。

由香那个懦弱的丈夫怎么样了？他有没有接到警察的通知而前往总厅迎接自己的妻子？抑或他什么都不知道已经回家了呢？

"再见。"外山朝门口走去。财津也紧随其后。

两个人礼貌地鞠躬后走出了房间。

办公室内只剩下了冈江、仓石，还有嵯峨。

冈江旋转椅子，将侧面对着嵯峨。似乎不打算和他说话。

"嵯峨，"仓石平和地说，"今天可以回去了。"

"可是……"

"行啦，回去吧！明天不是还有工作吗？"

"好吧……给您添麻烦了，实在对不起。那我告辞啦。"

嵯峨起身深深地鞠了一躬，然后转过身去。

走出屋门来到走廊的时候，嵯峨感到了压在肩上的沉重压力。

自己把入绘由香看作是可怜的精神障碍患者，难道我错了吗？我相信她在本能地寻求救助。然而，也许正是这种事实才等同于幻觉。

竞争心

仓石困惑地低头说道："所长，这次的事情全是我的责任。"

冈江粧子依旧坐在写字台前，皱着眉头问道："你的?"

"嵯峨跟我商量过此事。让他自己去做判断的是我。"

"是吗……嗯，仓石。你有点过于迎合年轻人了。虽说时代变了，可人本质的部分几乎没有变呀。年轻人依然具有莽撞和冒进的倾向。"

"我知道所长对我在重要岗位上起用年轻人持有否定意见。"

"可是，你就是认为年长的心理咨询师太独断专行和怀有偏见，因此他们不适合科长的职位吧？的确，报告说嵯峨科长的催眠疗法日渐取得成果，对此我感到非常高兴。不过，很难说他充分具备了社会共识啊。"

"但是，我认为他这次的判断是妥善的。确实事态发展有些出乎意料，但我认为作为心理咨询师对于入绘由香精神方面的忧虑是正当合理的。"

"仓石，作为临床心理师，你如何来分析嵯峨的心理状态？"

"嵯峨的？"

"他为什么要单方面地去帮助入绘由香？他把怜悯她和具有强烈的同情心与使命感同等看待，这种可能性……？"

"……你意思是嵯峨本身才有问题是吗？"

"我说的毕竟是可能性哦。所以才问你嘛。"

"的确他在学生时代就失去了父亲，他经常提起被一个人留在了娘家的母亲。"

"是吧？即使现在，他把工资的一大半也都寄给身在娘家的母亲，而他自己却一直开着那辆破车。"

"从为人的角度而言，那不是很了不起吗？"

"怎么说呢。仓石你认为优秀的心理咨询师就应该等同于伟大的救济者吗?"

"我并不是那个意思……"

"在欧美,心理咨询师也好,治疗专家也好,只不过就是一个帮手。委托人才是主体,律师和精神科医生等可提供帮助的人全都是帮手。他们只是为当事人解决问题的帮手。而且,这种相互关系也只有在当事人提出希望后才得以成立。"

"我认为'东京心理咨询中心'也是这种姿态。"

"我去世的丈夫当初创建这个设施时是这样的。不过,后来总是朝着奇怪的方向偏移。在我国,来访者都渴望寻求救济。即使去医院也是一定要找名医,依赖医术高明的医生,希望由他们给自己治疗。全都是由对方决定哦。怎能甘愿把自己的命运委托给权威,这和宗教一样嘛。"

"并没有那么强的依赖心吧。"

"怎么说呢。问题不仅仅在来访者一方,也在于职员方面。如果误以为我们的工作具有普度众生的宗教者般的使命,那这个职业将成为麻烦的东西啊。"

"此话怎讲?"

"你应该明白，仓石。能登半岛遭受震灾的时候，你未经我的许可，擅自派遣二十人组成的心理咨询师团队奔赴灾区。"

"……我认为在必定需要心理安抚的情况下，应该率先奔赴。"

"在对方没有请求的情况下就奔赴灾区，这简直就是义勇兵啊。从道德层面而言，这也许是一种很高尚的行为。不过，那难道不也是一种无偿援助吗！"

"政府对我们中心的人道主义表现不是也给予了很高的评价吗?"

"我在近期的会议上也曾经说过，报道带来的结果是，本中心被看成了好像宗教团体一般。冒充来访者寻求救济的教徒有所增加。我可不想成为东京晴海医科大学附属医院的友里佐和子啊。我倒希望那类依赖心很强的人们都到那边去。那家医院实在可疑。用不了多久肯定会出事。"

仓石认为归根到底这是冈江对经营不佳的抱怨而已。和往常别无二致。

"这个，"仓石说道，"职员们虽然都很忙碌，但收入却没有相应的跟上，对此我感到十分抱歉。"

"管理者的职责不是决定使用经费从事人道支援的。

我们中心是营利企业。这些问题你能否也充分加以考虑?"

"……是。这个,所长。我还有一件事可以做吗?"

"什么事?"

"我想与警视厅搜查二科商量一下,协助他们听取入绘由香的情况。"

冈江怒目而视。"你到底想说什么?"

"因为嵯峨已经介入这件事了……"

"在当事人没有提出请求的情况下却偏偏要单方面地给予援助,这样我们就不能向对方索要费用了。你又打算染指无偿的救济活动吗?"

"我来负责做这件事。损失嘛,我会想办法弥补。"

"警察不是说要请下元吗?现在还不到你们出场的时候。"

"不。这事不能交给下元佑树。"

此话刚一出口,仓石即为不慎走嘴而感到懊悔。

"啊。"冈江脸上浮现出轻蔑的表情。"是啊。原来如此。这才是你的本意吧?可以说这是你对下元佑树的竞争心吧?"

"……他是我大学的学弟,但现在他作为精神科医生已经受到了很高的评价。不过，他也有缺点。他不善于充分倾听对方的意见，总是以理论武装驳倒别人。虽然他具有雄辩的本领，但另一方面存在过于好胜的倾向，对事物判断缺少公平的情况也不少。"

"这一点你不也一样吗？在我看来，你比下元要好强得多呀。"

"那不可能。他……"

仓石缄口不语。

看见冈江那冰冷的表情，仓石心里非常明白，在此继续理论必将以徒劳告终。

所长也是经营者，试图从她这里获得许可本身无疑就是一个大错。

"实在不好意思。"仓石俯首鞠躬。"这事就请忘记吧！那我告辞了。"

仓石转过身去，背朝冈江向门口走去。事到如今，也已经没什么可说的了。

"主任，"背后传来冈江的声音，"我是为你好才说你的。"

仓石止步。他回过头去想回敬几句，但不知说什么才好。仓石轻轻地关上了门。

关东煮店铺

　　嵯峨隔了三天得以再次对入绘由香的情况进行调查。

　　不过，这次并不是允许他和她见面。暂且只能去找她父母了解情况而已。

　　一想到由香目前的精神状态，嵯峨就对连日来的调查感到坐立不安。然而警察也没有提供任何信息。

　　要想了解情况，只能去问由香父母。

　　悬挂着近松门牌的房子是一座老旧的木结构独户住宅。估计房龄至少有三十年了。

　　宽阔的院落里有两只混种狗。院子的角落处残留着枯叶燃烧后的痕迹。车库里停着一辆白色的轻型卡车。

眼前的光景给人的印象是这里是一座很久以前便有人在此居住的地主的房屋。

嵯峨被请进起居室，两腿伸进被炉，与老夫妇相对而坐。从父母的脸上确实都能找到女儿的模样。

由香原姓近松。父亲叫近松尚行，母亲名叫多惠子。在官署查找了户籍誊本，结果很快找到了由香父母家。

被炉的对面是玻璃拉门，门外有后厦，后院的晾衣架上晾晒着被子。

在这样的环境下，由香的父亲尚行表情发呆，端坐着问道："这个，请问您是警察吗？"

"不，不是。请放松。我是'东京心理咨询中心'的嵯峨敏也。我是心理咨询师。"

"噢。"尚行张着大嘴大声说道："这实在是个意外呀。您就是嵯峨先生啊。大老远的，您辛苦啦！"

多惠子也以夸张的声调说道："请，请随便坐。啊，你看我这糊涂劲儿，我这就给您上茶。"

一股淡淡的作料味道扑鼻而来。好像是从多惠子前往的厨房间那边飘来的。

是关东煮的味道吧？嵯峨揣摩。这味道和入绘由香的公寓门前从换气扇里吹出来的味道相同。

轻易就被请到了起居室，对此嵯峨感到有种奇怪的不舒服。两个人一起接待素不相识前来调查自己女儿的人，竟连详细情况都不过问。

然而，并不像有什么隐情。这或许就是这对夫妻的性格吧。

多惠子端来了放在托盘上的茶杯。当茶杯放在自己眼前的时候，嵯峨轻轻点了一下头，然后赶忙开始谈正事。"有几个关于由香的事情想问一下。前几天的事想必你们已经听说了吧？"

"嗯。"多惠子边进被炉边困惑地说道，"昨天警察来过了。大致情况都知道了。真是的，那孩子净给别人添麻烦。"

尚行也声音尖刻地说道："如果需要道歉就好好地给人家道歉，我以前就这样对她说过。可她就是不肯低头，所以招致的怀疑也就格外多。不过，警察不是吃干饭的，所以我认为只要诚恳地赔罪，别人会理解的。"

赔罪……？

嵯峨不知所措。夫妇二人好像尚未认识到事态的严重性。

"不好意思，"嵯峨问道，"你们不知道由香是因为什么原因才被警察叫去的吗？"

"这个嘛，"尚行小声说道，"嗯，还不是因为那些老问题。"

"老问题？由香以前也和警察打过交道吗？"

"嗯，"多惠子点头说道，"那是常有的事。那孩子经常撒谎。不知为什么，分明和人约好的事情，她却说忘记了，而且可以若无其事。大约半年前，她在下北泽杂样煎菜饼店打零工的时候也发生过类似的事情。明明从店主那里领到了工钱，可到了第二天她却说没有领。即使人家说你昨天不是拿着工钱袋回去的吗？她依然坚持说我不记得了。到头来，由香说大家试图合伙欺骗自己。而且，竟能任性地拨打110，把警察叫来。可是当警察赶到后，她却又说不记得打过电话。"

"是的是的。"尚行皱眉蹙额。"对此，她丈夫昭二好像也一筹莫展。"

很有意思的故事。由香当时也很有可能是因为某种原因而发生了人格转换。

不过，比起这事，此时嵯峨更担心她父母的态度。

这二人仿佛在谈论跟自己毫不相关的别人的闲话，

全然看不出为自己亲生孩子的处境担忧的样子。

嵯峨问道："由香什么时候结婚的?"

"这个,那孩子现在是三十岁……应该是四年前。当时她也不工作,整天无所事事,所以就叫她差不多结婚算了,于是安排她相了亲,后来就嫁给了比她大五岁的入绘昭二。他们像模像样地举办了婚礼,也出去新婚旅行了……嗯,去的是巴厘岛。昭二忠厚老实,是个具有绅士风范的人。由香也要更好地向昭二学习呀。"

"那么,昭二是怎么看待由香的呢?"

尚行说道:"她真让人操心呀。我虽然经常责备她,哪有妻子对自己丈夫撒谎的。但由香一点都听不进去。"

多惠子也更是满脸困窘地说:"她经常满身酒气夜里很晚才回家。家务也扔下不管,到处游逛。昭二即使问她去哪儿了,她也根本不搭理。"

"由香有孩子吗?"

"没有。她年轻的时候到处闲逛,结识了狐朋狗友,有过身孕,但是堕胎了。于是她说自己胎魂附体了。"

"是的是的,"尚行惊愕地说,"她常常说她听到了孩子的声音。在家里的时候,她会突然对我说:'听!爸爸。你没听见孩子说晚上好吗?'这种情况一天有好几次。终于我感到烦了就大声斥责她。一挨骂她就会哭。实在拿她没办法。"

"另外,"多惠子接着说道,"她还说过,总觉得有什么奇怪的东西进到了屋里,一只大猴子在自己的眼前,全身长满绿色的毛。她说猴子来给自己施催眠术,简直叫人……"

嵯峨身体哆嗦了一下。"催眠术?"

"是的。她说那只猴子试图随心所欲地摆布自己。那只猴子一出来,自己的身体就会被任意摆布。由香有时突然放声大笑,有时撒谎,净做一些奇怪的事情,事后则说都怪那只猴子。"

"所谓撒谎是说怎样的假话?"

"诸如我是外星人一类孩子气的话。也说过其他的名字。"

"是理惠子吗?"

"对对。是理惠子。好像还有弥生、美奈子、聪子什么的……这时她爸爸就会怒斥她,接下来由香就又开始哭泣。"

尚行倾诉道:"我说什么理惠子啦、美奈子啦,这又不是银座的酒吧。简直是胡言乱语……"

多惠子放声大笑。

嵯峨心情沉重。

这对父母完全没有认识到由香精神方面的危机。他们就这样度过了漫长的岁月。

在那段时间里，他们或许从来没有想过要请教精神科医生。由香的朋友、丈夫昭二抑或是亲戚，在这个问题上，也许谁都未曾给予劝导。

"这个，"嵯峨继续问道，"你们认为这全都是由香的谎言吗?"

老夫妇茫然若失地看了他一眼。

妻子厌烦地说道："那当然啦。那孩子是我的孩子，而且名字也是我们给她起的……"

"不，不是这个……你们不相信由香真的认为自己就是别人，或者看到了绿猴子吗?"

尚行斩钉截铁地说："不相信。因为每当遭到我的怒斥，她很快就不再继续说那些话了。而过了一阵，一旦给她一点好脸，她又会卷土重来。其实那是一种任性。希望别人在意她，试图闹出点动静来。"

多惠子再次使劲点头。"是的。她丈夫昭二有次说应该带她去医院看看……"

"当时，我就发火了。"尚行气呼呼地说，"我把他骂了一顿。我问他，你意思是说我女儿脑子有毛病吗？你如果觉得是娶了这样的媳妇，那赶紧离婚算了。"

"行了行了，孩子她爸。"多惠子边笑边说，"嗯，昭二的担心也是出于好意嘛。要说根子，由香有责任。我曾严厉地要求她，不要给昭二添麻烦。"

这太过分了……这是个典型的保守家庭，而且缺乏常识。他们虽然非常缺乏常识，但对此却没有认识到。

嵯峨尴尬地问道："由香是从什么时候开始说那种话的？"

"这个嘛。"多惠子仰头望了望天花板。"已经是很早以前的事了。从二十多岁就开始说听到了孩子的声音。每当我们提及她该找份工作了，她便开始说那样的话来搪塞我们。"

"说绿猴子来了是从什么时候开始的？"

"猴子，这个嘛，好像是从结婚以后。也就是近几年的事。"

"说外星人也是结婚之后吗？"

"嗯。渐渐严重起来，以至于开始说什么外星人啦、理惠子啦，还有美奈子等等。"

尚行抱着胳膊说道："也就是一两年前，她经常从下北泽公寓到我们的住处，每次来都净说那样的话。噢，对了，好像就是经关东煮店铺客人帮忙开始工作的那个时候。"

嵯峨凝视着近松尚行。"客人？所谓客人，是财津信二吗？"

"嗯，是的。"多惠子眼睛发光。"那人真是个好人。是他把由香介绍到日正证券的。可由香却恩将仇报，只干了半年左右就辞职了。打那以后，由香既不去工作又不干家务，真是没辙呀。"

嵯峨在脑子里对事实关系进行了梳理。

可以这样认为，听到孩子的声音这是幻听，绿猴子出现这是幻视。

被猴子随意摆布这一意识的存在说明有可能也听见了猴子的声音。如果是这样，入绘由香也有可能出现了杜立德现象①。

以动物为出发点的妄想知觉。来自动物的幻声体验，称其为杜立德现象。学界指出它已成为重度精神疾

---

① 感觉能听见动物说话的一种精神疾患。

病状态的指标，患者往往会铤而走险。

杜立德现象有两种情况。研究表明，既有狗和猫等动物在场时感觉能够听见它们说话的情况，也有动物明明不在却感觉它在，甚至能听见它的声音这种事例。至于入绘由香的情况，也可以推断绿猴子适用于此。

所谓被绿猴子施加了催眠术，这也许是因恐怖而引发解离性迷游症，导致暂时丧失记忆，人格转换与幻视结合在一起给她本人带来了这样的解释。当然，这里所说的"催眠术"无非是社会上盲信的魔术之意。

可以认定由香患上多重人格障碍是在她二十岁以前，她独自忍受了这种病症的煎熬吧。在这样缺乏理解的父母的身边……

嵯峨交替看着由香父母。"你们对满嘴痴话的由香，除了粗暴斥责就没有采取其他方法吗？"

多惠子因意外而瞠目。"没那么回事。我们为那孩子给夭折的胎儿上供，还设立了神龛。尽管如此，她还是说听见了孩子的声音。因此，我们带她到不同寺院的住持那里，请他们祓除不祥，还多次带她去请教她在报纸或电视上看到的那些知心先生。可花了不少钱呢。"

"你所说的知心先生？"

"就是那些除魂师呀，气功师什么的。都说不必担心，可由香还是总说这样不行等任性的话。"

"所以，"尚行说道，"最后只好决定不管她了。大师们可都尽了全力。我虽然没有学问，但从由香小的时候我就经常告诉她，做人绝对不能忘记感恩之情。现在的由香真是愁人。"

多惠子点了点头。两个人都似乎想说，如果真的亡魂附体，应该早就被除了。

尚行唠唠叨叨地继续说道："那孩子从小就要强，父母的话丁点都不听。高中毕业后也不打算找一个固定职业，所以我就对她说，你如果整天这么瞎混，就让你到自家店里帮忙。结果只干了一两天。"

嵯峨问道："你们店从那时起就生意兴旺吗？"

"是的，生意很好。"多惠子满脸放光。"我家这个店是个老铺子嘛。很多主顾都非常捧场。"

尚行戴上了老花镜，被异样放大了的双眼闪闪发光，他手指着橱柜对嵯峨说："你看，那有个账簿，我让你看看。"

"是啊。"多惠子起身从橱柜中取出两个大型笔记本，并将其打开放在了被炉上。

多惠子得意地说道："我家这个店多次上过报纸和杂志。"

笔记本内贴满了剪下的报纸。在大手町商业街，有一家一如往昔地坚守信誉的老字号关东煮店铺。该店由一对老夫妇打理。物美价廉。一年前的报纸上报道了关东煮店铺停业的消息。上面这样写道："大手町老铺子的灯光，在惋惜中悄然熄灭。"

尚行和多惠子兴致勃勃地给翻看本子的嵯峨加以说明。职业棒球运动员也来过啊。还有不少名人和了不起的政治家也来过。啊，有一位著名作家把近松屋的事写在了他的书里，那是描写近松屋部分的剪报。我们一向是早晨五点钟就开始做准备工作，基本上都是夜里十一点以后打烊。连睡觉的时间都没有啊。不过，我们还是希望看到顾客的笑脸。我们这个店几乎从来没有涨过价。只要客人说好吃，能够满足他们的期待，我们就感到非常高兴了。可是，不久我的身体就累坏了，多惠子也患上了糖尿病。虽然主顾们都很遗憾，但最终还是不得不歇业……

嵯峨心情沉重地一边附和着这对夫妇，一边俯视着笔记本。

他几乎没有听由香父母说的话。只是感到有种喘不过气来的胸痛。

这两个人没有罪。他们只不过一味地坚守店铺，抚养孩子长大成人。然而，这又是一对多么淳朴的夫妇啊。而且这样的淳朴在现代社会未必总是最好的。这对父母太不了解社会常识了。对科学知识漠不关心。他们以老东京自居，为人厚道，并引以为豪，但这也是他们不了解真正社会的佐证。

他们坚信做事只要讲情义就能够驱逐一切知识和权威。然而这无非是幻想而已。

嵯峨啪的一声合上了笔记本。

花了很长时间笑容才从老夫妇的脸上消失。

"请问，"嵯峨小声问道，"你们俩爱由香吗?"

尚行和多惠子面面相觑。不一会儿，尚行苦笑着说道："嗯，那当然喽。她毕竟是我们的孩子嘛。"

"这么说，你们希望由香幸福对吗?"

两个人异口同声地回答说是。

"那么，我告诉你们。由香有病。而且，她现在作为重大案件的知情人已经被警视厅叫去了。"

"噢。"尚行恍惚应道。

"其实，由香现在的处境远比你们俩所想像的复杂而困难。你们如果为由香着想的话，就一定要助我一臂之力。希望你们去警视厅，向由香本人了解一下详细情况。"

"这个……警察也那样对我们说过。我们还是不见由香为好。"

"为什么?"

多惠子说道："近来，她只要见到我们，怎么说呢，似乎就变得歇斯底里。她会大声哭叫，乱扔东西什么的。"

"那是从什么时候开始的?"

"大约从一年前。像是反抗期的孩子。虽然以前就经常反抗，但是最近更严重了。"

尚行叹气道："多惠子还算好，但是我，她压根不想见。"

"就算是我……"多惠子坦诚地说道，"和我也已经不能进行正常对话了。我这还没说几句话她就会表情瘆人地向我瞪眼。不过算了，那孩子已经出嫁了，而且说起来，她已经是入绘家的人了，所以不听父母的话或许也是没办法的。"

这对父母第一次吐露了真心话。他们胆怯。害怕被牵连进更麻烦的境地。

"你们的心情我明白,"嵯峨说,"可是,如果由香的父母都不信任她的话,那么其他人肯定谁都不会信任她。她现在很孤独,独自处在困难的境地。对于她的呼救声,你们不能闻而不听。我们必须帮助她。"

尚行和多惠子缄口不语。

事态的严重性也许难以把握,但他们似乎明白了自己的孩子正处于困境。

尽管如此,他们也许还是认为自己无能为力。由香的多重人格显然超出了这对朴实父母的理解范畴。

不过,由香父母就是不愿承认自己的孩子患有精神疾病。

嵯峨斩钉截铁地说道:"这一点我要说清楚。由香并非天生就精神异常。而且她既不是说谎的人,也不是什么魂灵附体。一切都是真实的。这个问题或许以大多数人的常识是难以理解的,但它就是那么一种病。无论是谁,一旦发高烧有时就可能产生幻觉。由香只是处于类似这样的状态。"

多惠子坐在那儿不舒服似的扭来扭去,过了一会,她小声说道："我们也替由香担心。可是，我们不知道如何是好。由香她满嘴胡言乱语。"

"这就是那种病。之前由于我们身边没有人患相同的病，所以只能说明我们不了解它。要是方便的话，请让我代替二位去警视厅。请你们给警方打个电话，就说让我做你们的代表前往。我一定像二位希望的那样去帮助由香。"

"……要是这样，那就拜托了。我想如果能这样……你说呢，孩子她爸?"

尚行面孔紧绷地点了点头。"知道了。我不善学习，所以不清楚到底是个什么情况。我连大学都没上过，所以有关复杂的事我一概不懂。不过，像先生这样的人我想应该信得过吧。"

"是啊。"多惠子毕恭毕敬地说道，"请您帮帮忙，务必请您设法帮帮由香。"

嵯峨不由叹了一口气。

根本不是那个意思……

两个人都想无条件地依赖权威。有时也误以为这就是诚实。

多惠子从橱柜中取出来一张纸头，好像是警察留下的便条。

日期是明天。下午两点。警视厅，北馆二楼，第六会议室。

警察似乎打算把由香父母叫去，然后告诉他们关于由香涉嫌贪污的事情。从具体指定的时间地点来看，肯定届时有关人员会集聚一堂进行研究。

"谢谢！"嵯峨手持便条站起身来。"我尽力而为。"

"先生。"尚行叫住嵯峨。"是关于由香的那个病，请问能治好吗？"

老夫妇当时挂在脸上的表情告诉嵯峨，他们只期待能够治好这样的回答。

嵯峨犹豫了一会儿。讲假话非常简单。但是，那样只会拖延问题。

"不能完全治好。"嵯峨回答。"你们要承认那就是自己的女儿。"

嵯峨有点不敢正视由香父母。他低头鞠躬，然后走出起居室。

脚踏板

嵯峨钻进了停在胡同里的卡罗拉，心情十分难受。

自己的行为和欺骗那对淳朴夫妇难道有什么不一样吗？利用别人的善良，打探到他们和警察见面的时间，自己则取而代之。

嵯峨砰的一声关上车门，叹了一口气。

思考了一会儿后，嵯峨自言自语，没那回事，那就是最好的办法。

嵯峨旋转钥匙，启动引擎。只要不是寒冷的早晨，这老掉牙的引擎也能够一打就着。

引擎发出吱吱嘎嘎的声音，现在感觉这声音也像是在大声呵斥嵯峨的迷惑。这是父亲的呐喊。

精神疾病的发病原因有不少在于家族。父母离婚，一方不管孩子，孩子在成长过程中得不到充分关爱，这样，他们精神上就会产生扭曲。

入绘由香的父母没有离婚。表面看起来，她既有父母，又有家可回，似乎家庭环境不错。然而，事实并非如此。她很孤独。希望得到父母更多关爱。希望父母比起店铺和工作更关心自己。

家庭应该是个什么样呢？难道有标准家庭吗？

嵯峨脚踩离合器，换了挡位。卡罗拉缓缓开始行驶。今天跑了很长的路程。它好像对司机冷酷的使用表示抗议，强烈的震动直戳座位。

乘坐的滋味实在不太好受，但嵯峨仍平静地自说自话。

一定要给我坚持到回家，祖宗。

晚上九点多。

已经过了下班时间，小宫爱子伫立在静悄悄的"东京心理咨询中心"的门厅前。

爱子极力试图赶走郁闷的心情。

然而，怎么也放不下竹下美喜的事。

自己的判断错了吗？不请自去也许起到了相反的效果。或许把那孩子逼到了困境……

"嘿！"传来一个男人的声音。"这么晚你怎么啦？"

抬头只见鹿内正朝自己走来。

"啊，鹿内先生。"爱子问，"先生也加班吗？"

"这个嘛。来访者虽说大都分成了集体疗法的小组，但今天进食障碍的来访者尤其多。我尝试着对他们进行了箱庭疗法，结果谁都不去触碰玩具，所以多花了些时间。现在想来，恐怕应该在他们什么也不想放下的时候进行评定。"

"在神经性厌食症的情况下，也有可能是因抑郁性障碍而食欲减退。"

"嘿。你懂得不少嘛。"

"这是心理咨询师应有的知识。"

鹿内一边笑一边半开玩笑地说："我是第一次听说。"

"不会吧……"

"不过，今天嵯峨也许回不来了？"

"啊，是吗？嵯峨先生不要紧吧……"

"我想那小子应该不会服输。但也不能太操之过急。

对了，嵯峨那家伙订购了一个奇怪的东西。"

"奇怪的东西？"

"你稍等一下。"鹿内折了回去。

他进了大厅内侧的储藏间，在里面咔嚓咔嚓翻腾了一阵，过了一会儿，鹿内再次走出来说道："你看，就是这个。今天早上到的。"

鹿内推着一辆崭新的独轮车。

"啊……"爱子小声叫道。

这一定是嵯峨为我置办的。他是希望我有针对性地研究一下，竹下美喜到底是因为什么而苦恼。

鹿内怪声怪气地说道："我小的时候，还没有骑这玩意的课程呢。简直就像是杂技呀。"

"好像挺难保持平衡的。"

"不难。"鹿内跨上车座，但是一个劲地前后摇晃，两脚根本离不开地面。

爱子笑道："脚要踩在脚踏板上。"

"这我知道。不过，那，什么从心理学的角度来讲，这叫做努力逆转法则。即便理性上再三思考，既然直觉上不认为会骑，那也只能朝负面发展。"

"这么说，即使是在无意识的情况下也必须相信会骑。"

"光那样还不行。如果只是盲目地相信会骑,靠催眠疗法也许能够实现,但那恐怕会导致单纯的鲁莽行为。压根不会骑却相信会骑,或许要负重伤。"

"可是,如果不会骑这玩意,孩子就会遭到朋友的排斥。"

"有会骑的孩子,也有不会骑的孩子,这是朋友关系产生不和的原因。所以要解决这个问题只有一个办法。那就是要让大家都会骑。"

"那可能吗?"

"这个嘛,难说啊。"鹿内和独轮车较量了一阵,不久死了心似的说道:"这个我骑不了。"

"我能借用一下吗?"

"危险呀。"

"没关系,"爱子接过独轮车说道,"我要掌握会骑的窍门,为了我的求助者。"

中　毒

下午两点，嵯峨来到警视厅。

第六会议室门前，嵯峨向身着制服的警官自报家门："我是临床心理师嵯峨敏也。"

警官神色惊讶地说："请稍等。"然后进入门内。

嵯峨紧张得心怦怦跳。

恐怕要吃闭门羹吧。当然，非常有那个可能。

警官重新出现在嵯峨的眼前。"请。"

嵯峨内心松了一口气，朝会议室门口走去。在门口他轻微点头鞠躬，然后走进了房间。

会议室内空荡荡的。没有由香的身影。有一张长长的会议桌靠近墙边，另外就只有几把钢管椅。百叶窗关闭着，点着荧光灯。

会议桌前坐着熟悉的面孔。日正证券财务部部长财津信二看见嵯峨到来，赶紧起身客气地鞠了一躬。

坐在财津身旁的外山盛男警部补正在看文件，他抬头看了一眼嵯峨，然后皱着眉说道："哎呀呀，又是你啊。"

"不好意思……"嵯峨不安地向前走去。

外山问道："听说你见到入绘由香的父母啦？"

"是的。今天我是代替由香父母来的。遗憾的是，入绘由香如果看见自己的父母可能会失去冷静。"

"这个嘛，昨天他们来过电话，我已经知道了。不过，真会是这么回事吗？难道连自己的父母都不能见！"

"你的意思是你不看到她失去理智就不肯相信是吗？"

"不是。我没那么说。"外山叹了一口气。"好吧。就让你当他们的代表吧。不过，这仅限于今天这个场合。你的角色不管怎么说只是在你和她父母双方同意的前提下而充当代表的。并不是我们委托你干的。"

"这我知道。"

"你只要如实地把这里的情况转告她父母就行啦。

这之后的事就让她父母自己去判断吧。原则上，像你这样的第三者是不可以充当法定代理人的。这一点希望你充分了解。"

"知道了。那今天在这里干什么呢？"

"请精神科医生下元佑树来为由香进行综合精神鉴定。"

"这么说，下元要来啰？入绘由香也来吗？"

"是的。所以，希望她父母在场啊。这可是非常重要的事哦。"

"我也是这么想的。"

门打开了，一个身着制服的男性走了进来。不像是刑警。年龄在五十来岁，戴着一副眼镜。他步履缓慢地走过来，朝外山微微点了一下头。

外山起立，麻利地鞠了一躬。

此人像是官僚。接着又有两个年龄相仿、身穿制服的人走进了房间。三个人并排在长桌前就座。

房间里也给嵯峨准备了一把椅子。他坐在椅子上环视呈现出异样的室内。

那阵势是所有人都隔着桌子注视着空旷的房间中央。使人联想到挑选演员时的试演情景。

门口传来脚步声。

进来的是由香。她由一个感觉眼熟的男性搀扶着。此人约三十五六岁，身着套装。他正是由香的丈夫，入绘昭二。

由香在丈夫的搀扶下，步履蹒跚地走上前来。她身穿白色连衣裙。和被外山他们带走时的服装不同。看来晚上还是让她回家了。

由香目光呆滞，仿佛患有酒精中毒似的，双手反复颤抖。

在一旁的入绘昭二凑到由香耳边小声说道："没关系的，慢慢走。"

一把钢管椅放在房间中央。

由香借助丈夫的帮助坐在那把椅子上。

她浑身乏力地靠在椅背上，眼神散漫地仰望着天花板。

神色不安的入绘昭二被警察安排在房间的角落，在那他坐在了椅子上。

仿佛就像法庭上的被告，只有由香一个人被留在了房间中央。

这种做法是一种非正式的审判。正当嵯峨打算提出意见的时候，门再次打开了。

一个灰色西装上披着白大褂的人走进房间。年龄约有五十五六岁，夹杂着银丝的头发整齐地梳成三七开，眼睛特别大，面颊消瘦。

"下元。"外山说道，"请坐。"

"不必啦。"下元绷着面孔。"我不想浪费时间。"

"既然这样……那就开始吧。"

"开始。"

下元站在干咳了一声的由香身边，正准备开口说话，那样子宛如奴隶商人贩卖时的讨价还价。

"正如所见，"下元开始说道，"她现在看起来正处在精神不安的状态。在座的各位，她正处于这样令人可怜的状态，而我们却把她拽到这里，对此各位也许会感到不快。不过，不必担心。她有确切的判断能力，也具有责任能力。我说的话她也能够理解，而且有膝跳反射，也就是叩击膝盖骨下，会引起小腿前踢的反应。所以她的感觉部分是正常的。"

外山问道："她能够对话吗？"

"这要看她本人是否愿意。可以认为现在她的记忆消失了，也就是在觉醒状态下发生了器质性失忆。重新记忆，所谓铭记是比较困难了。她之所以精神恍惚，原因就在于此。"

"原因到底是什么？"

"据她丈夫说，她经常是一身酒气回家。按照常识判断，她可能是酒精中毒。"

嵯峨吃惊地大叫："酒精中毒？"

"是的。"下元不动声色。"攻击性、易刺激性、心情不安、认知恶化、判断力下降。这些作为症状都适用。此外也可见接近于协调运动障碍、不稳定步行、眼球震颤、记忆障碍、反应迟钝等症状。"

"这么说，只是饮酒过度吗？"外山盯着下元问道。

"哪里。不是那么简单。与其说是酒精过度，不如说是酒精依赖。如你所知，酒精有镇静作用，很多人为了消除失眠、抑郁和不安而饮酒。也就是取代精神镇静剂而喝酒。由香老公，请问你夫人在外头大量喝酒是从什么时候开始的？"

入绘昭二踌躇地答道："我记得大概是三年前……"

"就是你夫人开始在证券公司上班的那个时候吗？"

"这个，我想是的。"

"也就是说，她感到了强烈的精神压力，于是才患上了酒精依赖症，由此沦为中毒。有必要治疗呀。让她通过服用硫胺素、叶酸以及维生素 B_{12} 等营养剂，也许会逐步接近正常。"

嵯峨忍无可忍开口说道："请等一下。对你的诊断我有异议。听起来这话的意思就好像她因为贪污而背负上了那个精神压力。我觉得这个与其说尚需要证据，倒不如说有点牵强附会。"

除了由香以外，在场所有人的视线都一齐投向嵯峨。

外山的脸耷拉下来。

下元瞪了嵯峨一眼，然后问道："对不起，请问您是哪位?"

"我叫嵯峨敏也。是'东京心理咨询中心'催眠疗法科科长。"

"嗬。"下元脸上露出惊讶的神色。"这么说你也接到了给入绘由香做精神鉴定的委托是吗?"

"没有。我不过是个局外人。我是代替由香父母来的。听了您刚才的诊断说明，我觉得您既然断定由香是酒精中毒，想必您已获取了她的脑热成像数据。能请您公布一下数值吗?"

"……这个嘛。我没有让她接受仪器检查。"

"你说什么？可如果是酒精中毒，那么脑表层的温度……"

"我不是脑外科医生，我是神经科医生。即使不做物理检查，从症状上我也可以作出判断。"

简直毫无道理。很难令人相信。

"太可笑啦。"嵯峨说道，"怎么能连检查都不做就草率断言。血液中酒精浓度也没有查吧？而且，对由香的精神鉴定难道不是以她基本上就是贪污犯为前提进行的吗？鉴定难道不应该在摒弃她就是嫌疑人这一偏见的基础上进行吗？"

外山生气地对嵯峨说："嵯峨先生。刚才记得已经提醒你注意自己的角色了。我们一没有委托你进行精神鉴定，二不是为了听取你的意见才叫你来的。这里不是你的工作单位。"

"不，我很清楚自己的角色。而且，我是在代替由香父母提出他们感到疑惑的问题。下元先生，据由香父母讲，她好像很久以前就为幻视和幻听而苦恼。她说有时能听见孩子在小声说话，有时看见绿猴子出现。"

下元皱着眉头问昭二："由香老公，有过这种情况吗?"

"嗯,"入绘昭二为难地说道,"这个,我记得由香确实经常说那样的话。孩子的声音啦,绿猴子啦。"

"为什么昨天你没告诉我这些?"

"我觉得这是不值一提的事……不怕你见笑,夫妻吵架这种事都是因为双方过于激动,最后发展到就像孩子之间的吵架似的。"

下元没好气地说:"好吧。不光是酒精中毒,我只是说也有可能是酒精诱发性精神障碍。"

"啊……然而,由香的病情进一步加剧,发展到目前这种精神恍惚状态就是最近几天的事……近来她经常往来于警视厅,因此不可能喝酒。"

"由香老公。酒精诱发性精神障碍一般是在酒精依赖者减少酒精消费之后两天以内产生。现已得到确认,它也伴有曾被称作酒精幻觉症的明显的幻视和幻听。"

嵯峨完全不能同意。"下元先生。你说的那种疾患发生需要十年酒精依赖史。据说男女比例也是四比一。由香是女性,而且只有三年左右饮酒史,因此你不认为她发病的概率非常低吗?"

下元非常恼火。"那么,我想问你。你说她变成这

272

样的理由是什么?"

"……我认为是家庭环境。"

"家庭环境!"下元脸上露出了嘲笑。"难道你的意思是,她现在这个样子是因为她幼儿期压抑所导致的精神创伤?"

"不是。下元先生,你听说过吗?有一种说法认为,幼年时期的精神创伤被无意识地封存起来,很难浮现于意识表层,有人说这种说法只是为了使流行一时的寻找自我的记忆恢复疗法合法化。《永远的仔》[①] 中的故事就像是一个传说,当时广泛流行于小说和电影世界。什么记忆这种东西会自然而然变得模糊,什么幼儿期压抑的精神创伤,这些都是荒谬的论调。"

"嗬。你还蛮有进步见解的嘛。说你是催眠疗法专家,我还以为你会给我年龄退化的暗示,然后开始寻找陈腐的精神创伤。"

"即便不是受压抑的精神创伤,幼年时期的经历在发育过程中当然也会给精神结构带来影响。我认为问题

---

① 日本天童荒太撰写的长篇推理小说,以及以此为原作的电视剧。是一部以当代日本父母与子女的负面关系为主题的作品。

就在这里。由香害怕他的父母。"

"哼。她为什么要怕?"

"她父母一直忙于关东煮店铺的生意,几乎没时间照顾孩子。对于年幼的孩子来说,不能充分感受到父母之爱是很痛苦的。由于到了青春期也得不到父母的理解,因此她变得内向且逆反。到了十几岁以后,她又打掉了和自己一直相处的男友的胎儿,就这样,她精神上的痛苦一再加剧。"

入绘昭二愕然地看着嵯峨。好像是第一次听说由香做过人工流产。

由香依然浑身无力地靠在椅背上。

下元说道:"据由香老公讲,有天晚上,由香刚回到家就表现出受到打击而心慌意乱的神情。可当时她的父母并不在场。是这样的吧?由香老公。"

"嗯。"入绘昭二表情严肃地点头答道。"回到家的时候是正常的。可是,刚进到厨房就发出了生硬的笑声。在那之前也经常有这种情况,但是那天晚上特别严重。于是我就呵斥她,叫她打住,接着她便哭了起来。后来的情况我就不清楚了,因为她躲进了自己的房间。"

"第二天,你夫人的情况是怎样的?"

"这个嘛……我一大早就上班去了。由香一向是睡到下午，所以早晨见不到她。"

嵯峨说道："要是说由香晚上发生急剧变化的事，我也知道。"

"你？为什么？"

"这个，因为我在场……"

当时同样在公寓前的外山干咳了两声。

嵯峨问外山："你当时有没有闻到从入绘夫妻房间散发出来的味道？"

"味道？"

"一种甜佐料汁的味道……"

"啊。确实有种像是关东煮店铺里的味道从排气扇吹出来。"

"这就对了，"嵯峨转过身来问由香丈夫，"那天晚上，厨房中放有由香父母做的关东煮吧？"

"是的。因为由香一直不和父母联系，所以她母亲不放心就过来看看，还带来了关东煮，让我们当夜宵吃。"

"这正是原因。据由香母亲说，最近由香只要一看见他们就发脾气。她还说，由香既不愿看见他们，也不愿听见他们的声音。由香自幼一直都在饱尝父母店铺里散发的关东煮味道。从由香的角度看，她也许闻到关东煮的味道就会感到父母回来了似的。"

出现了片刻的沉默。

下元表情奇妙地说道："有道理。这个，就是说也有那个可能性。不过，我还是有一点弄不明白。由香老公说，由香先是发出笑声，接着哭了起来。哭么姑且不论，可为什么会发出笑声。"

嵯峨盯着下元说："关于这个问题，必须进行更加详细的调查。不过，据我所闻……那个与人格转换为外星人时的笑声性质相同。"

"人格转换?"

"是的。入绘由香患解离性同一性障碍的可能性很大。"

"什么!"下元惊讶地连连摇头。"你说她是多重人格?"

"请听我说。从她一系列的行为上足以证明她具有多重人格的很多特征。一旦直面不安或恐怖，她就会发解离性迷游症，人格转换为外星人。另外虽然也还有各种各样的人格，但要逃离恐怖，最好的办法就是转换为远离现实的想像中的人物，也就是外星人。"

"嵯峨先生。我不知道你在单位从事怎样的研究，但说她是多重人格……"

"也有报告称，这种症状并不像曾经想像的那么稀少。"

"……你说你在'东京心理咨询中心'工作是吗?"

"是的。"

"那么，你认识仓石胜正吗?"

"认识。他是我上司。"

"果然如此啊。"下元叹了口气。"你很像他年轻的时候。不管什么事，自以为正确的总喜欢强加于人。有自信固然好，但不能无视事实呀。"

"我是基于事实作出判断的。"

"那么，请问入绘由香有多重人格的根据是什么?"

这时，由香的丈夫入绘昭二怯生生地说道："对不起，由香确实提到过她另外的名字，那个什么……是外星人对吧，她也说起过。只有在我们夫妻吵架达到很激烈的程度，她才会说那些稀奇古怪的话，所以我一直以为她是在戏弄人……"

下元脸上浮现出苦笑。"也许由香老公的推测是正确的。"

嵯峨说道："不对。由香转换为别的人格的时候，已经忘记了她在其他人格时的所作所为。那不是做戏。"

"你有办法来证明它吗？如果没有，那充其量不过是你的猜想。"

"要是在以前，通过改变与她说话的口气和态度，也曾顺利地引起她进行人格转换。但是现在，她还能不能倾听我所说的话……"

"你不是催眠专家吗？有这样一说，多重人格障碍通过异戊巴比妥用药访谈或者催眠，可以人为地引出另外的人格。"

"好像 DSM① 也是这样定义的……"

"那么，虽然我觉得勉强，但你能做给我看看吗？"

"现在吗？"

"那当然。除此之外还有什么机会吗？"

"可是，还没有对由香的症状进行详细的分析……"

"那正好就作为分析的第一步来进行嘛。你是催眠疗法科的科长，又是临床心理师。精神科医生的我也在

---

① 精神障碍诊断统计手册，由美国精神医学会出版。

场。还有什么问题可言吗？你说呢，外山警部补？"

外山叹了口气。"如果能够出现所谓的人格转换，那我倒想见识见识。"

嵯峨不知如何是好。

的确也许通过暗示可以做到。但实际上在这之前尚没有以多重人格障碍的求助者为对象做过试验……

然而，也不能光犹豫。如果不使下元改变他的想法，也就不能请他给由香进行仔细的检查，结果恐怕只能作为酒精中毒而草草了结。

警察正在加紧对她的立案。必须打破这种僵局。

"好吧。"嵯峨说道。

他缓慢地朝由香身边走去。

由香没有反应。依然眺望着虚空。

"入绘由香，能听见吗？"嵯峨开始问道。"你什么都不必担心。下面请照我说的去做。首先请舒缓地深呼吸。"

由香没有反应。嵯峨轻轻触碰了一下她的手。

那只手颤抖了一下。

嵯峨和蔼地对由香说："不要紧张。来，缓慢地深呼吸。"

同样的话重复了几次。

可以听见微弱的呼吸声。由香的胸口开始起伏波动。

自警察介入以来，这是和由香第一次得以进行的沟通交流。这是催眠。

"嗨。"嵯峨轻轻地说道，"只稍微那么一点，请感觉一下你的眼皮。请想像它变得沉重。不必硬要想象。心情舒畅地想像眼皮变得沉重，变得沉重。"

不久，由香的眨眼次数开始增加了。她对暗示做出的反应要比预想的更顺从。

至少，她对嵯峨似乎不那么持有戒心。继续反复进行暗示，由香闭上了眼睛。

"好，就那样一边平静地呼吸，一边倾听我说话。"

"好的……"由香发出了微小的声音。

本来的目的是为了证明她有多重人格。然而比起这个，现在更想让由香得到充分的放松。通过缓解紧张，如果她能回到那天晚上闻到关东煮味道之前的状态，或许康复也是可以期待的。

可就在这时，下元突然问由香："怎么样？你现在有被催眠的真实感吗？"

嵯峨感到脊背上飘过一阵寒气。

下元也许并不想添乱。一定只是希望参与对话。但是，此时这无疑是致命的。

"催眠？"由香闭着眼睛，声音颤抖地问道。

指尖也立刻开始发抖。

嵯峨尽力以平和的口气对由香说道："不必担心。什么事也没有。请缓慢地呼吸。"

"催眠？"由香反复说这两个字，然后睁开了眼睛。

她脸上布满了恐怖的神色。

突然，由香发出了凄厉刺耳的哀鸣。"讨厌——"

嵯峨试图稳住由香，但她已经不再听他的话了。由香持续喊叫，披头散发，差点从椅子上摔下来。

她丈夫赶紧跑过来，抱住由香的身体。

下元仓皇失措地小声说道："这到底是怎么回事？"

他那种若无其事的腔调令人气愤。嵯峨朝下元发怒道："为什么要在我进行催眠诱导的时候插嘴？你应该悄无声息地看着！"

"怎么啦？"下元困惑不解的同时，掩饰不住自己的焦躁。"我什么也没干呀。"

由香的喊叫声回荡在整个房间中，嵯峨气得咬牙切齿。难道是因为我说得还不够清楚吗？不，下元也是精神科医生。他当然应该明白。

由香的喊叫声一时还不会停止，嵯峨大声说道："下元先生。催眠不是被施加的，而是被诱导的吧。你要是内行，请尽量使用准确的措辞。你怎么能问她被催眠了吗。你这种说法简直就像是在问你中魔法了吗。"

"我只是用了通俗的说法，那有什么问题吗？这里又不是学会。"

"问题很大。她曾说过她被绿猴子施加了催眠术。我认为我抓住了解离性迷游症前后发生的杜立德现象，对于她而言，没有比催眠更恐怖的了。"

"你说的话不科学。催眠只不过是通过语言暗示将受试者引入穿越状态的诱导方法。"

"事实是那样的，但是，她则认为所谓催眠就是任意摆布人的庸俗且神秘的伎俩。她惧怕来自绿猴子的催眠，我们难道不应该告诉她，我们现在所实施的才是催眠。"

下元认真地大声说道："她刚才不是无动于衷嘛！你和我说了好几次催眠这个词。她什么反应也没有！"

"那是因为不是对她说的！现在你，你让她认识到她被施加了所谓的催眠术！因此才唤起了她的恐惧！"

"你对我说这些都没用！你应该解释一下。首先，为什么她现在没有人格转换为外星人！她如果感到了恐惧，应该转换为外星人开始大笑才是?!"

"她被警察带走的时候也没有发生人格转换。也许她眼下被逼到了更为异常的状态。这种状况只能使她痛苦！"

"不管怎么说，并不是我的错！如果你事前解释一下，这种事情就……"

"够啦！"

大声喊叫的是入绘昭二。

昭二把妻子由香抱在怀里。

由香仍在哭叫，入绘昭二像哄小孩似的小声跟她说话，她渐渐恢复了平静。

过了一会儿，由香老公慢慢地问道："外山。今天到这差不多了吧?"

外山抱歉地说道："嗯，请吧。回到家也许会平静下来。回头再联系。"

来，站起来。回家喽。由香老公对妻子说。

由香被搀扶着身体，步履蹒跚地由门口朝走廊走去。室内恢复了寂静。

大家都沉默无语。

下元松了口气似的摇着头坐到了空着的椅子上。

"嵯峨先生，"外山不满地说，"刚才你是怎么回事！"

"什么意思？"

"给了你解释的机会，你却把入绘由香引到了混乱状态。今天也已经问不到什么情况了。"

"那……像事故一样，是一个意外……"

"行啦，"外山语气强烈地说，"你什么也没能证明。你怀揣这个事实回去吧！"

财津、官僚们也都一声不响地凝视着嵯峨。那是责备的视线。大家似乎都站在外山一边。

"等一等。"嵯峨走到外山跟前。"想一想我们作为定义她病症以前的问题，如果能发生那样的混乱状态，她不可能染指重大犯罪呀。怎么可能操作公司的电脑侵吞两亿巨额资金……"

"嵯峨先生。你瞧不起我们是吗？你觉得只有你知道一切，我们都无知愚蠢？"

"不。我没那个意思……"

"告诉你吧，嵯峨先生。贪污的动机很清楚。"外山表情严肃地说道。"她娘家有巨额负债。总额达一亿三千万元哦。"

"负债……"嵯峨自言自语。

周围的人谁都没有表现出惊讶的神情。好像只有嵯峨一人还不知道这个事实。

外山叹着气说道："你不知道也是理所当然的。因为跟局外人无关嘛。"

"这……负债和这次的事情有什么关系？有什么更多的证据吗？"

"泡沫经济后期，入绘由香父母经营的近松屋遇上了土地再开发。土地掮客看上了店铺的地理位置，他们花言巧语地劝由香父母进行投资理财，并让他们在合同书上签了字。表面上的名义是委托投资理财，但实际上那是一份土地转让合同。就这样，土地转卖给了别人。然而，她父母并不想让出土地，直到泡沫经济崩溃以后仍佯装不知，继续营业。转卖中介和律师多次前来交涉，但他们坚持说不记得签过那个合同。他们在合同上签了名，这已是不争的事实。"

"这件事，从她父母的性格来看也是没办法的事。

他们应该是盲信了土地开发商的话，连合同书都没看就签了名的吧。土地开发商肯定是钻了这个空子。"

"总之，合同确实是签过了。后来入绘由香父母被告到法院，结果败诉了。这是三年前的事。判决的要求是十八个月以内让出土地和对之前的土地违法使用赔偿近三亿元。由香父母变卖资产，偿还了一亿七千万元，但剩下的成了遗留负债。就在那之后不久，入绘由香进了日正证券。"

"可是，由香和父母一直没有联系……"

"非常可疑。可能是害怕真相被发现，于是统一说话口径，相互假装闹矛盾。"

"很难想像她目前的精神状态能耐受那样的精神压力……"

"真啰嗦！"外山大声叫道。"我已经说过了，别小瞧我们。入绘由香的父母最近突然还清了全部负债。连工作都没有，竟能一下子凑齐一亿三千万巨款。这个你怎么解释呢！"

嵯峨张口结舌。

已经无话可说。情况比自己想像的还要明朗。只是自己不知道而已。

下元说道："酒精中毒患者在发生失忆时，其行动也可能是复杂的。也有记录称，有患者进行了长途旅行。但是那个记忆事后消失得一干二净。我所主张的病例是想说明，为了侵吞巨款也是可以进行电脑操作的。"

又来了。下元之所以坚持酒精中毒这一病例，恐怕也就是为了定由香有罪吧。因为与先天性或者突发性的症状不同，起因为饮酒的中毒可以看作是她的责任。

为警察捏造精神鉴定的特约医生。然而，却不能够告发这种行为。

因为你找不到能够推翻他诊断的妙计……

这时，像是高层的三位人物站了起来。其中一人对外山打招呼说："告辞了。"

外山行礼，三个人默默地走出了房间。

嵯峨问道："那三个人……?"

外山哼了一声。"搜查二科科长，搜查二科的管理官，还有一位是刑警部部长。"

"刑警部部长……?"

"嗯，是刑警部的最高负责人。近来以大型金融机构为对象的网络在线贪污侵吞案件频发。这次又加上了精神鉴定这一破例事态，因此，刑警部部长才特意前来视察。"

一切都比自己想像的更加严峻。

别说由香啦，就连她那淳朴的父母也存在嫌疑……

"怎么样啊?"外山盯着嵯峨说道，"你在总厅讲过课，我对你也有一点过头行为。所以对你不加追究了。不过，这已经是极限了。我不希望你继续干扰我们的调查。请你也考虑一下我的处境。今后请不要干预跟此事有关的任何事情。我们改日还将向入绘由香父母了解情况。因而请你不要再见入绘由香以及她的家人。请不要让我采取法律上的措施。可以吗?"

外山、财津，还有下元都投来了冰冷的目光。

嵯峨感到遭受了严重打击，只能垂头不语。

然而，形势对他们有利。自己不可能就这样释然。入绘由香不可能是酒精中毒……

入侵者

晚上十点多钟。爱子一边合拢风衣领口一边朝"东京心理咨询中心"的正门走去。

今天返回单位的时间也已经晚了。虽然想思考一下竹下美喜的问题，但实在是没有空余的时间。

嵯峨一个劲地托人带口信，要求自己姑且把催眠诱导法和疗法的教材读下去。自己想就求助者的问题具体和他商量一下，可是最近几天连见面的机会也没有。

正面的自动门关闭着。

为了方便夜间咨询服务，便门处也设有接待台。爱子正准备朝那个方向去的时候，忽然被一个男人的声音叫住了。"嗨。"

爱子回头张望。

竹下美喜的父亲笃志站在那里。

一向扎得松松垮垮的领带，今天扎得特别周正。

"啊，是竹下……什么事？都这么晚啦。"

不知何故，竹下神情不安地低头说道："日前实在不好意思。其实我有话想对你说。"

"……唉，好呀。我们能进去说吗？"

"不。在这就行。"

"是什么事呢？"

"其实是美喜的事。"

"发生了什么事吗？"

"唉。"竹下难以启齿似的干咳了两声。"前几天你到过我家之后，我把老婆和女儿狠狠说了一顿。我告诉她们，下次你再来就假装不在家。可打那之后，美喜的态度变得非常逆反。"

"那……"

"你听我说。打那以后，美喜把自己关在屋里，整天光玩视频游戏。最近学校老师打来电话，说近来美喜来上学了这是好事，但是她不做作业。听了这话，我决定对她玩游戏也加以限制。于是我就把孩子房间里的电视移到了楼下起居室。我以为这样一来，她在自己屋里也就不会没完没了地光玩游戏了。"

"可是，结果并不是那样吧？"

"嗯……那孩子竟连晚饭都不吃，在起居室玩起了游戏。于是我就问她，作业做完了吗？我还说，如果不做作业光玩，我就把游戏机处理掉。听了这话，美喜跑回自己房间，自那以后再也没见她玩游戏。"

"是嘛……可是美喜一定心怀强烈不满吧。"

"也许吧，当时我没有特别在意。可是昨天，我单位的几个工友来我家玩。我因为在车间工作，所以比我晚进车间的工友当中也有年龄只有十七八岁的家伙。大家一起吃饭的时候，一个比较年轻的家伙发现了游戏机连接在电视机上。一开始，只有那小子一个人在玩，我们几个同龄人在一起喝酒，可是不久，画面上出现了高尔夫球场。"

"啊。是 Wii 运动游戏吧？"

"另外还有保龄球等，这玩意图像也是立体的，很有现实感，因此，不知不觉，我也着了迷……当发觉的时候，满耳都是欢呼和粗话。"

"你觉得挺好玩的吧？"

"不，也并不是那样……我只是想烘托一下当时的气氛，陪工友们玩玩而已。不过当时，我感觉到了半开着的门里面的视线……美喜正朝起居室窥视。那冰冷的视线是我从未见过的。"

"爸爸禁止玩游戏，他自己却迷上了游戏，还又吵又闹，美喜当然也会感到扫兴呀。她有没有又哭又闹？"

"她倒是什么也没说就回到二楼去了。第二天，我下班回来时，发现游戏机不见了。我问老婆怎么回事，她告诉我说是美喜把它扔到墙上砸坏了。老婆问送去修理吧，可美喜说我不要啦。"

"原来是这样……"

"我不明白美喜为什么会那么生气。即使叫游戏，那也都是以高尔夫或保龄球为题材，而且大人相处时免不了需要气氛……"

"不。这一点不对。不管是高尔夫还是保龄球，都不应该脱离你所说的视频游戏这一范畴。"

"……也许是吧，毕竟……"

"竹下。你小时候也迷恋过游戏吧？你难道理解不了美喜的心情吗？"

"我小时候没怎么玩游戏。同班同学即使玩得入迷，我也不参与。因为当时对我来说，应试准备才最重要。"

"你是一个老实认真的学生啊。"

"我小学的时候，充其量对入侵者①很感兴趣。当时有一阵，我无论跟父母索要多少百元零花钱也觉得不够用。"

"瞧，你应该明白的。孩子和你那时候一样，容易陷入催眠状态。人一旦专心于某件事，理性的意识水平往往很快就会下降，从而置身于愉快的催眠状态。社会上所说的入侵者热，其中就有这样的心理作用。"

"心理作用？"

"当时报纸上有报道称，有的中学生从父母钱包里偷钱，还有从商店里直接偷走游戏机的，这已经成了社会问题。这就是理性不起作用的人层出不穷的证据。"

"我可没干什么非法的事啊。"

"嗯。达到采取反社会行动的人毕竟只是一小撮嘛。有关入侵者能够降低玩家的理性机制，这方面的论文有不少。入侵者的攻略无非是近打和快退，配合单调的动作，有节奏地重复一个动作即可，因此就像跳舞一样，

---

① 一款游戏的名称。

自律神经系统的交感神经受到刺激，容易进入催眠状态。在玩的过程中，常常会忘我地大叫，不知不觉，时间就会流逝。想必你也有这种经历，那就说明你进入了催眠状态。"

"这么说，我不知不觉处在了那种状态……"

"是的，这没什么可感到害羞的。只是看到父亲那样的表现对美喜而言恐怕是一种心理上的打击。美喜一直都相信自己的父亲。父亲虽然令人生畏，他的存在却不可替代，他非常了解社会，而且养育了自己。那种情况却造成孩子第一次不得不对父亲产生怀疑这样的后果。当孩子直面自己的父亲所说的话也许不一定正确这一事实，她的幻想也就随之破灭了。"

竹下脸上浮现出困惑的神色。"这不是我的初衷。我对美喜所做的一切都是处于一片好心。你说我该怎么办呢?"

爱子叹了口气。认为自己至高无上的人往往经受不起挫折。竹下笃志正是这种类型的人。

正门的灯熄灭了。已是留到最后的职员离开的时间了。

"竹下，"爱子平和地说道，"我有打开她心扉的方法。"

"什么方法?"

"请先让我和她见面,然后再告诉你。"

暴　露

"那好。"实相寺清了清嗓子。"请把这枚百元硬币握在你的左手或右手里。"

今天傍晚，电视台一个名叫桑原翔一的年轻导播来到了原宿公寓其中的一户。实相寺以此人为对象，贸然开始了表演。

"噢，握住就可以了吗？"桑原把两手背到身后。

桑原很有才干，作为受欢迎的节目导播名气挺大，他的来访是个好机会。假如他能把自己作为读心术达人广为宣传，自己一定能比现在更上一个层次。

桑原把握着的双手伸了出来。

然而，双手肤色的深浅看起来都一样。不见血色减退的迹象。

"我说，"实相寺眼睛向上看着桑原的面孔，"你真的握了吗？"

"嗯，握着呢。肯定是在其中的一只手里。"

根本分不清楚……

嗯，反正都是一半的概率。假如猜中了那可太走运啦。实相寺手指桑原的左手说："这只。"

桑原神情茫然地看了实相寺一眼，然后打开双手。硬币不在左手，而是在右手中。

实相寺慌忙解释道："这个，有时偶尔也会猜错。我们猜拳吧。"

"好……"

"开始啦。石头—剪子—布。"

桑原出的是布，实相寺出的是石头。实相寺输了。

说什么看嘴角。哪有工夫看那个。

桑原纳闷地问道："刚才那是练习时的新窍门吗？"

"不。那算不了什么。今天你来干什么？"

"今天来是关于那个入绘由香的事。"

横竖都是这样。

"噢。"实相寺无趣地回应道。

"我们栏目也在到处寻找各种各样的信息。午间娱乐综合节目时段争夺得很激烈。重复播放和其他电视台相同的新闻也没意思。所以，我就想能不能找到什么新的信息……"

"我可什么也不知道。昨天刑警来过了，但叫我给赶走了。还有人打电话叫我到警视厅去一趟，但我也没有义务专程前往。所以，我根本不知道究竟是怎么回事。"

"是吗？因为还没有正式公布嫌疑人，所以也不能公布其实名。即使给你看以往的采访录像，人物脸上也必须打上马赛克。做电视节目的不能通过影像让观众观看，这是很痛苦的。那个，娘家有巨额负债这个事实，估计差不多明天各个电视台都将播放。"

实相寺突然感到自己哆嗦了一下。"什么负债？"

"嗯，是的。你不知道吗？她娘家有一亿元以上的负债。当然还不知道这与贪污事件是否有直接关系，但对于电视观众而言，这应该是个令人感兴趣而且具有轰动效应的话题。这个大概至少可以制作五分钟的录像。如果加上对当时与之有关的土地开发商的采访，还有从她娘家和警视厅门前发回的现场报道，保证这个时长应该没有问题。不过，要是各家电视台播放的内容都雷同的话……好在其他电视台好像还都没来你这儿采访，所以我就来了。你有什么新的事实吗？"

实相寺茫然地看着地板上的地毯。截止到明天也要和这块踩着挺舒服的地毯说再见了吧。

总经理知道由香被警察带走的消息以后，大发雷霆。他已经和全国的同业者签订了合同，打算把由香借到各地参加活动。因为涉及到要付高额违约金，所以总经理开口让实相寺承担责任。

老子已经身心疲惫。

然而，由香的境遇好像也一样。负债地狱呀。

她是个不可思议的人。多少可以赚钱的时候还有利用价值，但终归时间不长。占卜店的生意一旦衰败也就该到头了。况且摊上了警察。在还没有深陷其中之前就摆脱了她，这倒是幸运的。

"实相寺，"桑原再次说道，"拜托了。你肯定有一两个谁都还不知道的事实吧？什么都可以，请告诉我。"

"你真啰唆。我确实什么也不知道。你去问别人吧。"

"真难说话呀……我原本还想就催眠术专栏和你商

299

量……"

实相寺情不自禁地表现出好奇。"你说什么?"

"不。没什么。是我自己的事。"

假如要是那件事肯定另当别论了,不就是给电视台贡献一两个信息嘛。现在可不是犹豫的时候。

"桑原,你知道入绘由香在哪儿工作吗?"

"你如果是说她在日正证券工作,我当然……"

"不是过去,而是说现在哟。她现在的工作单位。"

"工作单位?她除了通灵店以外,还有其他什么工作的地方吗?"

"嗯。而且是在一个大家都知道的企业里。"

"是哪儿?哪个单位。"

由香母亲接电话的时候,小声流露了那么一句。这句话一直留在了脑子的一隅。

实相寺说道:"她在东和银行工作。支行不太清楚,反正是在都内的哪个支行。"

"东银……嗬,这是头一次听到。这是一个非常有趣的新闻。我得赶紧去查证一下。那就告辞了。"

桑原站起身来。

实相寺问道:"关于我的演出,我们什么时候商量啊？"

"啊？什么演出？"

"……刚才你说的呀。你说有个催眠术专栏……"

"啊，你说那个呀。这个和实相寺没什么关系。这次我想制作一个解析催眠实情的专栏。"

"实情……？"

"唉，我们也不糊涂，并不是只为了数字就一个劲儿地玩噱头。催眠其实既不是让人睡觉也不是耍弄人的东西。它是用来治疗疾病的一种方法，以往世人对此持有的普遍印象是个误解。我们想在这方面进行彻底的挖掘。"

"可……可是，这样不是就全面否定我所做的事了……"

"也不能叫否定……这个，实相寺你是作为娱乐而进行那种表演的吧？这一点我不否定呀。"

话虽如此，但桑原的方针对于实相寺这样的职业催眠师来说，就等于宣告死刑。

实相寺很生气。"你骗我是吧。什么催眠术专栏，你故弄玄虚……"

"你指什么？"

"别装糊涂。你玩弄我的感情……"

301

就在这时，桑原摆出了一副严肃的面孔，目不转睛地盯着实相寺看。

"嗨，实相寺，"桑原说，"你也真幼稚啊。你以为现实社会是个什么样的地方？"

"你想说什么……？"

"假如能出名，可以扮演任何杂耍中的人物，对于作为一个表演者的这种献身精神，从这个意义上讲我表示同情，但决不为之感动。我想得到有关入绘由香的信息，而你没有辜负我的这个期待。这一点我要向你表示感谢。"

"你还好意思说。你不过就是骗我说出了信息。"

"难道你不是在欺骗世人吗？你本身应该最明白，这个世界上并不存在魔法那样的催眠术。"

实相寺哑口无言。

这小子作为电视工作者来说知道得也太多了。他能看透一切。

不，或许，无论是谁都已经明白，只是故意佯装无知。一般电视台的导播都毕业于一流大学。他们假装糊涂，以便让你放松警惕，然后利用你，一旦发现你没用就跟你断绝关系。

老子不过被玩弄于他们的手掌之中啊……

桑原似乎察觉到了实相寺的想法，他说："你明白了吗？传媒经常受到批评，说它歪曲事实，其实那都是社会的真实写照。如果是社会扭曲，节目也不得不那样播放。你也不例外哟。我们必须铭记，观众不是傻瓜。只要是电视上播放的，不管是什么，大家都表示肯定，这种观念已经过时了。那么，我告辞了。"

说完这些，桑原急忙朝门口走去。

这家伙，事到如今还装模作样大唱高调……

然而，此时的实相寺怎么都发不出一句怒骂。也许是愤怒的缘故，他感到一阵眩晕，不知如何是好。

传来砰的关门声。

实相寺独自一人被留在房间里。

他猛然起身，从架子上拿起威士忌酒瓶，仰天狂饮。

实相寺双眼开始湿润。难道就只会喝酒吗？被人那么愚弄，竟连一句话都回敬不了。真是太可怜了，事实上那就是自己。自己是一个最没用的东西。已经没有活着的意义了。

猜　拳

嵯峨来到实相寺的公寓。

下电梯的时候，嵯峨和一个同行模样的年轻人擦肩而过。此人正不停地用手机打电话。对，是东和银行。请赶快查一下。

说的是什么呀。也许是做股票生意的吧。

嵯峨走到实相寺房间门前，按响了门铃。

门突然打开，实相寺满脸通红，大声斥责："给我滚！你别再来了！"

嵯峨惊愕地打了声招呼："嗨……"

"……怎么，原来是你呀。"

"这到底是怎么回事？"

"没什么。"实相寺难为情地用指尖挠了挠胡子。"我倒要问,你来干什么?"

"是关于入绘由香的事,我来是有事和你商量。"

"又来了。我已经没什么可说了。"

"不,是我有话要说。只要五分钟左右即可。可以进去说吗?"

"……随你的便!"

实相寺虽然满嘴酒气,但尚未达到酩酊大醉的程度。也许是刚开始喝吧。

必须在他烂醉之前和他商量。

进到房间,屋里有点暗。窗外展现着黄昏的天空。

嵯峨问道:"开开灯吧?"

"停电了。"实相寺深深地坐在沙发里,拿起酒瓶。"天再黑也不影响说话吧。"

"嗯,是呀。"

实相寺把含在口里的威士忌咽了下去。"你说的净是谎话。"

"你指的是什么事?"

"读心术呗。我是照你的说法去做的,可是根本就行不通。"

"正如你所说，因为那些并不是临床心理师的技能……"

突然实相寺挥起拳头。"石头—剪子—……"

嵯峨几乎是条件反射似的朝实相寺的嘴角瞥了一眼。好像也因为醉意的缘故，他的理性思维已变得迟钝。屋里即使有点暗也看得很清楚，他咬紧牙关，嘴唇紧闭。

"布。"

嵯峨出的是布，实相寺是石头。

一副愕然表情的实相寺再次提出挑战。石头—剪子—……

布。嵯峨出的是剪子，实相寺是布。

实相寺意气用事地反复挑战。石头—剪子—布。石头—剪子—布。嵯峨一次也没输。倒是越反复越容易读懂实相寺的嘴角。

石头—剪子—。实相寺声音里夹杂着呜咽。布。嵯峨出的是石头，实相寺是剪子。

"石头—剪子—……"实相寺伸出的拳头停在半空中，他再也抑制不住，终于哽咽抽泣。他低着头，双手遮脸，肩膀颤抖着哭了起来。

究竟发生了什么，嵯峨一头雾水。然而，以屋里的电被关停来推测，想必实相寺已经失去了工作。

"实相寺……要是有什么需要我帮忙……"

"哼。你的意思是想听我这个可怜虫向你倾诉烦恼吧。伟大的心理咨询师先生。"

"我来并不是为了硬让你接受我的好意。我来只是有事想告诉你，希望得到你的支持。"

"什么事？"

"是关于入绘由香的事，她现在作为知情人正在警视厅接受情况问询。然而，也许是恐惧的缘故，由香表现出与认知障碍相似的反应。可能接近谵妄或者错乱。这样的话，不仅不会从她嘴里获取真相，而且有可能被警察随意定为罪犯。"

"她那是自作自受。那家伙的娘家可是有一亿元以上的负债呀。"

"这个你从哪儿听说的？"

"这个嘛，从哪儿听说的并不重要。那家伙有实施贪污侵吞的理由。"

"你有证据吗？就算有负债，难道就一定要把她当罪犯对待吗？她父母因土地开发商而背上了债务，仅此而已。并没有认定她就是贪污犯。"

"你到别处讲演去吧!"实相寺拿着酒瓶仰头纵饮。

"不管怎么说,这样下去,恐怕入绘的精神将会彻底崩溃。即便她是犯人,谁也没有剥夺她作为人生存的权力。"

"你想让我怎么做?我可是个局外人呐。"

"不,尽管是非正式的,你也是入绘由香的经纪人。你是最近和她有过亲密接触并长时间一起相处的唯一的一个人。你和这件事也大有关系。"

"我确实被警察传唤过。但我觉得没必要去,所以就拒绝了。"

"你应该去。你可以对搜查二科的刑警说明一下情况,然后和由香聊聊。"

"聊聊?为什么?"

"她连和自己的父母都不能相见,因为她对父母具有极度恐惧的倾向。即使和自己的丈夫在一起也还是不能恢复平静。她唯一能轻松面对的只有一个人,那就是你。"

"难道她会丢下丈夫,对我……"

"不。我不认为她有出轨的愿望。"

"……你别否定得那么干脆。"

"这是事实。不过不能否认，只有在和你见面的时候，她才从难言的精神痛苦中得以解放。尽管是生意上的事，但你在乎她，和她一起吃饭，给了她可以工作的环境。如果是普通人，或许这算不上什么特殊待遇，但对她而言就不同了。有人尊重自己，这对普通人来说是理所当然的，而她却得不到，她渴望友情与爱情。无论她行为举止多么怪异，你从不用异样的眼神看她，而是把她当作一个常人与之相处。即使她出现人格转换，你也不会像她父母那样大声呵斥，也不会像她丈夫那样试图和她保持距离。这些都是令她感到高兴的。"

"你过奖了。在占卜师的店铺，能给人留下强烈印象的人肯定受雇主欢迎。所以没人会把占卜师叫做怪人。"

"业界的惯例姑且不论，总之，占卜店对她而言是个能得到公平对待的地方。她的精神状态比之前要稳定许多。入绘由香在和你一起前往附近的法国餐厅时，她的行为举止非常自然。你之前不是也说过嘛，她曾对你说过今天客人不少，我真高兴呀之类的话。由此可见她的精神压力得到了很大缓解。"

"可是，这个……你打算让我怎么做……"

"你是唯一能缓解她紧张情绪的人，所以想请你和她聊聊。你去和她见面，可能的话，你尽量让她放松，使她恢复到能正常对话的状态。"

"你意思是说她一听到我的声音就会立刻恢复原样对吧？简直就像催眠术。"

"不，我没那么指望。所谓精神病就像一根线胡乱纠缠在了一起。必须慢慢地把它解开。假如恶化状态持续一周，要把它解开也要花上一周或者更长的时间。决不能因慌张和着急而给她带来不安。一定要像对待孩子似的心平气和地和她说话。"

"原来你是想让我连续几天都到警视厅去，就为了和由香对话。"

"是的。"

"要去几天呢？"

"那不清楚。几天，一周，或者一个月。也可能需要几年时间。"

"开什么玩笑。我可没那个时间。我从明天起就要住在占卜店里开始工作。不是这里，而是那个店铺里。寄居在店里，每天早晨打扫卫生，去给那帮占卜师买饭……必须像辕马一样干活。"

"不过，即使那样也总能挤出一点时间吧。每天只需要五分钟即可。假如你觉得见面麻烦，打电话也可以。你就当她的精神支柱吧！"

"为什么必须我来做这事儿呢！我既不是她老公也不是他父母。"

"你是她的经纪人。你本人不是说过你是她事实上的负责人吗？"

"原来是。现在已经没关系了。我没有帮助她的情分！"

嵯峨叹了口气。实相寺的说辞并没错。不能强迫他。

"真拿你没办法。那好，我去和你老总商量一下。"

突然实相寺惊慌地跳起来。"不行！不许你和总经理提这事儿！"

"为什么……？入绘由香真正的雇主不是那个总经理吗？请他到警视厅去，让他和由香谈谈……"

"不行。绝对不许你去找他。"

实相寺好像已经动摇了，而且有些不同寻常。

嵯峨纳闷地问："难道总经理和入绘见面会发生什

311

么不妙的事吗?"

"不，也不会发生什么。"

"实相寺，是钱的问题吗?"

"不是!"

"你是经理，也就是所谓的中层管理者。总经理和入绘要是越过你直接进行交谈，你肯定不乐意。如果是这样，结论只有一个。那就是你擅自克扣了营业额。"

"我说过了不是!"

"不。这是事实。"

"你这样说有什么根据?"

"倘若不是那么回事，你肯定会越发恼火。就会频繁地出现眉眼下垂，上眼皮抬起的表情。然而你刚才下眼皮显得紧张，感觉是在痉挛。这是恐惧心理所致。因为你肯定不希望真相暴露。"

"胡说。我是很恼火。"

"不。发怒的表情是什么样子，就在你的眼前，你好好看看! 我现在感到非常生气，实相寺。警视厅叫你你也不去，理由非常明显。你不希望她恢复正常，她如果恢复正常会给你带来麻烦。你觉得她既然已经开不了口，那就维持现状，这才是最安全的。"

"我还没想到那一步。"

"……别再找借口了，克扣终归是事实吧?"

实相寺露出一副沮丧的表情，然而他也许觉得已经无能为力，于是破口大骂:"混账东西!"

"没什么。这只能说明贪污犯是你。"

"等一下! 你说得就跟真的似的，好像我就是真正的犯人。不对，绝对不是真的。我假如从证券公司窃取了两亿巨款，还至于过现在这样凄惨的生活吗?"

"但你克扣了入绘由香的工资，这是不争的事实吧。"

"如果那家伙就是贪污犯，即便克扣一点那种人的钱财……"

"犯罪就是犯罪。不过，实相寺，我不是警官。我并不打算把你贪污的事告诉警察和总经理。人生在世，谁都可能干过几次不光彩的事。我还是希望你帮帮入绘。就权且把救助她当成抵消你的罪过。"

"……抵消罪过，简直是荒谬。难道有那个必要吗?"

"你怎么还说那样的话? 这可是关系到她的未来。这样下去的话，就连她丈夫恐怕也要失去工作。为了她能构筑幸福家庭，非常需要你的协助。"

"幸福？"或许是酒劲上来了，实相寺口齿不清地说道，"那家伙还有什么幸福可言？她现在的单位，总归也要解雇她。"

"现在的单位？这是什么意思？"

"就是她上班的公司呀。你不知道吗？嗯，这也是我偶然获得的信息。她现在就职于一家大型银行。这件事一旦公开，她的上司能不闻不问吗？"

嵯峨受到了很大震动。

入绘由香现在竟然还是职员。

倘若那是事实，不仅她的家庭，就连她的单位也将被卷入混乱中。

"那是哪家银行？必须立刻与之联系，告诉对方正确的信息。"

"没必要那么做，明天即将公开。电视娱乐综合节目将会播放。"

"在电视上？那是为什么……？"

"是我告诉他们的。"实相寺抿嘴一笑。"他们想要信息，所以我就给了他们。"

愤怒涌上心头，嵯峨情不自禁大声吼道："你怎能

314

干那种事！你为什么要做陷她于不利的事……"

"关我什么事！跟我没关系。那种女人还是消失掉轻松！"

嵯峨一时冲动，很想揪住实相寺的前襟，但还是勉强忍住了，他转过身去说道："看来指望你是个错误。"

嵯峨就要走到门口的时候，背后传来实相寺的声音："你知道什么！我是受害人啊！"

来到走廊，嵯峨朝电梯方向跑去。他进入到开着门的电梯，倚靠在墙壁上。

"见鬼！"嵯峨仰望着天井骂道。

这么一来，一切都结束了。一切都完了。

胆小鬼

天已经黑了，又一天过去了。

仓石心情沉重地回到了自己的办公室。

他取出藏在书橱内的白兰地酒瓶和杯子，整个身子仰靠在椅子上。

心情非常郁闷。问题一直得不到解决，而且日益增大。

忽然传来一个嘶哑的声音："上班的时间喝酒。"

慌忙起身一看，原来是宗方克次郎站在门口。他今天穿着一身灰衣服。

仓石情不自禁地叹了一口气。"原来是你呀。我不是说过了嘛，不要擅自进入。"

"我想快下班了，就顺便来看看。那酒怎么样？喝得挺自在!"

"自在什么。今天的工作已经结束了。"

"嗬。既然如此，怎么不到老婆那儿去？"

"现在不是老婆。而且大家都很忙。有很多事哦。"

"是嘛。我白天，到过知可子的医院哟。"

又那么任性。

仓石问："发生了什么事吗？"

"发生了什么事？"宗方脸色严厉。"你欺负女人呀。你能不能稍微替别人想想!"

"是知可子那么说的吗？"

"不。她外出了。我到了她的办公室，可是谁都不在。不过，我能想像到你的狼狈相。你肯定没能很好地把你自己的感情传递给对方。"

"算了吧。别跟个爱唠叨的老头似的。你又不是我们的介绍人。别再管我们的事了!"

"你太令我失望啦。你难道就没有感恩之情吗？"

"你说让我对什么表示感谢？"

"你真是个健忘的家伙。你应该感谢我的理由不是明摆着嘛。"

"是什么?"

"是花束。你不是捧着花束去送给过你老婆吗? 正如我所说,不是很灵验吗?"

"灵验?"

"花摆放在了知可子的桌子上。"

"⋯⋯确实,那个花束成了我们攀谈的开端。但那也是仅此而已。"

"不。你作践了那个机会。尽管特意送了鲜花,你却惹怒了知可子吧?"

"你听谁说的?"

"我谁也没问。可是,这个在桌子上。"

宗方取出了戒指。

仓石将它接了过来。这是知可子的结婚戒指。

仓石沮丧地小声问:"她是把这个丢在了桌上出去的吗?"

"是的。这是她讨厌你的证据。"

"那不一定。也许是因为有紧急手术。总不见得戴着戒指到手术室吧。"

"是呀。和你不一样,因为她很忙哦。"

"我也很忙。没时间陪你瞎扯。"

"这么说你一点都不想听老人的话喽。所以你是不对的。你只会惹女人哭泣。一个真正的男人，应该无论遇到什么样的苦难都能征服女人。"

"我是有工作的。"

"工作？你的工作不就是听别人说话吗？"

"并不是说任何人的话都要去听。求助者的烦恼一定要听。"

"烦恼？"宗方哼了一声。"最烦恼的难道不是你吗？和女人搞不好关系，整天沮丧地一个人喝酒。有谁会向你这种人倾诉自己的烦恼。"

仓石感到非常气愤。"心理咨询师也有烦恼。我们既不是神也不是宗教家。"

"再接下去就要诉苦了吧。你这样对来客说怎么样？我很苦恼，是因为女人而烦恼。"

够啦！仓石放下酒杯，起身拿起提包。连看都不看宗方一眼，朝门口走去。

"你想溜吗？"

"我没有溜。只是没工夫瞎扯。"

"哪瞎扯了？你明明对我的话很感兴趣才给人家送花的呀。"

"那是我自己的判断。并不是因为听了你的话才去的。"

"很令人失望呀。你不过是个胆小鬼。一个被女人甩掉而哭鼻子、没出息的家伙。"

"我不想再听你说啦。"

"一个遇事只会逃跑的家伙，竟然躲在这么气派的房间里装腔作势。你到底什么用意？好好向知可子学学吧！"

"随你怎么说。我有义务和责任。不能不顾这些而擅自采取行动。"

"义务和责任？好一个冠冕堂皇的托词。人一旦饱经世故，就只有嘴会变得能说会道。你辜负了自己的女人。"

"你说什么？"

"你辜负了自己的女人。就会光靠口头去邀请，其实自己的女人无论怎样你都不在乎。也就是她再怎么吃苦受罪也与你无关。"

"不对。"

"不，没什么不对。她遇见你这样的男人真是可悲。干脆和其他男人结婚算了。整天鬼鬼祟祟、东躲西藏，和你这样的懦夫在一起，人生前途一片黑暗。"

"我不是说过了吗？不对！"仓石上前揪住宗方。"我在对待知可子的问题上非常认真！我既要考虑工作上的事情也要考虑部下的事情！我从来都是竭尽全力努力工作！我没有逃避！我不是懦夫！"

被揪住前襟的宗方一动不动，脸上毫无表情，一直盯着仓石看。

过了一会儿，仓石察觉到了宗方的意图。

原来是这么回事呀……先生故意激怒我……

仓石不禁露出微笑，放下了手。

"先生，"仓石平和地说道，"谢谢！先生是想消除我的妄念吧。"

宗方一边整理衣服前襟，一边说道："妄念抛弃掉了吗？"

"唉。"

太可笑了。心理咨询师竟然靠这样的方法让别人倾听自己的烦恼。

宗方对仓石说："那就做你该做的事好啦。那才是你的职责。除此之外，你别无选择。"

仓石心想，就此决心已定。冈江所长的话也不必在意。

事到如今再也不必拘泥于体面而为之烦恼。

"姜还是老的辣呀，先生。"仓石小声说道，"你预测到了我的行动。你也知道我发起火来会上前揪住你。否则，你应该会条件反射似地采取防守的姿势。先生毕竟也是练柔道的嘛。然而，你却没有那么做。因为你知道我会醒悟的吧？这说明你相信我啊。"

仓石佩服地俯首行礼。

然而，宗方皱起了眉头。"你为什么鞠躬？"

"呀，先生对我没有还手，我对此表示钦佩。我打算对你动武，先生则不动声色。"

"噢。那是因为没有成功。"

"哎？"仓石感到莫名其妙，再次问道："究竟怎么回事？"

"因为你突然袭击，所以我只好使用气功。"

"气功?!"

"是的。可是你没被击飞。你的气力不足。所以即使碰到我的气也不至于被击飞。你说得有道理，功夫还没练到家的人似乎不可能击飞对手。"

"可是，那个……"仓石试图和以前一样继续解释，但最后还是闭上了嘴。

"好吧。"

"那么，我告辞了。"宗方转过身去。"别忘记啦。做你该做的事，那才是男人。"

和宗方见过面后，仓石总会呆呆地目送其背影。现在依然如此。

真是个不可思议的人。仓石思忖。

那难道都是我的过高评价吗？还是宗方的掩饰？

然而，不管宗方的意向如何，决心已经不可动摇。我只有干我该干的事。就这么定了。

独轮车

晚上十点多钟。位于日野市竹下美喜家附近的公园早已没了人影。

然而，也许是路灯的缘故，周围依然比较明亮。此时非常适合练习独轮车。

爱子和竹下家大人孩子三人一起来到了公园。

今天也是到了这个钟点才终于得以到这里。不过，等到这么晚才来还有一个原因。因为美喜的父亲到场本身具有很大意义。

美喜并非全然不会骑独轮车。在爱子握着美喜一只手的情况下，她可以直立脚蹬踏板。

据说这种程度谁都能够做到。问题是下一步。只靠单手能够抓着什么保持平衡的状态和完全撒手之间存在着很大差距。

爱子和美喜并排坐在长椅上，爱子对美喜说："你已经骑得相当不错了。"

"只要有人扶着自己的手，谁都会骑。"美喜一边说一边来回踢着悬空的双腿。

"嗨，美喜。等学会骑独轮车以后，在学校就可以交到朋友了吧？"

"不知道。不过，我想是可以的。"

"真的吗？"

"嗯。"

果然，朋友相处关系变坏有其明显的理由。美喜的这种情况，原因就是不会骑独轮车。无论采取什么样的心理疗法，只要不会骑独轮车，她就无法融入同班同学的圈子。

"美喜。从现在开始，你能够照老师说的去做吗？你一点都不用害怕，怎么会痛呢，绝对不会发生那种事。我要教你学会骑独轮车。撒开双手。"

"……要花多长时间才能学会呢？"

"这个么，等到太阳升起的时候，绝对保证就能学会骑了。"

"真的吗?"

"嗯,真的。所以,你一定要按老师说的做啊。我们说好了哟。"

美喜使劲点点头。

"好吧,到这儿来!"

爱子领着美喜来到停在附近的一辆自行车旁。这是美喜母亲的车。爱子抱起美喜,让她坐在车座上。为了不使自行车倒下,已经放下了后撑脚。

"脚够不到。"美喜说。

"没关系。不需要踩踏板。另外,车把手也不能扶哟。我已经扶住了,倒不了,不用担心!"

爱子一边用手顶着前轮不让它动,一边说道:"好,就那样挺直身子。怎么样?轻轻闭上眼睛,慢慢吸气。然后再慢慢吐气。对,就这样。好,再重复一次。"

美喜照爱子说的那样,闭着眼睛做深呼吸。

竹下笃志和香织来到跟前,神情不安地注视着。

和爱子预想的一样,美喜闭上眼睛后的表情显得很平静。十岁以下的孩子,通过暗示很容易就能加深放松。如此或许可以说她已经进入到了浅层的催眠状态。

问题是下一步要怎么做。

爱子之前亲自反复练习骑独轮车，练得腿上青一块紫一块，她一直在研究，难道不能通过暗示使其掌握要领嘛。

她按照嵯峨的指示，探寻催眠诱导法教材，现在基本上理解了暗示是如何作用于本能的。

基础已经掌握了，下面就看应用了。

在催眠状态下，通过体感传递所谓的意念训练。这就是该方法的要点。究竟能否顺利进行，不试不知道。

"首先，你想像一下。"爱子对美喜说道，"美喜现在，正骑着独轮车。不是自行车，正在骑独轮车。你就那么认定。当然，什么支撑都没有，撒开了双手，很好地保持着平衡骑在独轮车上。就这么联想。"

美喜的表情没有变化。也没有紧咬槽牙的样子。这说明她保持着放松状态。

"好，这次你联想一下有根坚硬的金属棒。长约三米。你认定它就在你的头顶上。"

爱子用指尖在美喜的头上轻轻按压了一下。

"金属棒从这里笔直地下去，从身体当中通过。并非刺入，而是非常顺利地通过哦。一点都不痛呀。那根金属棒特别凉。是一根冰凉的金属棒。凉飕飕的。它笔直地从身体当中通过。从脖子中、胸膛中、腹部中通过，甚至穿透了独轮车的车座，一直扎到了地面上。"

可以感知美喜的背部在渐渐地伸展。之所以整个身体都充满了力量，这是因为冰凉的金属棒这一物象很好地发挥了作用。

"把双臂水平伸开，像鸟一样。"

美喜照爱子说的那样，将双手左右伸开。

"铁棒牢牢地从身体中通过。铁棒牢牢地把你支撑在独轮车上。所以不用担心倒下。这次你再想像一下正在蹬脚踏板。你一边想像一边试着活动双腿。你可以联想到，通过蹬脚踏板，独轮车相应地正在前行。"

美喜的小脚悬空蹬踩，画出了一个漂亮的圆圈。她好像联想到了恰当的物象。

"现在我说开始，铁棒一下子就会被拔出到头上。等一切结束之后，你再睁开眼睛。好，开始。"

眨眼之间，美喜睁开了双眼。

爱子问道："怎么样？没有感到不舒服吧？"

"嗯，一点都没有。"

在浅催眠状态下，意识还是比较清醒的。她明白别人对她所说的话，对自己进入到催眠状态也不太有感觉。但是，这说明暗示应该对她的无意识领域起到了作用。

爱子把美喜从自行车上放下来，把她带到独轮车旁。爱子扶起独轮车，让美喜坐在车座上。她一边扶着美喜的一只手一边使她保持平衡。

爱子虽然仍然扶着美喜的一只手，但加在手上的压力则明显减轻了。在进行暗示之前，美喜基本是倚靠这只手站住的，而现在她是靠自己的力量站住的。

"蹬脚踏板！"爱子说。

美喜仍握着爱子的手，慢慢地蹬着脚踏板，开始了前行。

"对对，很好。下面你自己加油！"

爱子放了手。这对爱子而言是决定胜负的时刻。

美喜出现了一点摇晃，但很快又保持了平衡。她双手水平张开，依靠自己的力量重新站直。她笔挺地蹬踩脚踏板。刚开始的时候有些不稳当，不久速度渐渐稳定起来。

美喜父母发出了惊叫。

过了一会儿，爱子追赶过去，绕到美喜的前面。爱子把美喜抱在怀里说道："这不是会骑了嘛，美喜。"

美喜在爱子的双臂中开心地笑了。"嗯，会骑啦!"

美喜的父母跑了过来。一家人沉浸在喜悦中。

"了不起。"竹下笃志小声说道。"简直就是奇迹……太好啦，美喜。"

嗯，美喜点了点头。然后迫不及待地拖着独轮车而去。

"我再练一次哦。"

爱子对美喜的父亲说："怎么样，没必要担心吧?"

"呀，太令人震撼啦……这可真是不得了啊。"

"没什么。催眠状态本身就像生理作用一样。我只不过是教了她骑独轮车的要领。不过，在正常的意识状态下对她进行指导的话，其理性是不会痛痛快快地接受的，可能会产生排斥意识，心里想反正我也学不会。所以首先要平息其理性思维，在这样的状态下，通过意念经由身体感觉暗示她掌握要领。我所做的仅此而已。"

香织小声说道："太好啦。实在是……"

美喜独轮车的行驶比刚才更稳定了。即使轮胎碾过杂草，她自己也能保持好平衡。尽管好像还不能够改变身体的方向，但只要达到了这一步，剩下的只是时间问题了。

竹下笃志郑重地对爱子小声说："你说得对。我学习不够。给你添了许多麻烦。我学到了不少东西。现在我明白了，信任是多么重要啊。"

爱子笑着点点头。

美喜还在骑独轮车。她父母朝自己孩子的身旁走去。

爱子一边看着父母孩子三人聚拢在一起的情景，一边自言自语地说，我没有爽约真好。

会　面

　　实相寺来到了警视厅办公大楼里的拘留所。

　　他对一个叫外山的警部补说，我是来探视的。外山首先让他和由香丈夫入绘昭二见了面。据昭二说，由香晚上是可以回家的，但白天因为还要接受调查，所以只能待在拘留所里。无论对由香说什么，她依然毫无反应，似乎可以认定她有认知障碍。

　　就在要和由香会面之前，实相寺对入绘昭二说道："那个，由香老公。我不希望被人误解。我只是由香的经纪人。我与由香除了工作上的交集外什么事也没有。"

　　"……唉，这个我知道。"入绘昭二微笑着说。

　　和由香老公的交谈仅此而已。实相寺将独自和由香会面。

十五分钟，被监视下的探视。与在电视剧中看到的一样，双方的会面隔着玻璃。

玻璃上有个交谈用的孔眼。两块玻璃重叠在一起，上面的孔眼严重错位，连一支圆珠笔也伸不过去。

由香出现在这种透明墙壁的对面。她被警察搀扶着，步履蹒跚地走进来。

由香身穿白色衬衣，外罩米色外套，警察让她坐在椅子上。

阳光从镶着铁格栅的窗户照进来，洒在她苍白的脸上。由香的眼睛一眨不眨。

实相寺不知说什么是好，姑且先向由香打了个招呼。

"由香。不要紧吧?"

毫无反应。宛如面对木偶似的。

实相寺小声说道："那个，事情到了这个地步，实在令人遗憾。我可以协助你做点什么吗?"

由香不会立刻回答别人的问话，实相寺对此也已经习以为常。然而，现在由香的状态和以前大相径庭。

以前，她嘴角上会浮现微笑，很有礼貌地落座，讲话即使慢慢吞吞也能够很好地给予回答。现在，毫无打算回答的迹象。

实相寺想到什么说什么。"店铺那边的事，你什么也不用担心。现在已经停业了。总经理也吩咐过了，叫你什么都不用操心。他说一点小误会肯定很快就会澄清。"

实相寺声音越来越小。他自己已经察觉到了。在说话过程中，他越发感到十分可悲。不由叹了一口气。

实相寺自言自语地小声说道："天冷起来了。冬天快到了。在这样的日子里，回到家，最好钻进被炉看电视。"

直视一言不发的由香实在令人痛苦。实相寺连同椅子一起将身体转向侧面。

他的坐姿开始变得随意，盘腿而坐，凝视着空无一物的墙壁。

实相寺唧唧咕咕地说道："店铺曾经很兴旺啊。众多顾客排起了长龙。电视台也来采访。就连现在，还有好几个记者到那座建筑前采访呢。我什么也没回答。"

准确地说，根本就没有人采访他。谁都不认识实相寺。无论他是作为经纪人还是作为催眠师，当然抑或是作为音乐家。

"说实话，我羡慕呀。我很羡慕你。你一出场很快就成了红人。竟也会有这样的事，我感到很吃惊。"

从小窗外传来小型飞机的轰鸣。抬头望去，使人感到铁格栅对面透过来的蓝天显得非常遥远。尚且还不是囚犯，天空却已相隔遥远。

"你化身为外星人的时候也很令人震撼。你还记得吗？我们在竹下大街的路上第一次见面的时候，你突然化身为外星人。我在自动售货机前准备买烟，当时，你就站在我身后。"

提起这些话，能给由香的精神状态带来怎样的影响，对此心里一点底都没有。说不定，嵯峨会面红耳赤地对我发火。你怎么能说那样的话？他很可能会这样对我发火。

然而，除此之外我没有其他话题。也没有关于精神病方面的知识。

和由香对话总是离不开这些事。每当说由香是外星人，她总是歪脑袋。你说什么？外星人？实相寺认为她这是在做戏。觉得她是个不同寻常的女人。

"我们一起去吃过好几次饭呢。你记得吗？一顿饭竟要花好几万，之前从没有吃过。其实，我也并不知道好不好吃。"

突然感到一阵胸闷，觉得喘不上气来。一种难以形容的强烈感情像波涛一般涌上心头，心里很难过。

"我确实不知道。"实相寺视线有些模糊。感觉自己的话里已经带着呜咽。"我不知道你有病。"

他怎么也不敢正视由香。

记得有一天，实相寺在吃饭的时候问由香，你觉得这个工作开心吗？由香像往常一样停顿片刻之后，笑嘻嘻地回答说开心。她当时的笑颜令人难以忘怀。她好像非常高兴。

然而，事实并非如此。自己为什么受到赏识，顾客盈门，可以赚到钱吗？由香并不明白其中的奥秘。她就是这样在不明就里、甚至无可置疑的情况下一味地工作。在客人面前，把因病出现的奇妙症状当成了卖点。

这一切都是我强迫她干的。

由香的境遇简直就像动物园里饲养的动物一样。她丝毫不觉得怀疑，全盘接受了我表面上对她表现出的热情。就像动物园里的动物主观臆断地把饲养员认定为自己的伙伴一样。

责任终归在我。让她从事那种工作的责任在我。

实相寺低着头，用手覆盖着脸。事情怎么会变成这个样子？起初只是想自己出名，可是不知不觉却变成了这个样子。

也不知过了多长时间，实相寺依然连头也抬不起来。他不忍心看到由香这副样子。也不能离开这个房间。简直是一筹莫展。

实相寺唧唧咕咕地说："都怪我。事情搞成这样都怪我。"

他也并不是对某个人而说。面对牧师进行忏悔也许就是这种感觉吧。要是有天佑神助事情该多容易呀。假如仅靠信仰即能获救那该多么值得庆幸。

又过了一会儿。

背后的一扇门开了。

"时间到啦！"外山说道。

实相寺抬起了头。

忽然，那里出现了一个奇异的光景。

外山盯着玻璃对面，眼睛瞪得老大。

到底怎么回事？实相寺顺着外山的视线，将自己的视线投向由香。

由香依然坐在椅子上。然而，坐姿有所变化。她抬起了头。眼睛紧盯着实相寺。

由香的表情和缓了许多。可以察觉到她脸上浮现出了微弱的感情。这是一种微妙的神色，很难判断究竟是喜是悲。

"实相寺。"由香低声叫道。

音　声

　　导播桑原翔一正在电视台创作部办公室听取助手吉本卓司的汇报。

　　吉本说道："因此，没有事实证明入绘由香在东和银行工作。不光是都内，我搞到了整个首都圈范围的东和支行名簿，并进行了查找，但是不管哪家支店都没有她的名字。"

　　桑原说："有没有可能使用了其他名字？"

　　"应该不会有这种可能。因为这不是在小酒馆打工，进银行就业的时候，除了个人简历外，还需要提交身份证和居民登记证明以及户口复印件等各种资料。很难想像能够使用假名而被录用。"

"可是实相寺却满怀信心哟。"

"关于这一点。"吉本取出 IC 存储播放器。"警察在初期侦查的时候，我们就已经开始进入采访了吧？当时我认为入绘由香这人可疑，于是查明她的住址，给她打了电话。"

"啊。是有那么回事。"

吉本按下了存储播放器的播放按钮。

从存储播放器中传来一个女人嘶哑的嗓音。"我是入绘。"

"这个。"吉本的声音显得有些犹豫，他问道："请问由香在吗?"

"对不起，请问您是哪位?"

"不好意思，这么迟才告诉你，我是早间娱乐综合节目的助理导播，我叫吉本。"

"噢，你好。我是由香的母亲聪子。"

"噢，是由香妈妈呀。由香在家吗?"

"现在她在单位上班呢。"

"请问她在哪儿上班?"

"东和银行。"

咔嚓一声，吉本关上了存储播放器。

吉本耸了耸肩膀。"开始我以为肯定是她母亲的声音，但现在看来未必是。"

"难道会是入绘由香本人吗？"

"唉。她应该是和自己的丈夫在一起生活的呀，我觉得挺奇怪的。我查了她家的户口，由香母亲的名字叫多惠子，我托人对声波纹进行了鉴定，结果说肯定是入绘由香的。母亲和女儿声音相似也是理所当然的，所以就不太会起疑心。"

桑原感到很奇怪。"她为什么要假冒自己的母亲呢？"

"不是也有传闻说她是多重人格吗？倘若那是真的，这或许是她心目中理想的母亲形象吧。"

"继续说……"

"在电话采访中，对方说由香母亲即所谓的入绘聪子是美容师，丈夫是民营铁路公司的高管。女儿由香大学毕业后，先是去国外留学，回国之后在东和银行工作。"

"这仅仅是一般的吹牛，还是……"

"还是真的人格转换？不管怎么说，我是不会采信这个仿佛喜欢说谎的母亲所说的话。关于入绘由香的工作单位也是如此，因为她实际上是在占卜店工作，所以她或许不愿说出真实情况。之后她也就忘记了这次的对话。而如今东和银行这个话竟又一次被套了出来……"

"……难道是假新闻。哎呀呀。这个骗人的催眠师。那家伙也可能以为接电话的人就是由香母亲，因而把电话里的话全当真了。"

"或许吧。……嗨，桑原。"

"什么事？"

"如果这就是真正的多重人格，我心里总觉得有点难受。入绘由香虚构的母亲说她们全家在一起生活。晚上七点钟的时候，全家人聚集在餐桌前。每月在国内旅游一次，每年到国外旅行一次。她炮制了一个理想的家庭，使其存在于自己的心中。"

"这个嘛……不管是有意识还是无意识，那或许就是她排遣的方式。"

"把焦点聚集在她可怜的境遇上，这也是期求引起观众共鸣的方法……"

"……不。那不好吧。我不认为把入绘由香包装成悲剧的女主人公，观众的关注度就会提高。目前的情况是逮捕证还没下，所以不得不隐瞒她的真实姓名，脸上也必须打上马赛克。如果没有案件特性，这种节目做了也没什么意义。"

"我也这么认为。"吉本点了点头。

"嗯。"桑原挠了挠头。"其他还有什么可以当作新闻的吗？"

"为了这次的事情，我去找过临床心理师学会，在那听到了一个比较有意思的消息。据说东京晴海医科大学附属医院的友里佐和子院长决定录用一个改行的临床心理师。"

"改行？"

"就是说原先为媒体所熟知的身份是国家公务员的一名年轻女子改行当了临床心理师。"

"你所说的国家公务员，具体是干哪一行的？"

"这个。关于这个目前还……我正在查找有可能性的名字，不过现在还没有锁定范围。"

"哼哼……那个倒是挺有意思。要不这件事先告一段落，把兴趣转向那头看看？"

"你意思是把追踪入绘由香的工作停下来吗？"

"啊，是呀。"桑原双臂交叉抱于胸前。"那个新消息似乎能够提高收视率。"

结婚戒指

根岸知可子在高见泽医院里猛冲。

来到护士站，她问护士："高濑医生在哪？"

护士仓皇失措地告诉她："医生现在正在二楼查房。"

知可子沿着楼梯下到二楼，又顺着走廊前行，只见高濑正在和一个身着白大褂的年轻医生谈话。

她大步流星地走上前去。

高濑朝知可子看过来。"哎呀，根岸医生。早上好。"

"我有话要对你说。"知可子生硬地说道。

"行啊。"高濑耸了耸肩膀。

那个年轻医生什么也没说就离开了。

知可子一面抑制着焦躁，一面质问高濑："究竟是怎么回事？竟决定要进行手术。"

"咳，手术？是哪个手术？"

"当然是浜名典子啦。刚才我接到了要进行开颅手术的通知。"

"噢，那个手术啊。你不必担心。这次由我来主刀。就不麻烦先生了。"

"这种事我没有听说过。她一个月前刚刚动过手术哟。为什么还要再做一次手术？"

"……打那以后，我们又进行了各种检查。结论是要解决患者的面部神经麻痹问题，只能再次进行手术。"

"是你找院长那么建议的吧？你对院长说由于我的手术失误，有可能给神经造成了损伤。"

"啊。"高濑满不在乎地说道，"你已经听说了呀。既然这样，我就直说无妨了。因为再也找不到其他原因。假如是有肿瘤，那么经过 MRI 和 CT 检查，应该一目了然。于是我就寻思说不定是在手术的时候出现了闪失。"

"什么说不定？你把自己的臆断就像是得到了证实

似地告诉了院长，而且还打算实施手术对吧？"

"我这是为了患者。"

"不对。是为了你自己。你只想通过手术来获得功绩。"

高濑歪嘴笑道："你说什么呢。在这点上，你不是也一样吗？只要是医生，任何人都想建功立业。"

"所谓手术是为患者而进行的。在还没有确凿证据的情况下就进行手术，这简直太轻率了。"

"神经麻痹症状不就是最好的证据吗？原因在大脑。以前没有过的症状在手术后明显地出现了。除此之外还能找到怎样的理由？"

"你打算开颅之后再这个那个地进行研究吗？她头部的骨折处本来就有多处小骨片破碎呀。你竟然还要再次开颅……"

"问题就在于那些细小碎骨。哪怕是再小的骨碎片，也不一定不会损伤脑组织。果真这些骨碎片全都彻底清除了嘛，值得怀疑呀。"

"清除了。确实全部清除了。而且仔细地固定好以后恢复到了原位。绝对没有什么闪失。"

"好吧，等手术之后一切都将真相大白。"高濑转身打算离去。

知可子抓住了高濑的胳膊。"等一下。如果现在做手术的话，那就等于置她的生命于危险中，这一点你也应该清楚啊。必须再观察一段时间后才可以做。"

"真啰嗦呀。"高濑甩开知可子的手。"已经决定了。这里不是你的医院啊。"

"即使不是我的医院，也要替患者着想，这是医生的天职!"

"真难缠呀。这里是医院。请不要大吵大嚷!"

知可子一下子无言以对。她站在那里一句话也说不出来了。

这人显然企图从我这里把患者抢走。然而，自己已经无能为力。既然院长已经决定了，局外人是不能干预的。

高濑抿嘴一笑。"您好像已经想明白了。那么我还有很多要准备的，失陪啦。"

就在此时，走廊里传来了奔跑的脚步声。

"医生! 不得了啦!"一名护士向高濑禀报。

高濑问道:"怎么了?"

"请马上到浜名的病房去!"

知可子插嘴问道："出什么事了吗？"

护士脸上浮现出为难的表情。可能是她不知道该对面前两位医生中的哪一位说吧。

很快护士闪身说道："总之，两位都这边请。请快一点！"

可以听到高濑的啧啧咂嘴声。知可子默默沿着走廊前行。自己心里对患者病情的变化并不感到焦虑。

知可子走进病房。

浜名典子躺在床上。但是，病床旁边坐着一个人。

知可子惊讶地小声叫道："胜正……"

仓石抬起头的时候，高濑跑了进来。

高濑问仓石："你是谁？还没到探视时间呢。"

"我叫仓石胜正。是临床心理师。"

"临床心理师？我不记得有过安排。"

"我是从根岸医生那听说到这个患者的相关情况。我想我如果能帮上忙……"

"谢谢你的申请，不过这位患者已经决定接受外科手术了。所谓心理咨询，来这儿你是走错门了。"

"是吗？"仓石将视线转向患者。

随着他的视线看到典子面孔的时候，知可子不由倒吸了一口气。

典子极其自然的眼神正朝这边射来。

面部神经麻痹已经消逝。右腿痉挛现象也已消失。

典子开口说道："医生，谢谢！早上好！"

高濑也似乎受到了冲击，声音颤抖地嘀咕道："这究竟是怎么回事。"

知可子凝视着仓石。"胜……不，仓石。这是怎么回事?"

"这个，请稍等一下。在这里说话不方便，我们到走廊上说吧。"

仓石边说边伸手拿起床边的电话，然后在话筒上拨了电话号码。过了一会儿，仓石说道："这里是高见泽医院。请帮我接浜名大辅的病房。嗨，妈妈就在旁边。"

听到自己孩子的名字，典子突然瞪大了眼睛。

仓石一边将话筒递给典子一边说："已经接通了冴岛医院。现在大辅君可以接电话哟。"

典子高兴地接过电话。

"好啦，我们出去吧！"仓石率先走出病房。

一副惊讶表情的高濑紧随其后。知可子最后离开病房，她轻轻地关上了房门。

走廊上，高濑大声说道："请解释一下！这到底是怎么回事？"

仓石吊起单边眼梢。"这里是医院哦。你能不能再小点声。解释很简单。根岸医生做的手术非常完美。她已经痊愈了。"

高濑结结巴巴地说道："可是，她的麻痹症状……右腿的痉挛……"

"那都是通过暗示解决的。"

"暗示？"

"她迷恋弹子游戏，扔下孩子不管。也就是社会上所说的弹子游戏依赖症，我由此联想到，她也许原本就具有容易进入催眠状态、容易接受暗示的天资。我单位里收到很多相同的求助。近期的弹子游戏厅，有一款叫'超级波物语'的机种很受欢迎，这种游戏机比其他弹子游戏机更容易使人陷入深度催眠状态。原因是它的灯饰比其他机种多出两倍以上，液晶画面很大，所以很容易唤起注意力集中。"

"浜名玩的是那种游戏机吗？"

"是的。在这种游戏机前，理性意识水平会下降很多，因此就会丧失对时间或金钱的感觉而麻痹。有报告称，患有依赖症人群中的百分之二十以上都有一个共同体验，那就是总感觉手头万元一张的钞票中少了一张。这意味着这些人的理性思维已经相应变得迟钝了。"

"那么，你说的这些和这次的事情究竟有什么关系？"

"恕我随便，今天早晨我给她做了一个被暗示性的测试。当然，并不是什么特殊的测试，只有几个简单的提问，她回答 Yes 或 No 即可。当时她的面部肌肉出现了严重痉挛，但在回答 Yes 时我让她大声回答，通过这种方式实施了测试。都是一些简单的提问，比如你每月一小时以上的电话打两次以上嘛，你有没有迷恋过保龄球等等。测试结果表明，她的被暗示性果然极高。"

知可子问仓石："这么说，她的麻痹症状是由于某种暗示而引起的反应喽？"

仓石点了点头。"我是这么认为的，于是我调查了所有对她可能产生的暗示效果。她只和孩子两个人一起生活，也没有出入特别场所的迹象。她大多数时间都在家里，对这样的她，最容易给予暗示影响的媒体，那应该是电视。两个月以前，电视新闻节目播放过这样一条消息，由于脑外科手术失败而造成了那样的麻痹症状。你知道吗？"

高濑点头回答道："唉，是 NHK 七点钟的新闻对吧。"

"准确地说，是七点二十分左右播放的采访录像，是关于医疗第一线的专题报道。我虽然没有看，但是通过向与我单位有关联的医院了解调查，我得知有不少医生看过这个节目。据他们讲，那可能是近半年来唯一报道面部神经麻痹的节目。因为据说是在较好的时间段播放的，而且收视率也不错，所以典子也有可能看过。我是这么想的，于是就问典子，她的回答是 Yes。"

"你意思是她是因为看了那个节目才出现了那样的症状吗？"

"这是暗示的效果。在这个节目中，通过影像的震撼效果，把由于脑手术的失败而引发面部神经麻痹、右腿痉挛的症状传递给了观众。典子看到了那个画面。而且一个月后，她接受了脑手术。术后的一段时间里，她的精神状态也还比较稳定，但不久随着自己动过脑手术这一认识的加深，自己是不是也会变成那样的这种疑虑不知不觉越来越严重，在那个节目中看到的影像化为暗示，进而对心理产生了影响。接受到暗示以后，等过一阵才出现反应，我们称之为后催眠暗示，典子身上发生的就是与此相同的现象。"

高濑嘀咕道："实在难以置信。会有那种事吗？"

"如果被催眠性极高的话，这种现象肯定会有。你们医生为了安慰患者，不是也通过使用安慰剂来稳定患者的情绪吗？道理是一样的呀。"

"如果……要是，这个……我……"

"不必那么沮丧。手术完全没有问题。看起来似乎有问题，那也只不过是心理因素使然。医院方面毫无过失。"

高濑垂着脑袋瞥了知可子一眼。

然后深深地鞠了一躬，迈着有气无力的步伐离去。

知可子凝视着仓石，仓石也与她对视着。

知可子问道："她，今后不会再有问题了吗？"

"是的。因为所谓被催眠性高并非精神病理，而且社会上这类人很多。画家和建筑师等从事富于创造性职业的人，可以说全都是这一类型的人。所以这种现象并没有什么危险。只不过这次偶尔因玩弹子游戏引发了那个事故而已。"

透过房门上的小窗可以看见典子眼含泪花。她对电话那边的声音一边频频点头，一边用指尖轻轻地擦拭眼角。

她年幼的孩子也许不记得发生了什么。也就是说，她相应地具有从头做起的机会。

知可子觉得典子的运气不错。她挽回了一切。自己的未来和自己孩子的将来。

知可子叹了口气，再次面对仓石说道："谢谢，胜正。你帮了大忙啊。"

"没什么，我只是做了我该做的事。可是，那个……这是你遗忘的东西。"

仓石取出戒指，拉起知可子的手，把戒指戴在了知可子的无名指上。

知可子惊讶地问道："你在哪儿找到这个的？我昨天在医院办公室把它弄丢了。找了半天也没找到。"

"……这么说，恐怕是月下老人拿走了。因为是宗方先生送到我那儿去的。"

知可子笑了。隔了许久，隔了好几年之后，发自内心地笑了。

谢谢，知可子对仓石说。在涌上心头的喜悦之中，她感到以往的苦恼都慢慢地融化消失。

知可子问道："那么，接下来怎么办？"

"是啊。约好吃饭的事我还没有兑现。周末怎么样？只要你方便。"

"唉。我欣然接受。再早一点也无妨啊。我随时可以腾出工夫。"

"你不是很忙吗？"

"得了吧！"

"明白了。我尽快安排。"仓石眺望着远方说道，"我又做了一件我该做的事啊。"

阻　截

嵯峨最大限度地脚踩卡罗拉油门。

离合器不好使也罢，制动器磨损也罢，至少今天管不了那么多了。

上午十点，由樱田大街进入内堀大街，卡罗拉全速行驶。政府机关大街这一带到处都站着警察，但嵯峨依然无所顾忌。这些人不是交警。

"喂喂。"坐在副驾驶席上的实相寺板着面孔说道，"别开那么快！即便效仿法拉利，你这破车也没辙呀。"

只见远处有一个点状的绿光。

"前面是绿灯。我在它变成黄灯之前开过去给你看。"嵯峨更换了挡位。车速指针超过了只有一百公里的车速表刻度。

卡罗拉冲过了十字路口。喇叭声远远消失在了后方。

实相寺嘀咕道："那么有常识的人可不应该啊。或者是我看错了人。你的性格真够荒唐的呀。"

嵯峨边打方向盘边问："入绘由香真的恢复了吗？"

"唉。具体细节不太清楚，但总之可以正常应答了。后来我又跟她交谈过几天，在我看来，她和第一次来我店的时候没有太大差别。"

如果这是真的，她应该既可以接受催眠也能引起人格转换。

"据说今天由香将从警视厅被移送至都内的精神病医院，这消息靠得住吗？"

"唉。我也听说的。"

"你不知道她被移送到哪家精神病医院吧？"

"不知道。警察不可能连这个都告诉你。我只听说到医院要进行精细检查，所以今后不能再见面了。"

要是这样的话，沿这条路开不会有错。都内主要的精神病医院在警视厅看来都集中在西边。只要由香被移送到其中的某家，就只能沿这条国道开下去。

嵯峨说："实相寺，谢谢啦!"

"谢什么?"

"谢谢你去见入绘。而且，还告诉了我今天的事。"

"因为我可不想再受你的责备啦。"

"你跟入绘谈了些什么?"

"……你能不打听吗? 我们只是随便瞎聊。"

车子进入靖国大街时，看见前方有一辆闪着警灯的轿车。

"是那辆车吗?"实相寺嘀咕道。

凝视前方，可以看见后排车座上坐着三个人。左右坐的是男的，中间坐的是女的。会是入绘由香吗?

在接近前车的时候，一个奇怪的声音微微掠过耳边。

那是笑声。似曾听到过的僵硬而尖锐的笑声。

实相寺对嵯峨说："喂。前面那辆警车不太正常啊。"

警车频繁地一会提速一会减速，一直行驶得不够稳定。但也情有可原。如果车上载有人格转换成了外星人的由香的话，就连警视厅的精兵们也不能不感到震撼。

嵯峨加快速度超过了警车，在警车前面来了个急刹车。

刹车声响彻四方。警车冲了过来。嵯峨做好了撞车冲击的精神准备，但车身并没有晃动。警车似乎就在即将撞车的当口停了下来。

实相寺厉声斥责："你疯了吗？嗯！你竟敢挡警车的路……"

嵯峨不管三十二十一，跑到了车外。

坐在警车驾驶席上的身穿警服的警察，警惕地盯着嵯峨。

他正在犹豫，该不该与之搭话呢。此时，从副驾驶座位上下来一个身穿风衣的富态男子。

此人是外山。

外山说道："怎么又是你！你究竟想干什么？!"

比起回答外山还有首先应该干的事。嵯峨毫无顾忌地来到警车后门旁，他朝里面窥视了一眼。

突然传来一阵刺耳的笑声。由香坐在车后排的座位上。她面无表情，只是张着嘴笑个不停。

嵯峨尽量以平和的声音说道："你好！安多利亚。"

由香的笑声戛然而止。

嵯峨注意用日常寒暄的口气对由香说："你是法太

玛第七星云，维那克斯座的安多利亚对吧？我们以前曾经也见过面，当时我没有做自我介绍。我叫嵯峨敏也，请多关照！"

嵯峨自报姓名只是在她人格为入绘由香的时候。之前对安多利亚还没有自报过姓名。

化身为安多利亚的由香嫣然一笑，机械地一个字一个字地说道："你—好，嵯—峨—先—生。"

四周寂静无声。

伫立在背后的外山也目瞪口呆地看着眼前的一幕。跑了过来的实相寺也一副惊慌失措的样子。

嵯峨像跟外国人说话时一样，用缓慢的节奏对由香说道："今天天不错啊。在这么晴朗的日子里，很想出门转转。"

由香眼睛依然瞪得很大，面部肌肉痉挛得直抽动。

嵯峨继续说道："这一带的马路上落有很多枯叶。大晴天出门散散步感觉很爽啊。"

这些话并非有什么用意，但只要传递给对方的意象有利于缓解身心紧张就行。

嵯峨娓娓而谈。林荫道尤其漂亮。沐浴着枝叶间隙透过来的阳光，不由得会产生一种全身都得到一次洗礼的感觉。微风吹拂，和煦宜人。

"是啊!"由香附和道。

其表情已经回到了入绘由香。她挺直身子，嘴角上浮起了微笑。

外山不安地问道："这是怎么回事?"

"安静! 别说话，看着就行啦!"嵯峨转向由香，有意识地用爽朗的声音说道，"对啦，好天最适合体育活动。既可以打高尔夫球也可以打棒球。"

由香不可思议地重新审视着嵯峨。

嵯峨不等由香接话，快速说道："通过体育活动出一身汗之后，来上一瓶啤酒最爽不过啦。不，也许白兰地不错。VSOP 白兰地挺不错的。唱卡拉 OK 最好是白兰地。'月光酒吧'的老板娘也会同意我的观点吧。"

突然由香再次发出笑声。和外星人的笑不同。她用手捂着嘴，双肩颤动，笑得非常开心。

嵯峨问道："理惠子，什么事这么可笑?"

由香忍俊不禁地说道："你呀，就不知道别的歌了吗? 你知道的早就过时了。"

"最近的歌手我不太了解。"

"不过你唱得不错呀。能再为我唱一遍吗?"

"嗯，可能的话我还想唱，不过这里没有卡拉OK。"

化身为理惠子的由香，皱起眉头环顾四周。"哎呀，讨厌。我现在怎么坐在汽车上呢？"

"你和我已经离开'月光酒吧'了呀，打那以后，你怎么样了？"

"这个嘛。我打算回家呀。可是怎么会在这种地方？我，在酒吧以外的地方，我不擅长与人交谈。"

"嗯，这个我知道。不过，你姑且精神放松一点。做做深呼吸，情绪就会稳定下来。"

理惠子照着说的做了。嵯峨随即轻轻地对她说，好，就这样。慢慢呼气。再吸一次，呼。

可以感受到她表情上的微妙变化，嵯峨问道："入绘，感觉怎么样？"

由香茫然若失地看了嵯峨一眼。过了一会儿，她以入绘由香的口气答道："嗯，没什么特别感觉。"

"你知道我是谁吗？"

"……你好像告诉我说你叫嵯峨敏也。是'东京心理咨询中心'的……"

"你还记得我们第一次是在哪儿见面的吗？"

"地铁的站台上。"

记忆力很好。不过，还有一事希望确认。

嵯峨加强了语气。"把它忘掉吧！干脆把它都忘掉吧！好吗？"

"……好的。"

嵯峨干咳了一下。"那么，你知道我是谁吗？"

"不知道。"

"你听说过嵯峨敏也这个名字吗？"

"……没听说过。"

毋庸置疑。嵯峨确信无疑。情况与自己一直思考的假说完全一致。

嵯峨起身回头看了外山一眼。

外山瞪大眼睛，交替注视着嵯峨和车内的由香。

嵯峨说道："这个，外山警部补。你要以违反道路交通法和妨碍执行公务罪来逮捕我吗？"

"噢。不过，"外山不知所措地抱怨道，"在那之前……你先解释一下，这到底是怎么回事？"

绿猴子

　　"荒唐!"精神科医生下元瞪着眼睛叫道,"简直岂有此理!"

　　仓石抱着胳膊问道:"你说具体一点,哪一点荒唐?"

　　"这还要问吗?妨碍移送重要知情人,这是正常人干的事吗?你究竟是怎样教育部下的?"

　　"我认为对我们单位心理咨询师的指导和这次的事例是两回事。"

　　"得了吧。临床心理师无论何时何地,其行为都应该注意合乎规范!"

　　"东京心理咨询中心",十五楼大会议室。

嵯峨看了一下在会议桌前就座的与会者。所长冈江粧子、仓石胜正、外山警部补、实相寺则之，还有日正证券的财津。另外在警视厅会议室见过的搜查二科科长和管理官也到场了。

既然这些人物会聚一堂，就没有任何逃避责任的余地了。嵯峨如是思索。命运全托付给今天这个场合了。

会议开始不到五分钟，下元和仓石便展开了激烈的争论。嵯峨不了解两者之间的关系，但似乎他们以往有过恩恩怨怨。从一开始，两人就东拉西扯，论点相左。

下元说："你过去就是这样。大学校内纠纷的时候，你不顾周围的反对，加入到激进派……"

仓石大声反驳道："跟那事有关系吗？你从读大学时起就是个教条主义者，从来都不想了解人情世故……"

"等一下！"外山实在听不下去了，插嘴道，"职场教育也罢，这里领导的人格也罢，这些都不是现在应该争辩的问题。我们目前面临着一个非常大的问题。"

下元满不在乎地点头说道："的确如此。这种行为可以说是临床心理师在向警察挑战。"

外山叹了一口气。"这个，从我们的角度而言，就这次事件，我们希望听听每个人的意见。"

"这个嘛。"冈江粧子双眉颦蹙地说道，"我不记得我们系统地制订过采取这次行动的计划。"

"这么说，那是嵯峨先生的个人行为喽。"

"可以这么说吧。"

大家的视线都投向了嵯峨。

嵯峨说道："诚如所言。全部责任都在我。我做好了接受任何处罚的精神准备。"

下元急不可待地问道："那么，你是基于何种理由这样做的？能说来听听吗？"

"实相寺去探视过入绘由香，我听他说，由香有所恢复。据说至少已经恢复到能交谈的程度。我认为这是基于实相寺前往探视，从而给由香带来了安慰的缘故。然而，我却得知今天上午她将被移送到精神病医院。我担心在可能产生不安和紧张的新环境里，她的病情会再度恶化。"

下元怒上心头。"你怎么知道她被移送到精神病医院，病情就会恶化呢？医院可是治病的地方哦。"

"精神疾患与病毒感染不同，不需要隔离。这些日子警察看到逐步恢复的由香发生人格转换，他们或许因此受到刺激而突然决定把她送往精神病医院。然而，对她应该进行的是更加稳妥的治疗。"

"又是多重人格。嵯峨先生，你仅凭直觉来判断一切。你怎能断言靠你所说的稳妥治疗法，她就可以恢复呢？"

外山探过身子说："关于这个问题，我必须作证，是我亲眼所见。今天上午在移送过程中，我们实在拿警车里的入绘由香没办法，而嵯峨仅凭一两句话就使她平静了下来。而且，那个……一时难以置信，但她确实一个接一个地自报不同的姓名……对，就是人格进行了转换。说实话，我也感觉像是闹剧，但在那种状况下，又很难想象那是骗局……"

下元手放在满头白发上说："真拿你们这些外行没办法。眼前看到点奇异的精神状态，就立马给唬住了。从你所说的情况来看，或许真的发生了某些精神混乱症状。通过这位嵯峨先生，这些症状得到了一定的恢复，这恐怕也是事实。然而正如之前我也说过的那样，我认为所谓多重人格……"

仓石打断下元说道："这种病例在 DSM 上也有记载。"

"你崇洋媚外好像也没有变呀。美国的学术团体只要提出个新学说，你就立马跟风。"

"我只是接受了正确的东西。"

"你这种崇美情节，是从什么时候开始的呢？不会是参加安保斗争那个时候吧？难道是新娘跑到了美国之后吗？"

"跟那事毫不相干。"

"请肃静。"管理官开腔说道，"我们还是言归正传吧。坐在那边的嵯峨先生，也就是说，你认为入绘由香是多重人格，而下元先生对此则表示反对是吗？"

嵯峨点头应道："是的。在审讯过程中，她与人的交流变得困难，以至于可以怀疑她出现了认知障碍，但现在其状况是恢复到了多重人格障碍。今后，需要采取进一步的适当的治疗方法。"

下元耷拉着脸说道："我想就刚才外山所说的人格转换请教一下。嵯峨先生，你能够在警车中，使她发生了人格转换吗？"

"是的。根据不同环境，精神层面的紧张与弛缓程度会发生变化，因而会产生人格转换。"

搜查二科科长问道："理惠子，还有，安多利亚这些名字都是谁起的呢？"

"这也许是她在无意识的情况下自己起的。就如同我们做梦的时候，头脑中会浮现出各种各样的心象。还有，存在于她内心的多种人格全都是每当她惴惴不安或恐怖来袭时自然而然浮现出来的，她希望变成和现在的自己不一样的其他人。所以这些人物并不是她刻意想出来的，她自己本身也不知道自己内心深处还存在着别的人格。人格转换期间的事她早已忘却。"

"可是，由香不是做过占卜师吗？而且，据说她的卖点就是在占卜的当口化身为外星人。难道说她自己都没有意识到这一点吗？"

"嗯，问题就在这里。据实相寺说，她是主动前来自荐做通灵者的。这也就是说，她意识到了自己的人格转换。但是，我不这样认为。"

实相寺俯视着地面，一直沉默不语。

嵯峨对实相寺说："实相寺，请你说一下第一次和她见面时的情况。"

"……我们是在竹下大街遇见的。她叫住我，然后上来跟我搭话。她说她在电视上见过我。那天白天，我在电视上出过镜。当然不是什么太好的回忆。后来她突然化身成了外星人。"

"当时，应该有什么东西成为了她人格转换的契机。一个给她带来了恐怖的什么。"

"……是的，是闪电。当时响起了雷声。她几乎与闪电同时化身成了外星人。"

"那或许令她感到了恐惧。那后来呢?"

"我把她带到店里。是我的店铺。当时我开了一家催眠店，给顾客做催眠的店。她说她是从电视上知道我那家店的。……噢，对了。我想起来了。她说希望我帮她解除催眠。解除被绿猴子施加的催眠术。"

"是的。入绘由香不知道自己是多重人格。不过，她发现了自己经常丧失意识，时间在不知不觉中流逝，或者自己移动到了别的地方。还有，在解离性迷游症发生时会相继出现绿猴子这一幻视。一旦出现这一幻视，自己就会丧失意识。在丧失意识期间，自己也似乎知道自己有过一些什么行为。如此反复的结果，她得出的结论是自己被绿猴子任意摆布着。可以解释为被绿猴子施加了催眠。所以她决定来到在电视上见过的催眠师实相寺身边，请求他帮自己解除催眠术。"

"猴子嘛。"下元摇了摇头。"猴子这个说法从何而来?"

"据她丈夫入绘昭二说，他们新婚旅行去的地方是巴厘岛。在旅行过程中，由香的精神状态好像并没有那么不稳定，但回国之后，由香却常常表现出严重的恐惧反应。据她自己说，在巴厘岛参观印度教寺院的时候，那里祭祀有绿猴子像，那个像与她有过交流。"

"交流？"

"准确地说，她似乎感觉到那个像向她送来了非言语信息。"

仓石说道："有这个可能。所谓附体体验常见于综合失调症患者，而入绘由香的情况也是如此，可能她的这一病情是诱因，当看到绿猴子像的时候，解离性障碍才开始发病。"

下元双眉颦蹙。"所谓接收到非言语信息是杜立德现象吧？的确人与动物之间的界线有时不那么明晰……"

"所以才促进了解离性同一性障碍的多重人格的发生。这种可能性恐怕难以否定。"

"仓石君。你别那么老是抢我的话茬儿。这个，嵯峨先生，你的意思是那个在印度教寺院的绿猴子像成为幻视而固定下来了对吧？"

嵯峨点头说道："是的。由香把它解释为受到了那个绿猴子的摆布，她想请求实相寺帮她解除催眠。实相寺，后来怎么样了？你来说说。"

"我大致帮她解除了催眠。"

"你是怎么做的?"

"嗯，这个……我对她说，我数三个数你就会醒悟过来。一、二、三。就只是这样数数而已。"

"结果，她怎么样?"

"她突然语气变得强硬，说我是理惠子，我不认识什么由香。"

"为了和实相寺干脆的腔调相对应，她要强且硬朗的人格显露了出来。而化身为理惠子也许最为合适。但就在那一刻，作为入绘由香的记忆应该已经消失殆尽。"

"是的。这个我记得很清楚。当我说我要收取费用时，她说你说什么，我要报警啦。"

"接下来呢?"

"我对她大声呵斥，她眼神愕然，嘴里嘀咕起猴子什么的。然后又一次化身为外星人。"

"她这是为了逃脱恐惧而化身为外星人……这个，实相寺，外星人安多利亚都说了些什么?"

"她称自己具有预知能力。因为她说希望将这种能力应用于人类，所以我就问她想不想在我这儿工作。于是她点了点头表示同意。"

"也就是说，为了见到实相寺而前往'占卜城'的是入绘由香的人格，而外星人安多利亚甚至不知道那里是不是占卜店。她也并非前来自我推销。只是提出希望对人类有所帮助。因为安多利亚自我介绍说自己是友好的外星人，所以她的这一愿望应该是理所当然的。实相寺将这个草率断定为她是前来自荐做通灵者的。他问她想在我这儿工作吗，希望友好相处且对人类有所帮助的安多利亚对此表示了同意。因此她是在毫不知情的情况下，受雇做了占卜师的。"

实相寺表情愕然地嘀咕道："是这样啊……由外星人回到入绘由香的人格后，我把她送了回去。第二天，我给她打电话的时候也提到总经理想见她，希望她来一趟。入绘由香的人格在甚至不知道为什么叫她来的情况下就接受了邀请。"

"是的。她原本的目的是请求帮她解除被绿猴子施加的催眠术。但是猴子的幻视依然继续出现，记忆丧失也持续发生，所以她认为催眠尚未完全解除。于是，她或许把一切统统解释为这都是为解除催眠而接受治疗的延续。实相寺叫她前去面试也罢，照规定按时上班也罢。正常的入绘由香的人格天真顺从，同时也有点缺乏社会经验。"

"你的意思是，为请求我帮她解除催眠，她决定一切均按照吩咐的去做是吧？"

"唉。她甚至不清楚，为什么在'占卜城'店铺里自己会面对众多顾客。店里的客人见到她之后，常常因她回话迟钝以及答非所问而急得大吵大闹。于是感到恐惧的她就人格转换成了外星人。化身为外星人的她在与客人交谈之后，客人一旦离开，恐惧随即平息，继而回到入绘由香的人格。等下一个顾客进来以后，同样会急得大吵大闹……如此循环往复。"

室内鸦雀无声。

所有的人都将责备的视线投向了实相寺。实相寺抬不起头来。

过了一会儿，下元迟疑地说道："以上的介绍还算合理。不过，我总觉得有的地方使人难以理解。据刚才实相寺介绍，化身为外星人的她说自己具有预知能力。这难道不是因为她有意自荐做占卜师才那样说的吗？"

嵯峨问道："实相寺。她的预知能力是怎样一种能力？你问过安多利亚吗？"

"唉。是和总经理一起对她进行面试的时候。处于正常情况下的入绘由香，无论对她说预知能力还是外星人，她似乎都根本不能理解。因此总经理非常生气，对她大声呵斥，随即她就变成了外星人。我问化身为所谓外星人的她，你有怎样的预知能力？起初她好像说自己家的电话在即将铃响之前她就知道要来电话。"

下元叹了口气说道："的确如此。我多次遇见过说这种话的患者。他们都是综合失调症患者。我认为他们这是受到电话铃声的惊吓，陷入暂时的混乱，开始妄想。据说感觉仿佛事先就已经知道电话铃声即将响起……"

仓石冷冷地说："哎呀，好像下元先生认可了。"

下元面露愠色。"我只是在厘清事实关系。"

外山盯着嵯峨说道："关于那个入绘由香的预知能力，总之，是不是可以说，她能够预知电话铃响只不过是她自己随意那么认为的？那么，她即便受雇做占卜师也应该无济于事。"

"话是可以这么说，但这里又产生了一个使人会联想到她是不是前来自荐做新一代占卜师的事态。是这样的吧，实相寺？"

实相寺点头道："化身为外星人的她发挥出了异乎寻常的直觉。她能猜出硬币究竟握在对方的左手还是右手，而且能够从你的脸色中读出各种信息。"

嵯峨对与会者说："那些好像都只是在她化身为外星人的时候才得以发挥的一种能力。我们认为，她并非有意识地启动了那样的直觉，而只是在无意识的情况下作出的推断而已。精神疾患是非常复杂的，它与五感变得敏锐或者记忆力提高之间的因果关系，目前尚未得到证明，但她身上明显具备了这样的征候。"

外山抱着胳膊说道："……这么说，她压根就没有撒谎喽？只不过是周围的人都没有理解，一切都是事实。是这么回事吗？"

仓石对嵯峨说道："嵯峨，目前只有过称多重人格发生于幼儿期的报告。七岁以上患多重人格这样的病例应该还没有。"

"唉。据欧美的研究人员分析表明，多重人格常见于幼儿，因为他们人生经验尚浅，于是作为逃避恐惧的一种手段，萌生出试图变成别人的想法。"

"照你这么说，从幼年时期到十岁，再到二十岁，她的多重人格没有得到关注吗？"

"她父母对这个问题岂止是漫不经心，压根就熟视无睹……不过，我觉得她频繁地出现人格分裂是最近的事。而且，出现了有点难以理解的复杂的人格分裂。"

"什么意思?"

"她炮制出一个跟原来名字相同，一个名叫入绘由香的别的人格。实相寺，我到你们店里去的时候，曾给过入绘由香一张我的名片。那张名片哪儿去了?"

"那张名片嘛……我以为你是来干扰我们做生意的，所以就毫不犹豫地把名片没收了。可是她凭借无与伦比的记忆力，把你的名字以及头衔全都记住了。所以，我嘱咐她最好忘掉。"

"不错。就在那一瞬间，她把我的长相和名字全都忘记了。刚才我在警车里和她交谈的时候，她说第一次见到我是在地铁站台上。那应该是地铁明治神宫前车站。当时我跟她打了招呼，她愣了一下之后回看了我一眼。我不觉得她是在装作不认识我。而且刚才，我对坐在警车里的她说，把我的名字忘掉吧! 果然她又一次删除了那个记忆。"

仓石点头道："也就是说每当强迫她忘掉什么，她都会炮制出名叫入绘由香的别的人格。"

"唉。就跟克隆似的，能当场炮制出名叫入绘由香的另一个人格。名字和性格都完全一样，只是必须忘记的那部分记忆完全脱落，变成了另外一个自己。"

"怎么会变成那样……"

"被迫必须忘掉某件特定的事，所以就顺从了这个要求。只能这样认为。"

"那个复杂的人格转换是从什么时候开始发病的？时间应该在外星人和理惠子这些容易辨别的人格转换之后吧？"

"唉，她丈夫也说那是在三年前发生的。就是她在日正证券财务部工作的时候。"

嵯峨看了财津一眼。财津也板着面孔回看了嵯峨一眼。

外山说道："她难道是因为贪污了钱款而企图忘却这个罪行吗？"

嵯峨否定道："不，那倒不是。如果是一时冲动杀了人则另当别论，但如果她能像智能犯罪那样侵吞两亿元巨款的话，应该不会去盘算要删除那个记忆。"

下元哼了一声。"退一万步讲，如果是多重人格障碍的话，她侵吞钱款就不会有障碍了。我们也可以这样认为，因为她变成多重人格，摇身变成了不知害怕的另一个人格，所以才犯了罪。"

搜查二科科长说道："有道理。真正的犯人可以说是所谓的人格呀。"

管理官点头说道："对这类案件如何审理，这也是大家一直频繁议论的问题。能否对多重人格者变成别的人格时所犯下的罪行定罪？这个，检察机关对亦称多重人格的连续杀害幼儿的犯人也提出了死刑判决的意见。而且，美国好像已经有了判例。该判例也包括嫌疑人身上具备的其他人格所犯的罪行，统统视为犯罪嫌疑人个人的责任。也就是说，对多重人格者也能审判。"

屋里笼罩着奇怪的气氛。因为是多重人格，所以由香也极有可能被看作是罪犯。

"请等一下！"嵯峨急忙说道，"并不是说多重人格障碍者就容易成为罪犯。社会上有一种倾向，往往将变成另一种人格和显露出凶相混为一谈。然而，正如我刚才也说过的那样，所谓多重人格只是为了逃避不安或适应周围环境而发生的人格分裂。本来是一个人格。如果基本人格不存在轻易实施犯罪这种情况的话，这样的人格就不会发生。"

外山反驳道："你怎么就能断言入绘由香原本的人格中不具备罪犯的资质呢？我也只见过外星人和理惠子的人格。难道不会另外潜藏着罪犯的人格吗？"

"我是说也许有，也许没有。但决不能因为她是多重人格障碍，就断定她可能是罪犯。"

管理官说道："不管怎么说，至少在这个案件中，她比其他正常人的嫌疑要大，这一点不可否定吧？"

搜查二科科长点头附和道："既然另外没有嫌疑人，潜藏于入绘由香身上的人格就尤其值得怀疑。这样想也是不得已的。"

仓石皱眉说道："把具有某种精神病理的人认定为不具备正常判断的人，认为他们可能会做出一些难以预料的事，这种想法是错误的。"

"我们没有那么说……"

嵯峨不肯让步。"不对！你们只是嘴上没说，心里却都是那么想的。其实你们一直囿于那种偏见。当亲眼目睹到她发出外星人的笑声，我们往往会感到似乎发生了什么异乎寻常特别恐怖的事情。在当今社会，人们对精神疾患还不太了解，由于总希望重新确定自己才是正常人的缘故，有时还会产生歧视性的冲动。但这是人类的错误，是缺点。我们必须承认这个缺点，努力去获得正确的认识。不过在这之前，不愿正视这个问题的人实在太多了。表面上装出一副具有爱心的样子，而实际上却敬而远之，不希望和精神病患者有什么关系。他们仅仅忌讳说歧视性的话语，而歧视性的观念依然在默许中存续。因此这些人不理解精神病的本质，他们断定精神病人和自己是性质不同的物种，这样的人会轻易撒谎或犯罪。然而我们每天不也是焦躁失神或辗转难眠吗？在某种意义上这可以说是轻度的精神疾患。只要活着，每个人都在向精神病的入口跨进。"

"可是，像那样产生幻觉，丧失记忆……"

"那究竟是怎么回事？是意识丧失？是幻觉？尽管发生的原因不同，我们每天晚上不都在经历吗？睡眠让我们丧失意识，雷姆睡眠时会看见梦这一幻觉，而当非雷姆睡眠时该记忆便会消失。不会发生什么奇特可怕的事。只要是人，任何人都会发生这样的事。"

"可正常人和非正常人所发生的情况应该不一样吧？"

"一样。正常与异常这种区分本身就是错误的。人只要活着就是既正常也异常。即使有人先天或后天出现明显的精神障碍，也并非只有他才是异常的。她精神异常，只要精神异常就会犯罪，这样的思维方式应该马上停止。如果想要把她当罪犯看待的话，那就请在全部理解了她的精神病理之后再说！"

室内出现死一般的沉寂。谁都不想说话。

长时间的沉默使人感到不知何时是头。

"……嵯峨君，"冈江粧子不慌不忙地说，"演说可以结束喽。"

本　意

　　人们从会议室陆续来到走廊，仓石向其中的财津打招呼道："对不起，稍等一下可以吗？"

　　"哎？"财津停下脚步。

　　"我想只在我们两个人之间谈谈。"

　　"……没问题呀。"

　　"请到这边来。"仓石打开了会议室旁边房间的门。

　　这里是会客室。仓石率先进屋，然后请财津在沙发上就座。"请，请坐。"

　　"不，不坐了。"财津神经质地站在靠近门口的地方。"你想谈什么？"

　　"关于刚才嵯峨的分析，你对此不介意吗？入绘由香在你公司财务部上班的时候，被迫务必忘记某件特定的事情。原本就患有多重人格障碍的她，为了顺从那个强求，炮制出一个只把该记忆删除的同名同姓的另一人格，达到了人格转换。嵯峨是这么说的。"

"你的意思是说他说得不对？"

"不。我也赞成那个意见。但难以理解的是，光靠说务必忘记，入绘就变成了那样。"

"可是据嵯峨先生的介绍，无论是关于名片还是名字……"

"唉。现在，只要命令她务必忘记，她就会发生人格分裂。但起初她应该是因为遭遇到某种严重的恐怖，同时受到了务必忘记的强迫。因此现在对她而言，命令她忘记什么就成了她发生解离性迷游症的契机。她恐怕尝到过相当严重的恐怖滋味。"

"……是吗？可是究竟是什么人会干那种事呢？"

仓石不打算回答这个问题。即使我不回答，你也应该清楚。

"另外还有一件事，"仓石说道，"这是我专业以外的领域。你们公司财务部虽然发生了贪污侵吞事件，但居然两年里都没有发现。检查体系也真够马虎的。不过搜查二科已经受理了报案，所以数据本身应该是值得相信的。"

"唉。"

"可我总觉得有些不太对劲呀。日正证券财务部是怎么进行管理的？尽管没有发现侵吞，可现在居然能够将所有证据如数提交给警察。假如数据不复存在的话，那么显示侵吞的痕迹也应该荡然无存。到底是如何报案的？"

"关于这个，因为你不是金融方面的专家，所以很难跟你解释……"

"不。也并非如此。我大致明白。你与两亿元的侵吞案件有牵连。倒不如说是你本人侵吞了这笔钱款。"

财津的表情有点僵硬。

"……你说什么？"

"这不过是我个人的意见。你虽然图谋侵吞公司的钱款，但财务部的电脑访问主要银行的数据都将遗留下来。你即使要求操作人员共同犯罪，钱款的流向也都将记录在案。就在那个时候，近松屋的老板和老板娘向你提出能否给他们女儿一个面试机会。应该说，你知道他们因土地开发而欠下巨额债务，于是你就故意接近他们，并诱导他们一步步按照你的设计向前走。记忆力再怎么好，像日正证券这样的大企业也不可能马上就录用一个三十岁左右打零工的女性。"

"你这话可是带着歧视性喔。作为临床心理师岂不是有问题吗？"

"我不那么认为。这些话是从你的角度推测而说的。你还发现她患有精神疾患。虽然你并不知道那是多重人格障碍，但你应该清楚她的精神状态不够正常。而且她特别天真，性格温顺，不懂得怀疑人。你是这样考虑的，如果是一个普通操作人员，也许会怀疑你的指示，而她没有能力发现侵吞行为。于是你便录取她做操作员，你把这一行为伪装得犹如诸多交易工作中的一项，命令她将总额高达两亿元的钱款打入虚设的户头。因为这样做可以在一旦败露的情况下嫁祸于她以及她的父母。"

财津脸色涨得通红。面颊在轻微地痉挛。

财津问道："你觉得这样的事有可能吗？"

"有可能。不过你也有误算的时候。我不清楚发生了什么，但总之在侵吞钱款之后，你发现她详尽地记得挪动了那两亿元的事，而且连转账银行的名称及账号都记得一清二楚。此时你第一次觉察到她非同一般的记忆力……你对她下达了务必忘记的命令。这同时给她带来了严重的恐惧感，使她的病情急剧恶化。"

"简直是胡扯……你这么说究竟有何证据？"

"你或许也会感到意外，她因人格分裂而真的丧失了侵吞钱款的记忆。所以她一下子就不提此事了。而且她的精神疾患加重，半年后辞职离开了公司。因此，你没有必要再继续封她的嘴了。"

"如果是我侵吞的，那我为什么还要向警察报案呢？"

"你自己不是说过吗？最近，财务部的电脑更换了，所以数据重新整理了。与其说之前的检查马虎，不如说这只是你把侵吞的事实混杂在了其他交易的数据中而已，但事情公开化了。所以你不得不报案。你企图将入绘由香诬陷为犯人。为了使其显得真实无疑，你决定使用手头剩下的钱款。于是，你来到她父母家，将一亿三千万元现金交给了他们。"

"亲手交给？你意思是入绘父母默默接受了那笔钱款？"

"唉。你对她父母是这样说的。看到你们为欠债如此苦恼，我于心不忍，我把自己筹措的这笔钱借给你们，没有期限，不收利息。只是，这件事不要告诉任何人。碍于情面的老夫妇坚守承诺，用这笔钱还清了欠债，至于钱的来路则守口如瓶。他们根本不知道那是你的计策。所以，如你所愿，警察把入绘由香和她父母作为重点怀疑对象并开始进行跟踪。"

"胡说！"财津怒不可遏。"简直是一派胡言！你就不怕我告你损害名誉吗？我虽然不知道老夫妇都说了些什么证言……"

"不对。关于那件事，入绘父母只字未提。"

"什么？"

"他们夫妇俩，直到现在仍坚信你的行为是出于善意。他们真是淳朴的一对夫妇。关于钱的来路也始终闭口不答。"

"说到底这只是你的臆测啊。你打算拿什么证实你那个牵强附会的推论呢？"

"……机缘是第一次遇见你的时候。因为每当外山警部补说一些把入绘由香当成犯罪嫌疑人看待的话的时候，你的眼轮匝肌看起来就在收缩。"

"眼轮匝肌……？"

"心情喜悦的时候，眼轮匝肌会自然收缩。这个不会有意识地进行。可当你感觉到怀疑的目光已经离开自己的时候，你就会紧闭双唇极力抑制住喜悦。"

"……你说的这些可靠吗？"

"很遗憾，这些东西并不能成为呈堂证供。情感的表露仅仅在四分之一秒到二分之一秒的工夫里就会消失殆尽，你的表情也没有录成动画。假如具备 F1 赛车手或战斗机飞行员一般的动态视力的话，那就另当别论了，但我也不敢说确实一定就是那样。而且，有关情感与表情之间的因果关系方面的研究，虽然在我们中间很受欢迎，但对临床心理师以及精神科医院而言并非普遍且必需的研究范围。"

"原来不过是戏言而已呀。"财津转身说道，"刚才的话，我就当没有听见吧。"

"财津。"

财津顿然停下脚步，回头望了仓石一眼。

"……对不起，"仓石坦率地说道，"你的眼轮匝肌看起来收缩了。"

财津怒气冲冲地转身慌忙退出房间。

仓石深深地长叹了一口气。

他舒展开身子坐在沙发上。终于告一段落了。

传来敲门的声音。

仓石说："请进。"

嵯峨打开门走进来。

"噢，是嵯峨。"

"仓石。你和财津都说了些什么……？"

"我向他转告了几个尚无确证的假说。用他的话说就是戏言呀。真正的罪犯得不到审判实在令人可叹。"

"所谓罪犯……"

"这样一来，财津对入绘由香恐怕就难以下手了。"

"这么说，仓石也同样认为他就是贪污犯啰。"

"大概不会有错吧。不过我们不是警察。如果入绘由香的安全能够得到保证的话，那就足够了。因为对心有烦恼的人们能够给予援助正是心理咨询师的使命。"

嵯峨沉默了一阵，不久表情严肃地说道："仓石，入绘由香必须亲口申辩自己是冤枉的。痊愈即使难以办到，她也必须在一定程度上治愈多重人格障碍，进而能够主动协助警察进行调查……"

"的确，这些如果做不到，嫌疑将始终伴随。不过这恐怕是难以指望的吧。"

"不。有办法。"

"……什么办法?"

"关于如何使她恢复,我已经有了一定的头绪。"

这简直令人难以置信。仓石问道:"你打算怎样治疗那么严重的症状?"

"催眠疗法对治疗解离性同一性障碍很有效,这样的成功事例不胜枚举。"

"但是,入绘由香不是只要听到催眠就会陷入恐怖之中吗?一般而言,精神病患者很难集中精力,他们接受催眠诱导本身就很困难。更何况,要将其诱导至疗法生效的深层催眠状态,这首先是不可能的。他们也不可能那么长时间地去倾听心理咨询师的诱导。要求他们理解催眠也是难以办到的啊。"

尽管如此,嵯峨那充满希望的目光也不曾消失。

嵯峨说道:"她会康复的。靠她自身的力量。"

催　眠

傍晚五时。"东京心理咨询中心"的大厅被从窗户射入的夕阳染得通红。

小宫爱子从大门走进大厅。这个钟点返回单位已经是隔了好久的事了。

大厅里非常安静。等候区的沙发上没有人影，但朝比奈宏美像往常一样仍在前台接待处。

朝比奈微笑着朝爱子打招呼："晚上好！"

"晚上好！"爱子先签字，然后领取了入场证。"嵯峨先生下班了吗？"

"唉。他马上就下来。"

爱子道了一声谢，然后朝电梯间走去。

竹下美喜经常不去学校的日子结束了。据说她自从会骑独轮车以后，非常愿意到学校去。光靠疗法并不能解决一切，只有从根本上解决问题才是真正的病因疗法。这是嵯峨先生教给自己的。

哐当一声传来了电梯到达的声音。电梯门开了，嵯峨出现在电梯里。

"啊，嵯峨先生。我正准备上去呢。"爱子说道。

"是嘛。"嵯峨露出了微笑。"你看起来挺精神的呀。身体怎么样？"

"托您的福，状态很好。美喜的缄默症也趋于康复。"

"美喜？"

"哎。就是竹下美喜。她因不会骑独轮车……"

"噢。刚才她父母还打来电话呢。好像特别高兴……你去见他们了吗？"

"是的。"

"她之所以能学会骑独轮车，是不是你通过催眠暗示对她进行过意念训练？"

"是这样的。我是按照嵯峨先生给予的启发试着进行的。"

"……是嘛。"嵯峨不知为什么脸色有点阴沉，他在电梯间的沙发上坐了下来。

"嵯峨先生？你怎么了？"

"不……你怎能擅自去美喜家呢？"

"啊……对不起。不过我实在不能听任不管。"

"给你和美喜提供交谈机会的是我，而你也不问对方是否方便就不请自去，这不太好吧。"

"……确实是。"

"而且，虽然我要求你要熟读并理解催眠疗法的教材，但那不是为美喜而读的哟。"

"哎？这是什么意思？"

"我的意思是把求助者交给我们心理咨询师就行啦。"

"……你说什么？嵯峨先生。实际上我也……"

"你的职业？在这个设施中，如果没有临床心理师资格的话，那是不能当心理咨询师的呀。朝比奈也是心理咨询员，她实际上不就是接待员吗？"

爱子倒吸了一口凉气。

她朝前台方向望去。

不过，视线不由得又转到嵯峨的胸前。

职员的胸牌闪闪发光。

用指尖摸了摸自己的胸前。

自己胸前挂的是入场证……

如果是在这个设施里工作，那就应该持有职员胸牌。自己却总是要在前台先签字，然后再领取入场证。

这是对来访的求助者的要求……

嵯峨目不转睛地看着对方。"小宫爱子。不，入绘由香。好像回到原来人格的时候已经到了……"

时间仿佛凝固了。

在这里的种种记忆萦绕在爱子心头。

和美喜第一次交谈，后来在这个电梯间道别的时候。

正在和嵯峨谈话时，仓石走了过来。

"早上好。一大早就劲头十足呀。"仓石说道。

那些话都是对嵯峨说的。我被看作是和他在一起的求助者。

不，实际上就是如此。我是嵯峨先生的求助者。

爱子朝大厅前台接待台那边看去。

朝比奈正惊讶地回头望着这边。

一天早晨，她对我说。早上好。小宫。今天也来得很早嘛。一大早就来心理咨询吗？

那也是把我看成求助者才······

这么晚你怎么了？鹿内先生这样询问我的时候也······而且，竹下美喜的父母对我的来访那么吃惊也是······我最近，只有晚上才到这里来。我虽然应该是临床心理师，可现在才开始阅读学习教材。

况且，连曾经的记忆都没有。

因为存在的时间是有限的。

视野开始摇晃，感到从内心深处涌出一股滋味化作了泪水，沿着脸颊流淌。

爱子听得见自己颤抖的声音。"我是一个虚构的人格对吗？"

嵯峨平静地告诉她："你加深了对催眠疗法的理解，已经达到了能够救助美喜的程度，这样的你当然应该明了。催眠疗法对于治疗解离性同一性障碍，也就是多重人格障碍是有效的。"

"我听到过有关入绘由香的传说。据说她害怕催眠。

我还以为是别人的事……那就是我吧？"

"是的。因为你认定自己被绿猴子施加了催眠术，其实绿猴子不过是因杜立德现象而产生的一种幻觉……既然你误以为那就是超自然的神秘魔术，那么你接受催眠的概率就等于零。暗示对于精神病患者本来就难以产生效果。他们不善于集中精力并描绘表象，所以最难理解催眠怎么会与康复相关。"

"所以你才让我学习的吧？你让我通过阅读催眠教材，使我加深了对催眠的理解……"

嵯峨缓慢地站起身来。"你根据我在店里递给你的名片上的电话号码和我取得了联系。不过到这里来的你又变成了另外的人格。你自称叫小宫爱子，以心理咨询师的身份开始了行动。"

"我连这方面的知识都没有，怎么可能……"

"你来到催眠疗法科楼层，在我们职员用的图书馆熟读了DSM。你凭借天生的记忆力，也与认定自己就是心理咨询师有关，渐渐对精神疾患的病例以及治疗方法熟悉起来。就在这时我开始琢磨，如果能够让小宫爱子学习催眠，入绘由香就能够理解催眠的实际情况……因为她们原本就是一个人格。"

"我……我和美喜进行交谈……"

"因为你和美喜都属于集体疗法小组。美喜并非把你看成了老师。你们之间是相同的求助者关系。"

求助者关系。

美喜把我看成朋友是基于这个原因啊。

爱子止不住流泪，膝盖发抖，几乎站都站不稳了。

嵯峨伸手上前扶住了爱子。

"来，坐下。"嵯峨和蔼地说道。"你已经理解了进入催眠状态的情况，康复的日子指日可待。"

爱子照嵯峨所说，在沙发上坐了下来。

嵯峨对她说："放松，什么也不用担心，平心静气。可以感到身体的重量。还会感到眼皮沉重……渐渐地想闭上眼睛。"

嵯峨的暗示和爱子临渴掘井的技能简直不可同日而语。她的身体随着暗示很快出现反应。感到浑身乏力，眨眼次数增多。

不，这是因为我掌握了自我催眠。我学到了一切。所以才一切皆可接受。

在尚未闭上眼睛的过程中，感到催眠状态的不断加深。

泪眼摇曳的视野对面，浮现出模模糊糊的过去。

"我想起来了……"爱子小声说道。

嵯峨说道："不用着急哟。一点一点地即可。"

"不。与其说想起，不如说我明白了。我另外的人生……确实经历过的，另一种人格下的生活……我是入绘由香。"

"什么浮现在了脑海里？"

"我爸爸他……"

爱子一时语塞。

过于苛刻、残酷的童年时代。存在于无意识彼方的精神创伤逐渐浮现于意识的表层。

爱子对浮现于脑海中的记忆闭口不谈，而是说了一些关于心理学方面的知识。"解离性同一性障碍。与所谓的受压抑的精神创伤不同，它往往因幼童期间受到严重的性虐待或者心理上的虐待而发病……"

"你有过这种经历是吧？"

"唉……"

爱子泪流不止。撕心裂肺般的苦恼笼罩全身。

尽管如此，还是感到了一定的温暖。

因为有嵯峨的守望。不，此外还有很多关心自己的人。

我身上的各种人格……很快将归于统一聚在一处。即使不能痊愈，也定能相互加深理解……

"不要感到不安。"嵯峨说道，"康复以后就能去寻求真情。我作为临床心理师，将永远支持你。"

"谢谢！嵯峨先生……能遇见先生真好。能学到知识真好……"

来，请注意倾听我说的话。嵯峨的话在心中回响。

随着体重，向深处沉入。而且慢慢地，能够置身于心旷神怡之中……

眼皮变重，眼睛闭上。

充满泪水的视野，越来越小。

当接下来再次睁开眼睛的时候，我恐怕已经不是小宫爱子，而是恢复成入绘由香了吧。

一个心理咨询师所看到的景致。即使这个人格消失了，也但愿曾经为某人不懈努力的喜悦永远铭刻心间。

我不会忘记，充满温暖与和善的、充实的日日夜夜。

本书的背景与经过

T·S

　　《催眠》精装版于一九九七年晚秋发行，该作品被书评家北上次郎的《书的杂志》评为日本十大侦探推理小说第四名，并以其新颖的心理推理和悬念设置而广受赞誉。

　　一九九九年，该书发行文库版，与精装版合计发行量突破百万，作者松冈圭祐也就此创造了以处女作实现百万销量的华丽纪录。

　　本书之所以得到青睐，主要在于它将科学的观点融入到以往只能在虚幻世界里才可以"随心所欲操纵他人"的这种带有神秘色彩的"催眠术"当中，并且以临床心理学的实践为素材，率先对心理抑郁、心理看护等现代主题进行了描写。

但是，当时出版的《催眠》，用作者的话来说，作品的风格并没有贯彻端正的学术态度，描写的出场人物完全脱离现实，可以说是以心理咨询师为主人公的"警察读物"，有意来提醒读者关注未来临床心理师及其组织的理想形态。

现在，类似于临床心理师等职业越来越为人们所熟知，这些职业领域不断细化发展，在超党派议联的推动下而得到厚生劳动省支持的医疗心理师在围绕取得国家心理咨询师资格方面，事实上与临床心理师资格形成竞争关系，呈现出处境比较复杂的情况。

而且，十年以来，随着人们对心理学的认识不断加深，看起来像神秘的心理学占卜或魔法一样的催眠术被驱逐出了心理学范畴。诸多被视为心理问题的病症，也从认知心理学的角度出发，同脑医学联系在了一起，从而寻求出更为真实可靠的解释。

松冈圭祐基于此对《催眠》进行了彻底修改，增强了它的科学性和现实性。这便是现在这本《催眠》完整版。

举例来说，原作《催眠》发行时，书中所说的"陷入催眠"，实际上就是"受到人为诱导而进入催眠状态"，虽然有心理学理论依据，但并未从脑科学层面对其进行解释。现在，相关学者已经具体判明了大脑究竟发挥了怎样的作用，这在完整版中也进行了描述。

另外有趣的是，原作中凭借视线就可以明白对方在想什么的说法在新版中被划归为讹传。这一说法虽然煞有介事地出现在最近的漫画、动画片里，但最早出现其描写的《催眠》，却在完整版中率先对其予以了否定。

同时，新版一改原作"描写太过琐碎（作者说）"，可读性差的毛病，通篇更为简洁，更易理解，节奏也更为紧凑，与其说是改稿，不如说是再创作了一次，是又一新作。

另外，一九九九年电影版《催眠》是一部与原作意向完全相反的 B 级恐怖片，原作中立足于温馨的人道主义和科学观点的趣味性荡然无存。之后虽然出现了与这部电影一脉相承的，融入了更多娱乐元素的冒险小说"千里眼"系列，但本质上与真正的"催眠"系列毫无关联。

虽说嵯峨敏也在"千里眼"系列中的第二部《绿猴子》中登场，就此而论，与角川文库出品的《催眠》完整版似乎有一定的关联，但实际上这是世界观完全不同的两部作品。"催眠"是重视现实的心理推理小说，而"千里眼"则是以荒诞无稽为卖点的女杰武打小说。

此外，我想向因这本《催眠》完整版而初次接触松冈作品，并有意延续这种世界观的读者推荐"催眠"系列的续篇《心理咨询师》等作品。同时如果读者想一睹嵯峨风格大变的冒险小说的风采的话，还可试读番外篇，直接去欣赏"千里眼"系列，也一定会乐在其中的。

总之，本书对情节的大胆改动，可能会令熟悉原作的人们大吃一惊。不过，与原作完全不同的结局能够让读者更为深切地理解故事的主题，这是很富有吸引力的。

解　说

推理小说评论家　关口苑生

　　据说，被称为文豪的井伏鳟二，晚年每次整理自己的作品集或文学全集时，必定要再次修改订正，尽力完善自己的作品，使其再上一个台阶。也有一种意见说，所谓作品，一旦离开了作家的手，即为读者所有，因此没有必要再次修改。然而，作家每天也都在成长，所以希望这种成长、这种成熟能够反映在自己的孩子，也就是作品当中，希望自己的作品能够尽可能地接近于完美……我的想法虽然不够成熟，但这也一直是我所思考的，因此孰是孰非很难说清，这就是我真切的感受。

　　不过，这只是闲谈而已。这里还有一件文坛趣事。据说有一次，编辑人员在像往常一样检查井伏先生修改过的原稿时，发现了一个十分不可理解的地方：应该使用助词"が"的地方却用了"を"。可是井伏先生怎么会犯这样低级的错误呢，一定是先生有所用意。大家在一起开了很长时间的会也没能解决，于是决定去当面问一下。而谁去问呢，又一次开会来决定。最后，由一个担任重要领导岗位的人出面拜访了井伏先生。这个领导忐忑不安地说出了大家的疑惑，而井伏先生非常坦率地说："哦，这是我弄错了。"事情就算是这样了结了。

这个故事能让我们学到很多东西，不过现在我们暂且不谈。我更想谈的是，作家对自己的作品所怀有的爱恋以及他们逐字逐句、一丝不苟甚至有些固执的执著态度。

有的作家在从杂志连载到发行单行本时对文章进行大幅度的修改，也有作家在发行文库本时进行修改（高村薰就是典型代表）。我想这些作家都有各自的理由。虽然就像前文所述，也有人质疑这种做法，但不论这样做好坏与否，总之我愿意相信这是作家保全操守的一种表现。

毫无疑问，松冈圭祐正是这样一位作家，只是他的情况稍显复杂。特别是以全面改版形式的"千里眼 古典系列"作为起始的"完整版"系列，已不再是逐卷改稿这样简单的替代，而自第二卷的《千里眼　绿猴子》完整版以后，故事情节和设定全都翻新，简直可以说是一部新作品了。但是，这也是有原因的。其主要原因在于最初的创作过程。就像作者本人也在诸多作品的后记中写到的那样，原本《千里眼》在创作阶段就是以拍摄电影为前提的，而且是作为先前公映的电影《催眠》的续篇而创作的作品。说得难听一点，我认为这里似乎一开始就出现了失算，这也是由于电影和小说之间毕竟存在微妙的差别。即便如此，在与小说不尽相同质量较差的Ｂ级恐怖电影《催眠》之后，作者还是续接电影内容开始创作小说版"千里眼"系列。此时小说《催眠》同《千里眼》已经不再是一条主线的故事了，而进一步拉大了两者之间距离的则是在电影《千里眼》公映三个月前出版的原作《绿猴子》。松冈圭祐在这部作品中再次让《催眠》的主人公嵯峨敏也和入绘由香出场，试图让读者明白两个故事是同一主线，使他们大吃一惊。不，更准确的说法应该是，松冈想传达的是，《催眠》的世界，其实也是"千里眼"系列中宛如枝叶的一个故事而已。不过，后面上映的电影则……关于电影我实在不想说什么了。

不管怎样，"千里眼"系列就是以这样的形式勉强诞生了。特别是《绿猴子》对电影《催眠》所产生的宣传影响甚至使得小说《催眠》仿佛被打入了冷宫。这不可能不引起作者的不满。

于是便诞生了现在正在发行中的完整版系列。但这并不是仅凭修正一方就能够妥善处理的问题。相互牵连的作品只有从两方同时动手解决才能无限接近完美，所以松冈圭祐才开始了撰写所有与"千里眼"相关作品的完整版这一卷帙浩繁的工程。当然，这本《催眠》完整版也是其中之一。

不，然而，但是……不过，以这样的形式如此认真直面自己作品的作家以前有没有出现过？这可是累计销量突破五百万的系列，这可是假装不知道也能够继续热卖下去的作品呀。有必要刻意修改这一炙手可热的产品而再度接受读者的诘问吗。或许也有人会说，如果心眼儿坏的话，那岂不是可以说这样做就等于承认已经发行的作品是伪劣产品了吗？也许，还会有人说这一类的蠢话，松冈不过是已经江郎才尽，再吃一回老本儿罢了。

然而，松冈就是这样的一个男人，他在心里对这些话照单全收，同时依旧坚持着自己"无谋"的做法，毫不动摇。这就是作家松冈圭祐。只有这样做，才是他对他所信赖的读者真诚的表白。这也是我们为什么从他初出茅庐开始就一直阅读他的作品的原因所在。

这本《催眠》完整版即为他在一九九七年发表的小说处女作的全面改稿后的作品。不过，很难一一指出他究竟在何处做了何种改变。如果试图加以说明的话，那恐怕也会暴露天机。当然，细小之处的描写，比如进入二十一世纪东京日新月异的开发情况和人们用 Wii 进行娱乐等另当别论，单说作品关键部分的改动，还是足以令人吃惊的。而且，这也是一部悬念环生、极富震撼力的侦探推理小说。

即使如此，也还是令人有这样一种强烈的感觉：后来的"千里眼"中所出现的大部分要素几乎都可以在这部处女作中找到。所谓"千里眼"的秘密也是其中之一。不过，在原作中关于通过观察眼珠转动来揣测他人内心的技巧的描写，正像在新系列的《千里眼 The Start》中也描述的那样，现在普遍认为它充其量只能算是伪科学而被作者所抛弃和否定。取代它出场的是原任加利福尼亚大学医学部精神医学科教授保罗·艾克曼博士的情感研究理论。他的《表情分析入门》、《被拆穿的谎言》（均为诚信书房出版）等著作在日本也已出版，如果读者感兴趣也可以用于参考。简而言之，就是将面部表情与情感起伏之间存在怎样的联系这一问题图表化、体系化。尤其对人在撒谎时会伴随何种表情、声音、言语、动作和肌肉反射等方面进行了深入调查。

有趣的是，促使博士开始进行这项研究的原因竟然是一九三八年在德国元首希特勒和英国首相张伯伦之间举行的一次会谈。当时，德国已经做好了入侵捷克斯洛伐克的准备，但为了不使计划败露进而争取更多的准备时间，希特勒撒了一个弥天大谎。会谈后，张伯伦在给妹妹的信中写道："……从他的表情里可以看出冷酷无情的人性，但尽管如此，他仍给人一种信守诺言足以信赖的印象。"甚至在五天后的国会演讲中，张伯伦还评价希特勒是言出必行的人。但是，希特勒所说的没有一句是实话。虽说官员、政客是可以撒谎的，但正因为未能辨别出其话语的真伪而导致整个世界陷入了深重的灾难。或许这只是一个巧合，但我总深深地感到这个故事同"千里眼"系列的主题也是紧密相连的。

近年，在杰弗里·迪弗的《钟表制作人》（文艺春秋）中出现了研究身势学这种新科学的专家，这可以说是对艾克曼博士的理论的继承与发展。他通过对证人和嫌疑人言谈举止的观察分析来判断供述是否真实、有无说谎以及哪句是假话，使得其中信息能够为调查所用。

松冈圭祐率先在作品里采用了这些理论和技术，实在是一位罕见的有远见的作家。

另外，这本书还详细说明了临床心理师的作用和危险性，并且表达了对读者的关怀，希望人们不要只是倾心于单方面。本书通过对嵯峨敏也和入绘由香、脑外科医生根岸知可子和她的患者、小宫爱子和竹下美喜这三组相互纠葛的关系的详细描写，也使读者感同身受，并对其中的苦楚刻骨铭心。而在其最深处蕴含的，却都是对人类深沉的爱。我相信，这种人间大爱，才是贯穿了松冈圭祐思想根基的终生的主题。

这个作家，真是了不起。

2007 年 12 月

图书在版编目(CIP)数据

催眠:完整版/(日)松冈圭祐著;邹东来译.
—上海:上海译文出版社,2017.7

ISBN 978 - 7 - 5327 - 7272 - 8

Ⅰ.①催… Ⅱ.①松…②邹… Ⅲ.①推理小说—
日本—现代 Ⅳ.①I313.45

中国版本图书馆 CIP 数据核字(2016)第 096457 号

SAIMIN KANZENBAN
© Keisuke MATSUOKA 1999, 2008
First Published in Japan in 2008 by KADOKAWA CORPORATION, Tokyo.
Simplified Chinese translation rights arranged with KADOKAWA CORPORATION,
Tokyo through JAPAN UNI AGENCY, INC., Tokyo.
Simplified Chinese edition copyright:
2017 SHANGHAI TRANSLATION PUBLISHING HOUSE(STPH)
All rights reserved.

图字：09 - 2013 - 325 号

催眠
[日] 松冈圭祐 著 邹东来 译
责任编辑 / 龚 容 装帧设计 / 柴昊洲

上海世纪出版股份有限公司
译文出版社出版
网址:www.yiwen.com.cn
上海世纪出版股份有限公司发行中心发行
200001 上海福建中路 193 号 www.ewen.co
江阴金马印刷有限公司印刷

开本 787×960 1/32 印张 13 插页 5 字数 136,000
2017 年 7 月第 1 版 2017 年 7 月第 1 次印刷
印数:0,001—7,000 册

ISBN 978 - 7 - 5327 - 7272 - 8/I • 4428
定价:49.00 元

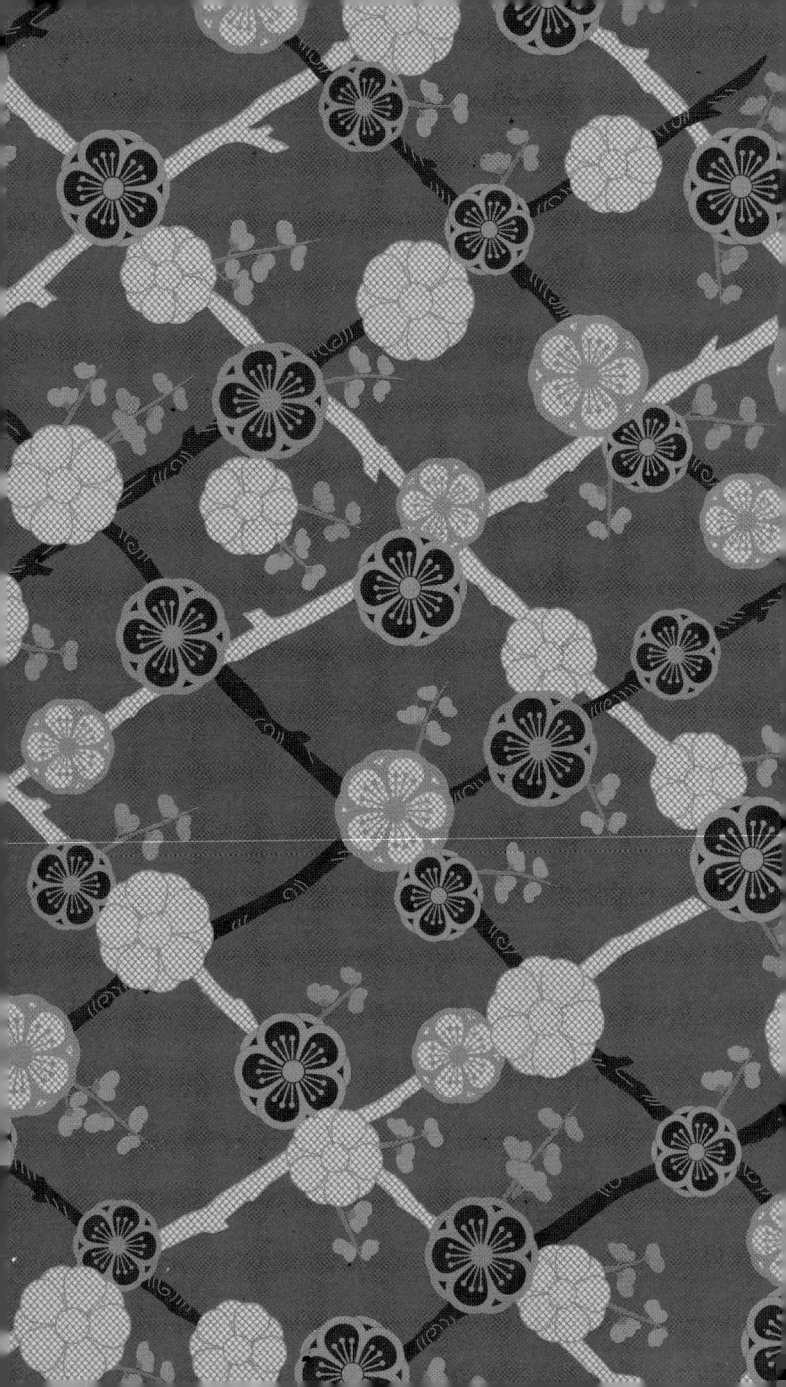